嫁反派
中卷
布丁琉璃——著
夏青——繪

目錄
CONTENTS

第十三章 夜雨

賑災糧變成了穀殼？

「怎會如此？」虞靈犀原以為兄長是受傷或遇匪之類，卻不料是這麼一樁大案，「出發前不曾檢驗麼？」

「怎麼可能不驗？虞煥臣腦子不笨，出發之時反覆查了數遍，災糧並無異常，可是到了洛州縣才發現災糧被偷換了。這背後，定是有人在栽贓陷害！」說到此，虞辛夷凝望著尚且稚嫩的妹妹，語重心長道：「歲歲，阿娘舊疾未癒，受不得刺激。此事決不能讓她知道，只能我們自個兒……」

「我知道怎麼做，阿姐。若真有人栽贓陷害，必定是朝中肱骨權貴方能有如此手段。而武將私吞糧款乃是次於謀逆的大罪，數額龐大，必定革職抄家。」虞靈犀掐著掌心，竭力讓自己的聲音冷靜下來，「我們不能走漏消息，亦不能將實情上報天子，否則有心之人稍加挑撥，龍顏震怒，兄長便坐實了私吞災糧罪名。」

「正是如此。」見妹妹心思澄澈，虞辛夷寬慰了些許，「我是偷著回來與妳通氣的，現在要回宮當值，妳在家好生陪著阿娘，切莫自亂陣腳。」

的，是出什麼事了？」

虞靈犀頷首：「我知道。」送走虞辛夷，還未鬆口氣，便見虞夫人推門進來，問道：「歲歲，妳阿姐方才急匆匆

虞靈犀整理好神色，忙起身笑道：「無事，她落了一樣東西，回來取呢。」她眼眸乾淨，裝作平常的樣子上前扶住虞夫人，道：「要下雨了，阿娘吹不得風，快回屋歇著吧。我給您揉揉肩可好？」

虞夫人望著佯做如常的么女，片刻，柔聲道：「好。妳阿姐若是有妳一半心細，為娘也就知足了。」

虞靈犀抿唇笑笑，望向外頭陰沉的天色。

雲墨低垂，風雨欲來。

酉正，僕從用長柄勾掛上燈籠，虞靈犀陪著阿娘用過晚膳歇息，總算聽門外傳來虞辛夷歸府的腳步聲。

虞靈犀立即起身，問道：「如何？」

虞辛夷的臉色比白天還要凝重，解下被雨打濕的披風，搖了搖頭。

虞靈犀的心也跟浸透雨水似的，冷冷的，直往下沉。

「阿爹呢？」她問。

那是虞靈犀的天，只要阿爹還在，虞家便不可能垮。

虞辛夷道：「阿爹稱病，已加急趕往洛州穩定局勢。」

虞靈犀有了一絲希望：「只要在朝廷發現之前，將災糧的空缺補上，便不會有事。」

「來不及了，歲歲。」虞辛夷深吸一口氣，說出最令人擔心的局勢，「朝廷以監察體恤民情為由，派了督察使連夜趕往洛州四縣。最遲明日午時，若拿不出三萬石糧食，虞煥臣和阿爹都會沒命。」

虞靈犀呼吸一窒。

皇上並不知災糧出了問題，為何如此著急派出督察使？

莫非有人刻意推波助瀾，欲將虞家置之死地？

「阿姐，督察使是哪位大人兼任？」虞靈犀問。

虞辛夷就是聽聞督察使離京的消息，才從宮裡匆匆趕回家的，立即道：「是戶部侍郎王令青。」

王令青……

這個名字十分耳熟，似乎聽過。

想起什麼，虞靈犀忽地抬眸，低聲道：「阿姐，他是太子的人。」

虞辛夷驚愕：「歲歲，妳怎麼知道？」

王令青素來老泥鰍似的世故圓滑，連常在宮中當值的虞辛夷都不知他是何黨派，身處深闈的妹妹又是從何篤定他是太子麾下之人？

虞靈犀意識到自己說漏了嘴，但眼下已顧不得許多了。

她記得前世剛入王府不久，有人向寧殷進獻珍寶美人。

寧殷拄著拐杖，越過匍匐於地的朱袍官吏，涼涼道：「王令青，本王身邊不需要二姓家奴。」

朱袍官吏立刻膝行追隨著寧殷的步伐，諂媚道：「微臣以前有眼無珠，才跟了太……哦不，前太子。如今棄暗投明，願為王爺肝腦塗地！」

「哦？」寧殷瞥了他一眼，繼而瞇起眼睛，低低笑了起來。

虞靈犀如此清晰地記得這個名字，是因為那天寧殷真的成全了他那句「肝腦塗地」。

他命人將王令青的肝和腦子剖出來，剁碎了餵狗。

「大概是，聽阿爹或是兄長提過一嘴……」虞靈犀隨意編了個理由，岔開話題道：「阿姐，現在不是問這個的時候。」

「也對，妳點醒我了。」虞辛夷分析，「阿爹不肯依附東宮黨派，早成了太子的眼中釘，何況接連婚事作罷，他欲借此事打壓吞併虞家，也並無不可能。」

一切疑惑迎刃而解。

明日午時前，要麼死，要麼屈服。

思及此，虞辛夷銀牙一咬，攥緊拳頭道：「卑鄙！」

「阿姐，妳莫急，先瞞住阿娘。」虞靈犀思忖片刻，果決道：「還有時間，我去一趟薛府。」

推開門，疾風捲著驟雨迎面拍來，天地一片昏暗。

後巷，灰隼的羽翼掠過天空，消失在密集的雨點之中。

罩房內，寧殷取下箬笠而坐，借著昏暗的燈影，掃了掌心的密箋一眼。

上頭蠅頭小楷數行，便囊括了皇城及洛州四縣發生的近況。

唇線揚起譏誚的弧度，果然不出他所料：寧檀那頭豬，還是按捺不住對虞煥臣下手了。

那被藏起的三萬石糧食，足夠養活一支隊伍。

鷸蚌相爭，最適合坐收漁利之利。

朝中的水攪弄得越渾，便越是方便他起事，至於捲入局中的是誰、會死多少人……

寧殷將密箋擱在油燈上點燃，望著那點跳躍的火光，漠然地想：嗤，誰在乎？

除去那雙明若秋水的眼眸，眾生於他眼中面目模糊，皆為螻蟻。

角門處傳來車馬的聲音。

寧殷起身，順著門扉的縫隙朝庭院中望去，剛好見侍婢匆匆撐傘，護著面色凝重的虞靈犀出了角門。

聒噪的雨聲中傳來馬匹的嘶鳴，繼而軲轆聲遠去，許久，虞靈犀沒再回來。

寧殷眼裡的輕鬆悠閒倏然淡去，暈開陰翳，化為幽沉。

他漫不經心倚著門扉，莫名有些不痛快：「這麼晚，找誰去呢？」

虞靈犀去謁見薛右相。

薛岑的祖父是文官之首的右相，在朝中有舉足輕重的地位，他老人家是虞靈犀此時能想到的，最後的希望了。

大雨天的夜來得格外早，暮色四合，街上行人甚少。

不過一刻鐘，虞靈犀的馬車便停在薛府門前。

前來開門的是薛府管家，聽聞虞靈犀的來意，便掛著笑窘迫道：「二姑娘來得不巧，我家兩位大人皆在宮中伴駕，尚未歸府。」

薛右相不在，虞靈犀剛燃起的希望滅了大半。

想了想，她又道：「薛二郎可在？」

「這個……我家二郎也不在。」管家歉意道：「二姑娘有什麼要緊話不妨同我說，待幾位主子歸來，我代為稟告便是。」

來不及了，只能另想辦法。

「不必了，多謝。」

虞靈犀道了聲「叨擾」，轉身上了馬車，趕回去和虞辛夷另議對策。

她不能什麼都不做，眼睜睜看著父兄墜入黨爭的陷阱之中。

誰知回到府中，才聽侍衛說虞辛夷剛出門去了。

虞靈犀驀地湧上一股不祥預感，顧不得擦乾身上雨水，問道：「她去哪兒了？」

「屬下也不知。」侍衛道：「不過，大小姐是穿著百騎司的官袍出府的。」

官袍？

這麼晚了，阿姐無需執勤亦不可能入宮面聖，穿官服作甚？

想起今日方才阿姐談及太子時的憤怒與焦急，虞靈犀只覺當頭一棒：阿姐該不會，直接去找太子對質了吧？

「阿姐出去多久了？」她呼吸發顫。

侍衛答道：「剛走，不到一盞茶。」

太衝動了！

太子布好陷阱，就為了逼虞家屈服，阿姐此時去東宮無異於羊入虎口。以太子的性情手段，怎會讓她全身而退？

誰也不知太子會做出什麼來，虞靈犀越想越心冷。

重生這麼久，她第一次湧上如此恐慌。父兄已經深陷困境，阿姐絕不能再出事！

眼下唯一能壓住太子的，只有宮裡那兩位。可普通人根本無法入宮，得找皇族中人幫忙……

虞靈犀抬眸，命人將虞辛夷的佩刀拿來。

她抓著刀鞘交給侍衛，沉聲道：「你拿著阿姐的佩刀去南陽郡王府一趟，告訴小郡王，虞辛夷被困東宮，性命堪憂，求他看在阿姐曾捨命救過他的份上，速速入宮相救！去！」

侍衛懾於她眼底的沉靜，不敢怠慢，忙雙手接過佩刀，翻身策馬而去。

可太子必定不會讓寧子濯進東宮壞事，若想救阿姐，寧子濯須得入宮請來皇上或是皇后。來不及了。

得設法拖住太子，給阿姐爭取時間。

想到這，虞靈犀心下一橫，吩咐胡桃道：「備馬，去東宮。」

夜雨傾盆，馬車沿著永興街疾馳。

因太過顛簸，案几上的茶盞與果盤咕嚕嚕滾落，虞靈犀巋然不動，斂裙端坐，膝上掌心橫躺著一支打磨鋒利的金笄。

她很清醒，太子貴為儲君，若她刺傷了太子，只會讓虞家滿門陷入更難的境地。

所以這支金笄並非為寧檀準備，而是為她自己。

虞靈犀知道，寧檀對她的興趣勝過對阿姐，這是她唯一能拖延時間、換出阿姐的機會。

若是寧子濯搬不來救兵，那她只能……

「什麼人？」

趕車的馬夫驚叱，忙勒緊轡繩「吁」了聲。

馬車猝然急停，虞靈犀被巨大的慣力甩得往前傾去，忙攀住車壁，車內的東西劈里啪啦滾落一地。

案几上的燭臺倒了，四周一片黑暗。半晌，虞靈犀才找到呼吸似的，猛然吐出閉在胸口的濁氣。

「發生什麼了？」她問。

車外除了「嘩嘩」的雨聲，沒有半點動靜。

虞靈犀摸到地上墜落的金笄，攥在胸前防身，深吸一口氣，鼓足勇氣掀開車簾。

頓時愕然。

只見車前燈籠昏暗，在雨夜裡投下三尺昏光。

雨絲在光下拉出金色的光澤，車夫已經滾落道旁昏死過去，而原本是車夫的位置，站著一個無比熟悉的黑衣少年。

寧殷單手拽住馬轡繩，纏在臂上狠命一拉，竟是憑一己之力將正在疾馳的馬匹停了下來！

「衛七。」虞靈犀怔怔地看著雨夜中寧殷高大挺拔的背影，忽而湧上一股怒意，「你瘋了！」

這麼快的馬，稍有不慎就會被踏成肉泥的。

他怎麼敢！

「小姐才是瘋了。」寧殷扔下馬韁，轉過臉來。

虞靈犀才發現他的臉色冷得可怕，雨水劃過他冷白的臉龐，又順著鼻尖和下頜淌下。

「小姐打算去哪兒？東宮？」他幽黑的眼裡像是淬著寒，又像是翻湧著暗色的岩漿，勾出一個不太成功的冷笑，「妳知道去了那裡，意味著什麼？」

虞靈犀與他對視許久，眼裡也泛起潮意：「知道。」

但她想不到更好的法子。

虞靈犀握著那支金笄，輕聲道：「我不怕，衛七。」

可是他怕。

寧殷嘴唇動了動，雨聲太聒噪，虞靈犀聽不清他說了什麼。

「什麼？」虞靈犀問。

「我說，」寧殷渾身染著夜的清寒，俯身逼視，一字一句道：「小姐現在，立刻，給我回去！」

虞靈犀望著他幽黑清冷的眼眸，搖搖頭：「不，衛七。」

寧殷盯著她，看了很久。

「小姐無兵無權，憑妳一己之力對抗東宮儲君？」

「我已請南陽郡王出手，若是順利，便能請來帝后解圍。」

「若是不順呢？」寧殷沉聲問。

虞靈犀抿著唇，沒有說話。

她只是一介臣女，沒有號令天下群雄的本事，無非流血五步，血濺七尺。

若她在東宮有個三長兩短，即便明日督察使查出災糧失竊，天下人亦會覺得是太子為了掩蓋逼死將軍府嫡女的罪行，而設計坑害虞家。皇上必將澈查，太子的陰謀也就不攻自破……

當然，這只是萬不得已的下下之策。

寧殷似乎看透了她的決然，忽地嗤笑起來。

他墨眸冰冷，嗓音卻又輕又柔：「小姐真是好算計，好膽量。當初身中催情香，寧可用簪子刺死自個兒也不讓我碰，今夜卻為了別人捨身飼虎……」

虞靈犀大聲道：「阿姐不是別人，她是我的家人。」

「家人？」這個詞令寧殷感到陌生。

他記憶裡只有仇人、能利用的人，死人以及將死之人……沒有家人。

「小姐軟肋太多了。」寧殷眸中沒有一絲波瀾，冷嗤道：「隨便拎一個人出來，都能嚇得妳方寸大亂。」

「那不叫『軟肋』，衛七。父兄、阿姐、阿娘……他們傾其所有守護、疼愛了我十幾年，同氣連枝，一損俱損。」虞靈犀臉上濺著冷雨，但她的眼神很沉靜，「人熱血赴死，總比冷血活著要好。這一次，理應我保護他們。」

寧殷神情莫辨，沒有動。

驟雨打在馬車棚頂，「嘩嘩」一片，像是急促的催命符。

沒時間耽擱了。

車夫還躺在路邊不知死活，虞靈犀便自己伸手，去搆車前垂落的馬韁繩。

可指尖還未觸及到，寧殷便悠然抬靴，踩住韁繩。

虞靈犀用力抽了抽，韁繩在他靴下紋絲不動，不由惱惱：「衛七！鬆開！」

下一刻，高大的身影籠罩，虞靈犀被推入馬車中。

「你！」

意識到寧殷要做什麼，她下意識抬手，卻被捉住手腕；抬腿，腿也被壓住。

狹窄的馬車內，兩人視線相觸，呼吸交纏，眸中倒映著彼此的模樣。

「衛七，你放開我！」虞靈犀看著起身壓上的少年，驚怒不已。

「不能放。」寧殷只用一隻手，便輕鬆將虞靈犀不斷掙動的雙腕壓在頭頂，嗓音帶著令人心寒的淡漠，「小姐這條命寶貴得很，衛七捨不得小姐做傻事。」

可是，來不及了。

虞靈犀急紅了眼睛，眸光濕潤，卻咬著唇猶不服輸。

阿姐性子烈，衝動之下不知會做出什麼來。她怕阿姐撐不到寧子濯趕到。

雨水順著寧殷的髮梢滴落，落在虞靈犀的鬢邊眼角，像是幾滴淚滑過她瑩白柔美的臉龐。

寧殷望著她眼角的濕痕，眼睫一動，手勁下意識鬆了些許。

他抬指壓在虞靈犀欲呼的唇上，低低「噓」了聲。

一時間彷若回到前世，壓迫感極強。

虞靈犀僵住不動，只聽寧殷在耳畔短促一笑，像是做了決定般：「只要小姐乖乖聽話，我便還小姐一個完好無損的虞辛夷。」

大雨傾盆，馬匹不安地刨動蹄子。

閃電劈過蒼穹，將街巷照得煞白。

東宮。

內侍躬身進門，於屏風外稟告道：「殿下，虞將軍的女兒於永春門外求見。」

聞言，寧檀眼裡露出計謀得逞的得意。

再自恃清高的女人，這會兒還不是得乖乖進宮來求他。

「將她帶去宜春宮，好生招待。」寧檀推開懷裡的美婢，陰笑著道：「滾吧，今晚不用妳們伺候了。」

進東宮不許帶利刃，虞辛夷解了短刃，步履沉穩大氣，一襲紅色戎服官袍掠過雨夜，如最熱烈的火焰燃燒。

她停了腳步，凜然道：「宜春宮乃是娛樂之所，不適合談公事。勞煩公公告訴殿下，我就在偏殿等候。」

說罷，徑直調轉腳步，推開偏殿的門。

刺目的燈火撲面而來，她瞇了瞇眼。

寧檀才剛起身，便見殿門被人用力推開，走入一個英姿颯爽的戎服女將，不由嚇得跌回坐榻中。

定睛一看，原來是百騎司司使虞辛夷。

「怎麼來的是她？」寧檀瞇著眼打量虞辛夷，有些敗興。

他還以為來的是虞靈犀那軟乎乎的小美人呢，沒想到來的是帶刺的女武將。

不過……

不知是燈火映襯的原因，今夜細看虞辛夷，倒也不似之前印象中那般母夜叉似的人物，反而五官英氣漂亮，明豔大方，別有一種野性難馴的風韻。

嬌滴滴的美人吃膩了，他還沒嘗過這樣的烈女子呢。

虞辛夷忍著太子黏膩的目光巡視，按捺心底的怒意，抱拳道：「臣女百騎司司使虞辛夷，見過太子殿下。」

寧檀給身邊的內侍使了個眼色，方緩緩直身道：「免禮吧。虞大姑娘入夜求見，所為何事？」

明知故問！

虞辛夷咬牙：「求殿下看在虞家滿門忠烈、戰功赫赫的份上，高抬貴手！」

「讓孤幫忙，虞大姑娘得拿出誠意來啊。」太子直勾勾盯著她，心馳蕩漾道：「畢竟關乎幾萬災民的性命，孤也不能白冒這個險，為妳虞家求情。」

虞辛夷抬頭，神情了然：「臣女還未說是何事，殿下怎知和災民有關？」

寧檀一噎，憋了半晌方道：「虞家最近就接了賑災這一項命令，孤也是猜的。」

宮侍燃了香爐，奉上瓜果酒水。

虞辛夷冷然一笑：「果真是太子殿下做的。」

寧檀乾咳一聲，抬起酒盞示意道：「有什麼話，虞大姑娘與孤邊喝邊聊。」

虞辛夷冷冷瞥著，不為所動。

她朗然道：「任誰貪贓枉法，都不可能是我虞家將領。猶記七年前家父剛接管兵權，軍紀鬆散，兵卒私取百姓財物、調戲女子之事時有發生，是家父連夜肅清軍中敗類，這才有了如今這支鐵血嚴明、戰無不勝的虞家軍。」

寧檀盯著案几上嫋嫋暈散的香爐，心不在焉地揮揮手道：「好了好了，陳年舊事還拿出來說什麼？」

虞辛夷反唇相譏：「沒有這些陳年舊事，太子殿下的儲君之位能坐得安穩？」

「妳放肆！」

「鳥盡弓藏，乃昏君行徑……」

話還未說完，虞辛夷身形微不可察地一晃。

她目光遲鈍了一會兒，屏息咬牙道：「你做了什麼……」

寧檀心下一喜，便知是藥香奏效了，忙摒退侍從。

他知道虞辛夷自幼習武，為了以防萬一，又多等了一盞茶的時間，方敢向前。

虞辛夷已然站不穩了，扶額搖搖晃晃，臉上浮現出醉酒般的紅暈，倒給她的面容添了幾分別樣的嬌豔。

寧檀這才壯著膽子走過去，攬住虞辛夷纖細緊實的腰肢道：「虞大姑娘放心，只要妳跟了我，孤便留妳一家性命……嗷！」

一聲慘叫，寧檀的手被虞辛夷反扭在身後。

繼而「啪」的一聲，一個響亮的耳光甩在寧檀臉上，直將他打得趔趄。

寧檀沒想到虞辛夷吸了那麼烈的香，竟然還有力氣掌摑太子，不由惱羞成怒道：「賤人！敬酒不吃吃罰酒！」

他惡狠狠扯了腰帶，剛欲撲上去，就聽見外頭傳來一陣喧鬧。

「殿下，殿下不好了！」內侍驚慌的聲音自門外響起。

寧檀扭頭，喘著粗氣問：「又有什麼事？」

「方才十數支塗滿甘油的火箭從天外飛來，東宮左春坊和崇仁殿走水，驚動了聖上和羽林軍！」

「怎麼會突然起火？你們都幹什麼吃的！」

「這火蹊蹺，奴也不知啊。」內侍壓著公鴨嗓：「現在聖上已經快到武德門了，殿下還是快些收拾準備迎駕吧。」

東宮與天子宮殿只有一牆之隔，從武德門到此處，不過半盞茶的時辰。

寧檀慌了，顧不得那點齷齪心思，忙將虞辛夷往內間推，只想快點將這女人藏起來才好。若是被父皇瞧見他對功臣之女下手，少不得又一頓打罰。

「昏君！別碰我！」虞辛夷竟然還有力氣反抗，拳腳並用，且招招致命！

寧檀肚子和胯下被她踢了好幾腳，頓時疼得面目扭曲，夾著腿大喊：「來人！把這瘋女人給我拖下去，關起來！」

四五個內侍一擁而上，好不容易將虞辛夷架去內間，便見殿外火把通明。

繼而殿門被推開，羽林軍簇擁著兩鬢斑白的皇帝進殿，後面還跟著唇紅齒白的南陽小郡王。

寧子濯的目光有些焦急，掃視殿內一眼。

皇帝很鐵不成鋼地看著衣衫凌亂的太子，斥道：「東宮大火，你卻半天不見人，到底在作甚？」

寧檀匆匆繫上腰帶，垂首躬身道：「父、父皇，兒臣……」

他話還未說完，便聞內間傳來內侍「哎喲哎喲」的痛呼，伴隨著拳腳落在皮肉上的聲響。

一陣劈里啪啦的瓷器碎裂聲後，面色暈紅的虞辛夷步履踉蹌地走了出來。

「虞司使！」寧子濯立即向前，脫下外袍裹在虞辛夷身上。

好在她除了身體沒什麼力氣，衣衫齊整，並無別的異常。

皇帝看了看鳳眸含怒的虞辛夷，又看了看面前畏縮跪伏的太子，一切不言而喻。

「混帳東西！」皇帝怒上心頭，當胸一腳踹去，叱道：「你都做了什麼！」

太子被皇帝盛怒之下的窩心腳踹得栽了個跟頭，王八似的肚皮朝上，狼狽翻身跪好，訥訥不敢辯駁。

雨勢漸小，馬車依舊停在道旁。

東宮的方向，火光隱隱可現。

寧殷屈腿而坐，眼中落著明滅不定的光，像是在欣賞一件賞心悅目的傑作，淡淡道：

「冷靜下來了？」

虞靈犀望向失火的方向，半晌，點了點頭。

寧殷就像一座冰山，露出來的只是小小一角，水面下還藏著不為人知的力量。

這樣狡黠、狠戾而又善於偽裝蟄伏的人，她一點也不奇怪他會爬到權傾天下的位子。

「以後，不可以凶我了。」

虞靈犀垂眸打破沉寂，揉了揉被他攥疼的手腕。

頓了頓，又小聲補上一句：「雖不知你用了什麼手段，但，還是謝謝你。」

「不必謝我，謝妳的小郡王去吧。」寧殷髮梢滴水，語氣也涼颼颼的，「我能有什麼手段？不過是騙小姐安心罷了。」

虞靈犀抬眼看了他許久，才從他俊美的臉上看出一絲類似「記仇」的情緒。

「衛七？」

「衛七。」

連喚了兩聲，寧殷才懶洋洋掀起眼皮，瞥向她。

虞靈犀張了張嘴，還未說話，便聽前方傳來馬車的聲響。

她撩開簾子一看，見馬車前掛著南陽郡王府的燈籠，不由眼睛一亮，跳下車道：「阿姐！」

郡王府的馬夫勒韁停下，繼而車簾掀開，露出寧子濯那張年少秀氣的臉。

「虞二姑娘別擔心，虞司使沒事。」

寧子濯欠了欠身，露出身側倚在車壁上昏睡的虞辛夷。

虞辛夷看上去沒受到什麼傷害，身上還罩著寧子濯的織金外袍。

虞靈犀懸在半空的心總算落回實處，鬆了口氣，忙朝寧子濯鄭重一禮道：「多謝郡王殿下出手相救。」

寧殷靠著馬車而站，幽冷的眸子微微瞇起。

嘶，還真去跟她的小郡王道謝了？

手癢，想殺人。

車上，寧子濯莫名一哆嗦。

四顧一番，他納悶道：怎麼突然覺得背後有股涼意？

戌時末，燈火闌珊，兩輛馬車相繼停在虞府大門前。

侍從們聞聲過來，手忙腳亂地將虞辛夷攙扶進門。

虞辛夷這會兒已經清醒，只是手腳尚且乏力，攥住虞靈犀的手低聲道：「歲歲，妳沒猜錯……」

虞靈犀便知她此去東宮，定然摸清了情報，不由反握住她的手，輕聲安撫：「阿姐放心，不會有事的。」

說罷叮囑侍從：「小聲些，莫要驚動阿娘。」

寧子濯撩簾坐在車中，目送虞辛夷被攙扶進房歇息。

虞靈犀注意到他頸側和手腕上有兩個青紅的牙印，想來大概是阿姐神志不清時發狠咬的。察覺到虞靈犀的目光，寧子濯毫不在意地笑笑，扯下袖子蓋住痕跡。

都道南陽小郡王是個被寵壞的驕矜小紈褲，素日裡招貓逗狗一刻不閒，關鍵時刻，卻難得有幾分赤誠的少年義氣。

虞靈犀將他的織金外袍仔細疊好，雙手恭敬奉還道：「多謝郡王殿下！這份情，我與阿姐會永遠銘記於心。」

「舉手之勞，二姑娘不必客氣。」南陽郡王大方地擺擺手，嗓音帶著少年人特有的清透跳躍，「何況本王也沒做什麼。方才剛到宮門，便聽聞東宮遇刺，兩處樓閣走水，正巧遇見聞訊而來的陛下，這才能及時趕到。」

如果沒有那場火，他根本無法那麼迅速地請來皇上，入宮求見、稟告，一套過程下來，少說得再耽擱小半個時辰。

若真如此，他無法想像虞司使會在東宮遭遇什麼。

虞司使那樣烈如焰火的女子，不該受此折辱。

聽寧子濯這樣說，虞靈犀下意識望向身側。

虞府的馬車靜靜停在階前，車旁空蕩蕩的，已經沒了寧殷的身影。

虞辛夷站在淨室中，往自己頭上潑了幾盆冷水，刺激得綿軟燥熱的身軀倏地一緊，總算緩過神來。

虞靈犀進門，便見阿姐甩了甩滿頭的涼水，砸了木盆道：「寧檀這個卑鄙小人，氣煞我了！果然皇家這代沒一個好東西！」

仁善的那幾個，沒活過成年就各種夭折暴斃了，活下來的都是什麼玩意兒？

虞靈犀道：「也不能這樣說，興許還有一兩個好的呢？」

虞辛夷知道她說的是寧子濯，拿起屏風上搭著的布巾擦臉：「那也不過是矮子裡面拔高子罷了。」

寬衣換上乾爽的衣物，戎服上沾染的甜膩香味聞得她犯噁心。

虞靈犀繃了一整日的心弦終於能喘息片刻，不由向前擁住阿姐瘦而緊實的腰肢，心有餘悸道：「阿姐，今晚真的嚇到我了。」

虞辛夷披散濕髮，轉身拍了拍妹妹的後背，「歲歲不怕，阿姐軍營裡摸滾打爬長大，什麼事不曾見過？寧檀那點下三濫的手段，不能拿我怎麼樣。」

虞靈犀點點頭。

還有正事要商量，她只鬆氣片刻，便收斂情緒道：「我們已經知道災糧的事是太子授意陷害，打草驚蛇，太子必定會想法子聯絡倘糧的內奸，銷毀證據。」

虞辛夷鬆開她，擰著眉頭：「不錯，這是個難題。」

虞靈犀卻搖搖頭：「不，這是我們反擊的契機。」

「歲歲的意思是？」

「派人盯緊戶部侍郎王令青，太子若有動作，必定祕密傳信與他。三萬石災糧所占庫房極大，不是那麼快能銷毀的，順藤摸瓜，我們便能找出災糧的真正藏處。」

「甚妙！」虞辛夷不禁刮目相看，轉怒為喜道：「歲歲，妳都是跟誰學的？越發聰慧了。」

虞靈犀笑笑不語。

和寧殷比起來，這些蝦兵蟹將的伎倆著實上不得檯面。

「不多說了，我這就帶人去盯。」虞辛夷道：「管他是飛鴿傳書還是快馬加鞭的密信，統統都截下來。」

虞靈犀不放心她的身體：「阿姐需要休息，還是交給青霄去做吧。」

明日午時便是最後期限，哪還睡得著？

虞辛夷抱了抱妹妹，按著她的後腦勺道：「歲歲，好好照顧阿娘。」

說罷拿起佩刀，大步推門出去。

銅壺滴漏，街巷響起了二更天的梆子聲。

虞靈犀坐了會兒，不知為何總想起寧殷勒韁逼停馬車的身影，以及那雙寒潭月影般幽冷的眸。

她深吸一口氣，開門喚來侍婢道：「讓膳房準備幾樣宵食，備上暖酒。」

沒多久，宵食準備好了，虞靈犀將其裝在漆花食盒裡，掌燈去了後院。

罩房的燈還亮著，虞靈犀讓侍婢站在遠處等候，自己提著食盒上前，叩了叩門。

門是虛掩的，稍稍一碰便「吱呀」一聲開了。

虞靈犀沒想那麼多，剛提裙跨入門內，便聽見嘩嘩水響。

抬頭一看，才發現寧殷正赤身坐在窗邊浴桶中沐浴。

見虞靈犀不請自來，他半點羞臊也無，只平靜抬眼，漆黑的眸中映著氤氳細碎的水光，上身線條緊實分明，細密的水珠隨著呼吸起伏。

燈火昏黃，給他過於冷白的身軀添了幾分暖玉的潤澤。

虞靈犀腳步頓住，視線情不自禁順著他下頷滴落的水珠往下，滑過起伏的輪廓，落在他硬實的胸膛上。

養了半年，曾經的傷痕都很淡了，唯有左胸處橫亙一道泛白的陳年舊傷，細細兩寸長，看起來像是短刃所傷。

這道傷虞靈犀前世就見過了。

每次見她都很好奇，得是什麼樣的絕世高手，才能在寧殷的心口刺上一刀。

「小姐還要看多久？」嘩啦一聲水響，寧殷抬臂隨意搭在浴桶邊沿，沒羞沒臊地提議道：「可要走近些，好生瞧瞧？」

虞靈犀敬謝不敏。

倒不是害羞，畢竟前世伺候他沐浴，更刺激的場面都見過。

純粹是寧殷的這具身軀，讓她感覺到危險。

那是刻入骨髓中的壓迫感。

「我備了宵食，在廊下角亭中等你。」說罷，掩門而出。

呼吸一口雨後潮濕的空氣，她怔怔地慢了腳步，壓下身體裡蠢蠢欲動的燥熱。

在角亭中等了一盞茶，寧殷踏著映月的積水，負手而來。

他穿著雪白的中單衣袍，半乾的墨髮披散，帶著一身沁人的水汽。若不論他過於涼薄的眉眼和狠戾藏黑的性情，倒也頗具俊美無儔的君子之風。

石桌上，擺了滿滿一桌宵食，有精緻糕點，亦有美酒佳餚，每樣都是最新鮮的。

亭中八角燈下，虞靈犀就像是一幅鮮活靈動的美人畫，連髮絲都在發光。

「坐。」虞靈犀含笑示意。

寧殷看了她一會兒，方撩袍坐在對面，語氣古井無波：「這回，小姐是道歉還是道謝？」

「都不是。」虞靈犀素手斟酒，遞給他一杯，「今夜雙喜臨門，特邀衛七共飲慶賀。」

寧殷接過酒盞把玩，卻不飲下，「小姐一個時辰前還打算以身殉道，危局未解，何來雙喜？」

虞靈犀抬眸一笑，輕聲道：「我與阿姐得貴人相助，虎口脫險，此乃一喜。」

頓了頓，望著寧殷點墨般深邃上挑的眸子，堅定道：「今夜之事，證明我與衛七有共同的目標，可互通便利、合作共贏，此乃二喜。」

寧殷微微挑眉，眸中浮現幾分興致。

「小姐怎知，我的目標是什麼？」

「在衛七眼裡，我就這麼傻？」她不答反問，寧殷卻是笑了起來：「也對，小姐看似嬌憨，實則明鏡似的通透。否則，怎麼能想出以身做餌的法子呢？」

虞靈犀假裝沒聽懂他話中的深意，舉杯道：「我敬你一杯。」

寧殷端著酒盞沒動。他孤身一人自地獄歸來，只需要棋子，不需要盟友。

虞靈犀也不介意，自個兒主動往他杯盞上一碰，「叮」的一聲響。

她先乾為敬，皺著眉小口小口抿著，兜出杯底示意，嫣紅的唇上暈開酒水濕潤的光澤，誘人採擷。

寧殷默然半晌，方在她期許的目光中抬手，將酒水送到唇邊一飲而盡，喉結一滾，放下杯盞倒扣。

虞靈犀心滿意足地笑了起來。

芭蕉滴雨，夜色靜謐。

寧殷撐著太陽穴，淡淡道：「這是最後一次。」

他可是為了面前香甜的美人餌，放棄了那三萬石起事的糧食呢。

不過也無礙，他不做虧本的買賣，想到一個更有意思的玩法。

至於到嘴的肥肉麼，遲早，會從她身上討回來。

寧殷盯著她水潤嬌豔的唇瓣，修長的手指有意無意地摩挲著杯盞邊沿。片刻，沒頭沒尾道：「第五日了吧？」

「什麼？」虞靈犀側首。

寧殷卻不再挑明，勾著莫名的笑意，慢悠悠說道：「其實我很好奇，小姐心懷天下，牽掛甚多，衛七排在第幾？」

「我何曾心懷天下？不過是……」

不過是上輩子孑然一身太孤單、太辛苦了，所以才想抓住一切能抓住的溫暖，護住所有想護住的人。

酒意上湧，在腹中化開些許暖意。

虞靈犀認真想了番寧殷的問題，扳著指頭數：「爹娘、兄長、阿姐，這四個不分伯仲，於我心中皆是頭等重要，再便是阿離、薛……」

寧殷的眸子危險地一瞇。

虞靈犀轉念一想，這輩子好像也不欠薛岑什麼了，便改口道：「接下來麼，便是花奴、衛七。」

寧殷「嗤」了聲。

連隻貓都能排他前頭。

他了然頷首，指節點了點杯盞，起身道：「衛七明白了。」

上次他說「衛七明白了」，還是在設計讓薛岑墜湖溺水的時候。

虞靈犀心中一咯噔，問道：「東西還沒吃呢，你去哪兒？」

「殺貓。」寧殷負手，風撩起他一縷髮絲掠過唇角，似笑非笑道：「多殺一個，我在小姐的心中的地位便能上升一名。全殺光後，衛七便是小姐心裡最重要的人了。」

他用最溫柔的語氣，說著最狠情的話語。

旁人這樣說，或許只是開玩笑，但虞靈犀知道寧殷不是，他真的能做得出來。

不由輕嘆，她起身道：「衛七，你過來。」

寧殷站著沒動。

虞靈犀走到他面前，又重複了一遍：「靠過來。」

寧殷保持負手的姿勢，看了她片刻，勉為其難地微微俯身湊近。

於是虞靈犀仰首迎上，在他涼薄的目光中，抬手輕覆在自己的心口處。

「不是你那樣算的。」廊下安靜，她望著寧殷近在咫尺的眼眸，溫聲道：「我這一生只有這麼幾個重要之人，他們就活在我心裡，你每殺一個，無異於往我心口捅上一刀。都殺光了，心也就死了，只會讓我離你越來越遠，明白了麼？」

寧殷的目光往下，落在她素手輕覆的柔軟胸口。

安靜半晌，他搖首嗤道：「這不公平。」

「什麼……」

虞靈犀疑惑，卻被他拉住腕子，將她的手掌按在他的胸口。

完全不同於女子那般柔軟豐腴的觸感，薄薄的衣料下肌肉硬實，心跳沉穩地撞擊著胸腔，震得虞靈犀指尖微麻。

不知是酒意，還是那殘存的藥香作祟，虞靈犀整個人被籠罩在他的陰影下，彷若被鎖定的獵物般怔忪不動。

寧殷卻不給她退縮的機會，修長有力的大手牢牢扣住她的手掌。

他傾身逼近，壓著沉沉的嗓音輕笑道：「小姐猜猜，我這裡裝著多少人？」

第十四章 夢境

虞靈犀一直覺得，寧殷那樣目空一切的人，是沒有心的。

即便大奸大惡之人，心裡至少裝著自己。

可寧殷的心裡，連他自己都沒有。

但當寧殷拉著虞靈犀的手按在胸口，問她「我這裡裝著多少人」時，虞靈犀竟答不上來。

她只知道，至少那一刻俯身逼近，他黑冷如同囚籠的眸子裡，只鎖著她一人。

今夜發生了太多事，回到廂房後，輾轉半宿沒睡著。

昏昏沉沉睡了不到兩個時辰，夢裡一會兒是阿爹和兄長身陷囹圄，一會兒是寧殷黑沉沉逼近的眼睛。光怪陸離，幾乎要將她撕成兩部分。

醒來時天才微微亮，阿姐外出盯梢還未歸來。

虞靈犀睡不著了，披衣坐到天大亮，才見一名侍衛快馬加鞭趕了回來，遞給虞靈犀一封信。

信是虞辛夷草草寫就的。

她說半夜寅時，果然截到了從王侍郎府邸送出的飛鴿密信，已查到災糧的線索，正快馬加鞭趕去查探。

直至第三日入夜，虞辛夷的第二封家書才送到府中。

虞靈犀拆信拆得太過心急，被鋒利的紙張割破了手指。

上頭只有大快人心的幾句：事畢，災糧已順利抵達洛州四縣；生擒東宮黨派內奸二人，不日押解歸京。

虞靈犀看了幾遍，攥著信的手緩緩垂在膝上，終於長長鬆了一口氣。

不，現在還不是澈底寬心的時候。

猶記前世，阿姐孤身一人北上查探父兄被害的真相，亦是在帶著證據返京的途中遭遇意外，連人帶馬墜落深淵，屍骨無存。

這輩子，絕對不能再步前世後塵。

思及此，虞靈犀開門喚來庭中當值的親衛：「青嵐，你去將京城通往洛州的地勢圖取來，再集合所有當值的侍衛，聽候調遣。」

安排完，她才察覺指間濕黏，略微疼痛。

垂首一看，原是食指被信紙割破一條血口，血珠凝結在冰雪般的指尖，而後墜落在地。

與此同時，京城以東五十里地開外，通往洛州的唯一官道蜿蜒延伸至山林深處。

浮雲蔽月，密林是最好的掩護，適合埋伏暗殺。

墨藍的霧靄縈繞，官道盡頭緩緩走來一道修長挺拔的身影，彷彿夜遊觀景般悠閒，不急不慢。

刺客頭目瞇了瞇眼，抬手示意弓弩手準備射殺。

然而等那條人影走到射程範圍內，他才發現不是押送證人的虞家人，而是一個看不清面容的黑衣少年。

抬起的手頓在半空，刺客頭目的汗水順著鬢角滑下，沁入蒙面的三角巾中。

那少年卻是站住不動了，霧靄氤氳的夜色中，他負手而立的身影呈現出一種詭譎的寧靜。

片刻，他轉過臉來，冰冷的眸子彷彿刺破黑暗的遮掩，準確對上刺客頭目的視線。

「留兩個活口，」少年勾著優雅的笑意，「其餘殺光。」

刀刃的寒光乍現，驚起林中飛鳥。

鮮血濺在灌木叢中，在夜色中凝成深紫色，那群刺客死的時候，甚至來不及發出一聲叫喊。

只剩刺客頭目還活著，他將赤紅的眼睛投向道中的少年。

這哪裡是什麼夜遊的公子，分明是索命的閻王！

擒賊先擒王，刺客頭目提劍衝出密林，朝少年刺去——

這是他身為東宮死士的宿命，不到死的那一刻，絕不退縮屈服！

「呃！」

伴隨著臂骨折斷的脆響，刀劍墜地，刺客被扼住了喉嚨。

他瞪大眼睛，伸手去扳少年鐵鉗般的手臂，卻抓住他腕上纏著的一圈杏白綢帶。

綢帶絲滑鬆落，被夜風一吹，飄飄蕩蕩朝空中飛去，被少年及時張嘴咬住，抿在齒間。

刺客看見的最後畫面，便是少年抿著那根杏白的飄帶，墨髮隨風微散，俊美如神祇，狠戾若修羅。

刺客頭目的屍首被扔在地上，身下很快暈開一大灘暗紫的稠血。

寧殷擦乾淨手上前，目光落在刺客碰了飄帶的那隻手上，淡淡擰起眉頭。

抬靴踏上那隻手，壓緊，使勁碾了碾。

直至骨骼碾碎血肉模糊，他才咬著飄帶的一端纏上左臂，打了個結。

「把還有氣兒的帶回去，處理乾淨。」他吩咐。

立即有下屬應聲跳出，將刺客屍首拖入密林深處。

浮雲散開，圓月倒映在一灘黏稠的淺窪中，被染成瑰麗的紫紅。

京城中一夜平靜。

第二日，虞靈犀派出去的侍衛順利接應到了虞辛夷。

抓到的盜糧證人連同截獲的密信一起送往大理寺，證據直指東宮太子，一時朝堂譁然。

且不說那是救人性命的災糧，三萬石糧食足夠養活一支造反逼宮的軍隊，太子年紀輕輕便結黨營私，這對年邁多疑的皇帝來說無疑是觸了逆鱗。

太子被幽禁東宮，皇后披髮跣足，在承德殿外跪了一下午。

朝中局面如何，虞靈犀已經無暇顧及。

阿姐此番調查取證實在太過順利，若非運氣驚人，便只能是有人暗中相助。

有這個能力和心計的，虞靈犀只想到一人。

初夏，蟲鳴陣陣，虞靈犀只穿著單薄的夏衫襦裙，可依舊覺得燥熱難當。

這種熱不像是暑氣的外熱，更像是從身體裡滋生的躁動不安，哪怕只是坐著，臉頰亦是一陣一陣發燙。

前幾日兄長運送的災糧出事，她心弦緊繃，顧不上其他，如今鬆懈下來，才發覺身體有些異樣。

虞靈犀算了下日子，離第三次毒發，只有最後兩日。

不由怔然，不知該怎麼辦才好。

像上次一樣順從嗎？

可是如此，寧殷算什麼呢？她在寧殷眼裡，又算什麼呢？

「小姐，您的臉怎麼了？」胡桃端了茶水進門，觀摩著她緋紅的臉色。

「無礙。」虞靈犀拍拍臉頰醒神，起身道：「屋裡太悶，我去院中走走。」

夜風撲面而來，總算稍減燥熱。

「小姐近來，似乎很喜歡後院的風景呢。」胡桃在一旁提燈引路，無意間道。

虞靈犀回神，才發現自己竟不知不覺走到後院罩房中來了。

也不知是不是藥性的緣故，她想起寧殷的次數明顯增多，甚至走向公私不分的地步，這可不是什麼好兆頭。

虞靈犀抿唇轉身，正欲換條路走，卻聽身後罩房吱呀一聲門開。

寧殷就像是察覺到她的掙扎似的，於門後抬首，喚了聲：「小姐。」

聽到他清冷低沉的聲音，虞靈犀的腳就像是生根了似的不聽使喚，頓在原地。

半晌，她認命地閉目輕嘆。

摒退侍婢，她轉身望向緩步下階的黑衣少年，輕聲道：「今夜月圓，衛七陪我走走。」

白玉蘭樹花期已過，疏影橫斜，將月光切割成無數斑駁的色塊。

兩人一前一後穿過長廊，朝花苑水榭行去。

「阿姐平安歸京，偷換災糧的證人和證據都已移交大理寺。」虞靈犀率先開口打破安靜，濕潤瀲灩的眸子輕輕轉向身側落後一步的寧殷，「一路上都很順利，可見有貴人庇佑。」

寧殷聽出她的言外之意，一副置身事外的冷淡：「小姐不必拐彎抹角，我是為了自己。」

他要讓老混蛋和他兒子自相殘殺，若是虞辛夷死了，證據送不到皇帝面前，這場局便沒意思了。

虞靈犀「噢」了聲，莞爾道：「不管為誰，目的是一樣的。」

她今夜說話與往日不同，嗓音又甜又軟，尾音鉤子似的撩人。

寧殷瞥著她緋紅的耳尖，明白了什麼，問：「難受？」

虞靈犀停住腳步，望著他黑沉幽暗的眸子，燥意夾雜著按捺不住的酸澀湧上，百感交集。

半晌，她垂眸點點頭：「有點兒。」

話音剛落，便覺腕上一緊，寧殷將她拉入假山的陰影裡，扣住她的脈象。

微涼的指腹，像是清泉漱過般中和著她的燥熱。

虞靈犀竟生出貪戀，想要勾住他的指尖，索要更多。

她也確實這樣做了，觸碰到他筋絡凸起的手背，方驚醒般蜷起手指。

寧殷挑眉，望著她縮回去的指尖道：「既是難受，為何要忍著？」

想起什麼，他呵笑一聲：「也對，衛七排在貓後面，怕是連給小姐做器物的資格都不夠。」

虞靈犀輕蹙眉頭：「你是活生生的人，我從未拿你當器物看待。」

實在要說的話，大概是她每次想要做出越界的行徑時，總會憶起前世不對等的侍弄，以及自己孤零零被封鎖在密室中的屍身。

因為明白做「器物」是什麼感覺，所以她才不願別人成為她的「器物」。

哪怕，那個人是她曾經怕過、怨過的寧殷。

巡邏的侍衛提著燈從遠處走過，月光照得石子路發白，水榭池邊蕩開銀鱗般的碎光。

「今晚的月亮很美。」

虞靈犀抬首望著夜空，竭力不去想兩日後將要面對的難題。

問題是永遠解決不完的，不如享受當下的寧靜美好。

想了想，她問：「衛七，你見過的最美的月亮，是什麼時候？」

寧殷靠著嶙峋的假山，半晌，睨著她道：「第一次殺人的時候吧。」

虞靈犀詫異地扭頭看他。

寧殷像是憶起了遙遠的過去，側顏在清冷的月光下格外岑寂，慢悠悠給她形容：「滾燙的鮮血濺在眼睛裡，月亮便成了紅色。」

他短促地笑了聲，嗓音散漫低沉：「特別美。」

虞靈犀笑不出來。

第一次，她甘願在還清醒的時候屈服於藥性，遲疑著，勾住寧殷的手。

他的手微涼，比月光還要冷。

他回憶裡滾燙的鮮血，並不能溫暖他冰冷的指節。

寧殷慢慢止了笑意，側首看她，手掌隨意垂在身側，任她握著，不回應也不甩開。

許久，他不輕不重地捏了捏她的尾指，說的卻是毫不相干的話題。

「明日，小姐去金雲寺一趟。」

一提及金雲寺，虞靈犀便不可控制地想起那日密室裡的荒唐。

她不無懷疑地想：莫非寧殷知道那日子將近，特地帶她去金雲寺密室裡重溫一回？

「小姐在亂想什麼呢？」頭頂傳來一聲嗤笑，寧殷極慢地眨了眨烏沉沉的眼睛，「小姐讓我查的毒藥，已有眉目了。」

翌日，天氣甚好，京城到處都飛著各色紙鳶。

金雲寺香客眾多，寧殷熟稔地將虞靈犀帶去偏殿。

別處佛殿皆是大門敞開，渡四方苦厄，唯有這處是關著門的。

虞靈犀知道，她想要的答案就在裡頭。

虞靈犀讓侍衛和胡桃在庭外等候，朝前走了幾步。

見寧殷負手不動，她頓足回身，好奇道：「你不隨我一起進去麼？」

寧殷目送她，淡淡道：「那是小姐想要的答案，我並無興趣。」

虞靈犀想了想，道：「也好。」

她定神做好準備，深吸一口氣，方推開沉重的殿門。

檀香嫋嫋，殿中昏暗，並無供奉菩薩、佛像，只站著一位清瘦的藥郎。那藥郎半邊側顏羸弱清秀，然而當他轉過另外半邊燒毀的臉時，卻比一旁怒目的金剛石像更猙獰。

見到虞靈犀，他握拳低咳，啞聲半死不活道：「欲界仙都一別，許久不見。」

殿門關上，隔絕了庭外陽光。

一刻鐘後，禪房下密室。

油燈昏黃，壁上映著兩具吊在半空的屍首影子，鞦韆似的慢慢打轉。

「官道上埋伏刺殺虞大姑娘的，的確是崔暗麾下豢養的死士，嘴甚為嚴實。屬下用了點手段，該招的都已經招了。」

折戟單膝跪地，將帶血的名冊雙手呈過頭頂。

寧殷倚在坐榻上，接過名冊隨意掃了兩眼。

「殿下讓屬下查的極樂香，亦有結果。」折戟將一個白玉瓶擱在案几上，見寧殷不動，方繼續道：「宮裡那邊不出殿下所料，皇帝已對太子起疑，惠嬪昨晚順利誕下皇子，朝中勢力必將重新打亂。」

「這把火還不夠旺，燒起來沒意思。」想起什麼，寧殷合攏名冊，手肘搭在膝蓋上前傾身子道：「二十多年前的那樁祕聞，也該有人提一提了。」

到那時，父忌子，子弒母，那才叫好玩呢。

寧殷記下名字後，便將名冊擱在油燈上點燃。

他悠然轉動著手指，待火快燒到指尖了，這才將名冊丟在榻上，點燃毯子。

「將這裡燒乾淨。」寧殷眸中映著跳躍的火光，溫潤而又瘋狂，起身道：「以後，大概用不著了。」

偏殿。

窗外暖光斜斜照入，鍍亮了空氣中的塵埃。

虞靈犀看著那個毀了容的年輕藥郎，問道：「先生果真查出那毒？」

「小娘子請看。」

藥郎走到一旁的兩口睡蓮瓷缸中，示意虞靈犀看著裡頭兩尾暢遊的金魚。

他拿出一個藥瓶，倒了半瓶至其中一口瓷缸中，淡綠色的液體很快混入清水中，消失得無影無蹤。

等了一盞茶的時辰，那尾悠閒遊動的金魚便不適地掙動起來，攪得水缸嘩嘩作響。

又一盞茶的時辰，金魚懨懨翻了肚皮，沒一會兒，兩腮洇出絲絲縷縷的黑血來。

「在下受人之托開棺驗屍，那女子嘔血而亡，銀針扎下去卻不變色，倒讓我想起一種奇毒。」藥郎道：「中毒之人初時並無症狀，繼而乏力，等到察覺腹痛時，已是回天無術……

可是如此？」

「正是如此。」

親耳聽到自己曾經的死狀，虞靈犀難掩波動，接過藥郎手中的瓶子聞了聞。

淡而熟悉的苦澀，她心下一沉，攥緊瓶子道：「不錯，是這種味道。」

「此藥有個極美的名字，叫做『百花殺』，原是漠北受降部落帶進中原的奇毒。此藥除了驗不出來外，還有個特性。」

藥郎將那條暴斃的金魚夾了出來，擱在另一口沒下過毒的缸中，做了個「請看」的姿勢。

未曾下過毒的那條活魚張嘴時吞了死魚身上沁出的黑血，沒過兩盞茶，也無力地翻起肚皮。

「這是……」

虞靈犀隱隱有了不祥的預感。

「此藥若用在人身上，約莫六至十二個時辰發作。中毒之人與另一人骨血相融，則另一人也會染上此毒。」藥郎浸淫草藥多年，說到這毒的精妙，青白的臉上呈現出興奮之態，絮絮道：「前朝高宗征伐漠北，受降的部族便讓美人服下此毒，再進獻給前朝高宗。沒幾日高宗駕崩，眾人皆以為高宗死於突發惡疾，實則不然。」

恍若一盆冷水當頭澆下。

虞靈犀抿唇半晌，艱澀地問：「你的意思是……」

藥郎道：「不錯，此毒乃專為暗殺量身訂做，不僅御醫查不出，還能通過床笫交合殺死另一人。」

暗殺，交合……

虞靈犀腦子裡「嗡」的一聲，彷若當頭一棒。

「先生……可肯定？」

她聽見自己的聲音微微發哽。

藥郎變了臉色：「小娘子若懷疑我的能力，便不該來找我。」

虞靈犀渾身惡寒，涼到了指尖。

想起前世臨死前噴在寧殷衣襟上的那口黑血，她只覺天翻地覆。

原來如此，竟是如此。

她原以為是趙玉茗因薛岑而對她下毒，直至這輩子的趙玉茗也死於此毒，她才隱約猜到，前世趙家不過是幕後真凶的一顆棋子。

虞靈犀琢磨了很久，前世的她無親無眷、孑然一身，她實在想不出這條不值錢的爛命，為什麼值得敵人費盡心思謀害……

卻原來，那人的目標一開始就不是她。

她自始至終，只是別人算計好的、用來刺殺寧殷的工具。

縱使寧殷耐藥性異於常人，也掩蓋不了她成為犧牲品和「幫凶」的骯髒事實。

虞靈犀怔怔然看著自己顫抖的十指，腹中下意識絞痛，沒來由的噁心。

憤怒席捲而來，胸口像是壓著千斤巨石，連空氣都如此稀薄。

她不知自己是如何走出偏殿的。

陽光傾瀉滿身，刺得她眼睛疼。

胡桃迎上來說了什麼，她全然聽不見，眼中水霧模糊，耳朵裡全是潮水般尖銳的嘶鳴。

虞靈犀越過胡桃，步履加快，越來越快，最後索性拋卻一切束縛奔跑起來。

穿過門洞，越過後院，風灌滿她的雙袖，肺疼得彷若炸裂，她卻全然不察。

她想要見到寧殷，立刻。

竹徑上緩緩走來一人，虞靈犀停住腳步，溺水之人般大口大口呼吸。

風拂過，竹葉簌簌。

寧殷看見她，有些詫異：「小姐……」

視線對上，虞靈犀眸中閃著細碎的光，彷若年久失修的機括般有了反應，不管不顧地朝他撲了過去。

寧殷下意識張開雙臂，將她接了滿懷。

裙裾綻開，纖長柔亮的頭髮如雲般揚起又落下，寧殷僵了僵，感受著懷中如竹葉般簌簌發抖的少女，頓在半空的手終是緩緩落下，遲疑著，攏著她的後腦勺往懷中按了按。

他想了想，笑道：「不應該啊，今天才第九日。」

「衛七……」

虞靈犀顫抖的聲音從他懷中傳來，帶著哭腔。

寧殷目光一沉，玩味的笑淡了下來。

他抬手托起虞靈犀的下頜，盯著她滿臉的淚痕許久，問：「被誰欺負了？」

兩輩子，虞靈犀自恃清白坦蕩，不曾有絲毫對不起寧殷之處。

她告訴自己可以不恨、不怨，但不能忘記自己曾遭遇過什麼。

可是，人一旦反覆提醒自己曾受過的委屈，怎麼可能絲毫不介懷？

她理所當然地收留寧殷，將其當做庇護虞家的跳板。她告誡自己不能步前世後塵，與他有超出「各取所需」以外的任何情愫……

可到頭來抽絲剝繭，自己是受害者，亦是殺人的工具。真正無愧於心的，反而是這個壞得坦蕩的瘋子。

虞靈犀知道錯不在自己，她只是感到莫大的諷刺，為這半年來的一葉障目與偏見。

「沒人欺負我。」虞靈犀鼻尖微紅，濕著眼眶看他，抿著唇輕聲補充，「以後，不會再有人欺負我們。」

她說的是「我們」，眼裡有看不透的情緒流轉，和以往不太一樣。

奇怪的是，寧殷卻並不討厭這兩個字。

「小姐到底，從藥郎那兒聽到了什麼？」他問。

「趙玉茗所中之毒，名為『百花殺』，乃是受降部族通過『美人計』，謀害前朝皇帝的奇毒。」虞靈犀將藥郎所說的複述一遍，竭力平復自己波動的聲音。

寧殷對天下惡毒的東西感興趣，聞言道了聲：「這毒倒是有趣。」

「一點也不有趣。」虞靈犀神情肅然，握緊手指道：「以一個毫不知情的活人為餌，去毒害另一個人，惡毒至極。」

當然，最毒的是那下毒之人。

寧殷看了虞靈犀許久，捏著虞靈犀下頷的手鬆了鬆，指腹上移，拭去她眼角的濕痕。男人的指節硬朗，力道不算太溫柔，卻給人前所未有的安定。

「那麼，小姐因何對這毒如此介意？」

虞靈犀濕潤的眼睫輕輕一抖。

如果寧殷知曉，上輩子她亦是此毒的容器，並在床榻糾纏後吐了他一身的血……大概會捏斷她的脖子，丟進密室中再陳屍一次吧？

她搖了搖頭，不再繼續這個話題。

兩輩子沒正經流過幾滴眼淚，每次失態都是在寧殷面前。

她後退一步，吸了吸鼻子，再抬首已經恢復平靜。

寧殷對前世一無所知，可她不能忘，有些事必須解決。

「趙玉茗是在進宮前一日中毒的，莫非有人要借她謀害太子？」

虞靈犀在心裡推演了一番，前世寧殷樹敵太多，想讓他死的人多如過江之鯽，實在排查不過來。

但如果下毒之人亦是太子勁敵，能同時與寧、趙、虞三家有交集，那排查的範圍便小多了。

正想著，寧殷低沉散漫的聲音傳來：「若目標是東宮，便不會讓那女人在入宮前暴斃。」

虞靈犀覺得寧殷說的有道理。

或許只有「壞人」，才最瞭解壞人的想法。

思及此，虞靈犀側首，聲音還帶著些許鼻音：「你說，趙玉茗到底做了什麼，才會惹來殺身之禍？」

寧殷沒心沒肺地想：殺人需要什麼理由？

心情好殺個人，心情不好再殺個人，沒什麼大不了的。

但或是虞靈犀此時的神情太過凝重，又或是她方才帶著哭腔的模樣太過招惹人，寧殷便將到嘴邊的涼薄之言咽下，慢慢道：「許是她擋了誰的路，或是知道了什麼不該知道的祕密。」

虞靈犀點頭，這個答案也許只有等到查出趙玉茗死前去見了什麼人，方能揭曉。

「小姐！」遠處傳來胡桃焦急的呼喚。

虞靈犀忙抬袖擦了擦眼睛，鎮定心神轉身，便見胡桃領著侍衛自寺牆下尋來。

「回去吧，衛七。」

虞靈犀怕侍從起疑，邁步欲走，卻被勾住袖邊。

她順著勾住袖邊的修長指節往上，落在寧殷俊美深邃的臉上，疑惑地偏了偏頭。

寧殷以指腹漫不經心地撚著她柔軟輕薄的袖邊，漆黑的眼眸望不見底，許久，方俯身稍稍湊近。

「小姐別忘了，衛七隨時聽候差遣。」

風起，他低沉的嗓音伴隨著翩躚的竹葉落在耳畔，於心間蕩開一圈漣漪。

「這金雲寺有些邪氣。」馬車上，胡桃一邊給虞靈犀搖扇納涼，一邊氣呼呼道：「否則為何每次小姐來這，都會突然變得怪怪的？」

虞靈犀沒有搭理胡桃的嘟囔，滿腦子都是那兩尾死去的金魚，以及「百花殺」的藥性。

她索性接過胡桃手中的紈扇，自個兒搖了起來，竭力將注意力放在正事上。

「胡桃，妳讓管事將衛七的月例升兩級。再取些舒適的布料，給他做幾套夏衫置換。」

虞靈犀想著，這是寧殷應得的。

胡桃想的卻是另一樁事。

自那皮囊俊美的乞兒入府後，小姐既收留他、給他名字，又給他超出侍衛以外的自由，幾次小姐消失不見，最後都是和這個叫「衛七」的一同出現。

現在又將他的月錢升至客卿之上，極盡信任……

莫非，小姐真看上他了？

胡桃有些為難。

於情，她身為小姐的貼身侍婢，不管小姐喜歡什麼樣的人，她都打心眼裡支持；於理，小姐是錦繡堆裡長大的嬌嬌貴女，她更希望小姐能嫁一個門當戶對、能護住她的良人。

那衛七雖長得好看，可到底是個來歷不明的僕從，給不了小姐足夠舒坦的生活呀！

若是只清貧些倒也無妨，就怕他居心不良，貪圖將軍府的權勢才迷惑了小姐……

胡桃越想越為主子擔心，欲言又止。

回到將軍府，虞夫人正在查驗管家採辦回來的旗羅傘扇等物。

一個多月後便是虞煥臣的婚事，他尚在洛州賑災，這些事便由虞夫人為他操心。

虞靈犀向前，幫著挑了挑請柬樣式和綢緞，便見虞夫人溫柔地撫了撫她潮濕的鬢角，問道：「歲歲的臉怎麼這麼紅？別忙了，這裡有阿娘把關呢，快去歇息吧。」

虞靈犀放下請柬，以手背貼了貼臉頰，果真燙得很。

耳邊似乎又響起寧殷的那句「隨時聽候差遣」。

她知道寧殷是什麼意思：明日，便是最後一次毒發。

不提這事還好，一提便面頰生熱，躁動之間還夾雜著些許說不清道不明的恐懼。

她不知自己在害怕什麼。

連晚膳也顧不上吃，虞靈犀回了自己房中歇息。

手中的扇子越搖越快，想了想，虞靈犀開門喚來門外候著的小侍婢。

嗓音軟軟的無甚力氣，吩咐道：「去將涼閣收拾一下，今晚我去那邊睡。」

侍婢有些訝異，現在才初夏呢，夜裡尚有些寒涼，小姐怎麼就要搬去涼閣睡？

然而一見虞靈犀面色潮紅，的確熱極的模樣，侍婢便不再勸什麼，忙不迭福禮下去安排。

虞靈犀決心搬去涼閣，是有原因的。

她的寢房與虞辛夷的毗鄰，挨得極近，她怕晚上失控弄出什麼動靜驚動阿姐，會讓她看到自己難堪的模樣。

涼閣很快收拾好了，天剛擦黑，虞靈犀便寬衣躺在榻上。

滴漏聲聲，她能感覺到自己體內有暗流洶湧，不知何時會決堤肆掠。

躺了一個時辰，根本睡不著，她索性起身將涼閣的窗戶全推開，讓湧入的夜風吹散身上的燥意。

胡桃叩了叩房門，道：「小姐，您吩咐的安神湯備好了。」

虞靈犀抱著雙臂搓了搓，低聲道：「擱在門口吧，今晚不用伺候。」

胡桃道了聲「是」，擱下托盤去了旁邊的耳房。

虞靈犀拉開門，將地上尚且溫熱的安神湯端起來，捧著大口大口飲盡。

睡一覺就好了。

只要睡著，便什麼都感覺不到了。

她安慰自己，關門回到榻上，安靜地蜷起身子，閉上捲翹的眼睫。

虞靈犀做了一個夢。

夢裡是前世攝政王府偌大的寢殿，一切都像是蒙了層霧氣般繾綣，花枝燈影和紅綃軟帳勾勒出靡麗的色彩。

她赤著腳走在柔軟的波斯地毯上，朝榻上慵懶斜倚看書的男人靠近。

每走一步，她的心便顫上一分，待行至榻前，她抬手解下身上單薄的寢衣，鑽進被褥。

絲滑的被褥緊貼著細嫩的肌膚，汲取著她身上溫軟的熱度。

待被褥暖得差不多了，她便小心翼翼地往旁邊挪了挪，將暖好的位置讓出，伸出白嫩纖細的指尖攥了攥男人的衣擺：「王爺……」

男人睨過俊美微挑的眼睛，看了她一眼，放下手中的書卷。

他嘴角微動，蒼白的手抓住被褥一角。

慵懶一掀，虞靈犀雪白起伏的身軀便暴露在空氣之中，凍得她一哆嗦。

剛暖好的被窩又涼了，可男人並不在意，只半垂著眼眸，漫不經心地審視著她。

從頭到腳，一寸一寸，彷彿在巡視自己的領土。

虞靈犀竭力忍住牙關打顫的欲望，眼尾泛起漂亮可人的桃紅。直至她凍僵前，一具更炙熱的身軀覆了上來……

虞靈犀驚醒的時候，腿間正夾著被褥。

方才的夢境和眼下的行為，望梅止渴般，讓她感到無比地羞恥。

可是熱，還是很熱。

安神湯壓抑的渴望於此刻加倍反噬，洶湧決堤，沖得她腦子昏昏沉沉，手腳也像是煮熟的麵條般綿軟無力。

她知道，第三次毒發的日子終於還是來了。

不早不晚，偏偏是這個時候。

意識模模糊糊，整個人晃晃悠悠，虞靈犀分不清自己是在夢中，還是醒了。

她難受地攥緊了被褥，上等的蜀繡被她攥得皺巴巴一片。可還是沒用，她的身軀不受控制地顫抖，每一寸肌膚都在叫囂著需要安撫。

她想起了寧殷，想要見他，著了魔似的，想追隨夢中的放縱荒唐。

一旦壓抑，身體彷若要爆炸似的，比刮骨剔肉更為痛苦。

虞靈犀去摸案几上備好的涼茶，可手根本沒力氣，茶湯全撒了。

她將掌心掐出了血，咬著被角翻滾許久，終是踉踉蹌蹌地下床，打開房門。

夜已深了，胡桃和夜間嬤嬤在隔壁耳房酣睡，打著小呼。

虞靈犀連鞋也忘了穿，纖白的素襪踩在木製長廊上，沒有發出一點聲音。

那麼重劑量的安神湯絲毫壓制不住毒性。她又暈又燥，像是踩在雲端，跌跌撞撞辨不清方向，只憑本能朝前摸索。

平日半盞茶就能走完的路，此時卻長得彷彿看不到盡頭。

腳下一軟，虞靈犀扶著月門跌坐在地，黑暗潮水般從四面八方湧來，漩渦般拖著她往下溺。

她厭惡這種感覺，可身體不受控制。

遠處傳來夜巡侍衛齊整的腳步聲，夜巡的燈籠隱現，正往這邊靠近。

虞靈犀根本沒力氣爬起來，一身素白的寢衣中裙在夜色中格外打眼。

她將掌心掐爛，甚至自暴自棄地想：隨便誰都好，只要能幫她脫離苦海……

迷糊扭曲的視野裡，出現一雙熟悉的革靴。

虞靈犀一愣，順著那片暗色的下擺往上，看到一張極為熟悉的臉龐。

月影極淡，落在他身上像是一層輕霜。

對上她渙散的視線，寧殷極輕地「嘖」了聲，半晌蹲身道：「小姐又亂忍什麼？」

嗓音沉沉的，似是不悅。

巡查侍衛已經走到迴廊處，彷彿隨時都會提燈過來，撞見她此番毒發的窘迫。

虞靈犀咬唇，用盡最後的力氣，攥緊寧殷的衣擺。

寧殷悠悠然沒有動作，直至巡邏的腳步聲到了一牆之隔的拐角，暗色的下擺被攥出了褶皺，他才有了動作。

伸臂將虞靈犀攬入懷中，藏入牆角假山後的逼仄空間。

陰影籠罩，寧殷身上乾爽的味道無疑是致命的誘惑，讓她憶起前兩次的癮。

她不受控制地「嗚」了聲，很輕，隨即被捂住嘴往懷裡按了按。

寧殷壓低的嗓音自頭頂響起，帶起胸腔的震動：「噤聲。」

衣料貼著衣料，虞靈犀渾渾噩噩燒著火，咬緊了下唇。

幾乎同時，侍衛提著燈籠往月門下照了照，月色靜謐，石子路被照得發白。

「奇怪，方才明明聽見有動靜。」說話的聲音就在不到一丈遠的地方。

「興許是那隻貓吧。」另一人道。

侍衛站了會兒，走開了。

虞靈犀的身體撐到極致，立即無力地軟了下來，被寧殷及時撈住。

纖腰盈盈一握，沒骨頭似的。寧殷手臂緊了些，望著她的眼睛低低道：「寢閣不甚安全，委屈小姐去我那兒？」

虞靈犀燒得神志不清，小口小口急促呼吸，他說什麼都只能點頭應允。

一件寬大的鴉色外袍罩了下來，將虞靈犀整個人籠罩其中。

隨即身下一輕，她被有力的臂膀攔腰抱起。溫熱的掌心熨帖著腿部，她下意識往寧殷懷中縮了縮。

進了罩房，寧殷足尖勾著門扉關上。

落栓的聲音讓虞靈犀肩頭一顫。

「我睡慣了硬床，請小姐將就些用。」

他腳步穩健，將懷中瑟瑟的單衣少女擱在唯一的床榻上，而後起身打了水過來，給她擦拭一路扶牆而來弄髒的手掌。

濕涼的棉帕，先從纖嫩的手指開始擦拭，繼而是掌心，再沿著手背一點點往異常滾燙的小臂上延伸。

擦拭過的地方歷經短暫的涼意，隨即燒起更熱的灼意。

「衛……衛七？」綿啞的嗓音急促，沒有一絲力度。

「嗯。」寧殷淡淡應了聲，不疾不徐。

虞靈犀眼前一片光怪陸離，分不清是在夢境還是現實，只憑本能握住寧殷的手，男人的手骨節修長，有好看的筋絡微微突起，生來適合掌控一切。

她將五指擠入他的指縫，與他五指相扣，露出桃花般灼然的迷蒙淺笑。

寧殷擦拭的手慢了些許，微微挑眉。

他知曉第三次毒發會生出幻覺，如夢似幻，直至將人的意識完全消磨，墮入極樂深淵。

「上次小姐說我親人的技巧太差，我便看書學了些。」說話間，寧殷將棉帕丟入銅盆中，漆眸沉沉暈開笑意，「小姐可要檢查功課？」

他知道虞靈犀撐不住了，但依舊惡劣地端坐著，等她主動開口。

果然，虞靈犀難受地湊近些許，撐著他的肩膀湊過來，熟稔地吻了吻他的鼻尖，而後往下，將輕若羽毛的吻印在他冷淡的薄唇上。

寧殷曲肘，將潮濕的手隨意搭在榻頭的憑几上晾乾，微挑的眸子半瞇。

直到她委屈不滿，方稍稍仰首，順從啟唇。

唇上一痛的時候，虞靈犀蹙眉，還沒來得及唔出聲，就被盡數堵回腹中。

「小姐臉皮薄，小聲些。」

他的聲音啞而沉，伸指輕輕將她唇上的淡紅抹開，像是鮮妍的胭脂暈染。

熟悉的動作，令虞靈犀渾身一顫，像是從綺麗潮濕的美夢中驟然抽離。

「臉皮這麼薄，還爬什麼床……」

耳畔彷彿聽到一聲熟悉的輕嗤，昏黃的燭光也暈開光斑，變成了落地的花枝燈。

她胸膛起伏，稍稍退開些，迷蒙的視線一眨不眨地落在寧殷身上。

寧殷對她的走神頗為不滿，悠閒搭在身側的手總算有了動作，抬起扣住她的後腦勺，側首壓了上去。

虞靈犀依舊睜大眼眸，睫毛簌簌。

她在寧殷衣襟上看到大片大片濺開的花，那花是黑紅的，濕淋淋往下淌。

寧殷慘白如鬼魅的臉與眼前的少年交疊，虞靈犀攥緊了褥子，渙散的瞳仁劇烈顫動起來。

寧殷察覺到她的異樣，稍稍一頓。

他幽沉的眸中如暗流捲動，望著牙關顫顫的虞靈犀，喑啞問：「小姐不要命了，還想忍？」

「抱歉……」

虞靈犀感到噁心，可控制不住自己貼了上去。

她眼裡滿是懼意，可還是蠱惑般，將顫抖的唇印上寧殷淺色的唇瓣。

寧殷垂眸望著她顫動的瞳仁，沒有動。

他知道這毒第三次時藥效最猛，會讓人看見幻覺，愈陷愈深。可一般人都會看見極美的東西，鮮少有虞靈犀這般……

「小姐看見什麼了，嗯？」

寧殷衣襟鬆散，抬指請捏著虞靈犀的下頷，不許她亂動，強迫她看著自己的臉。

虞靈犀眼角沁出了淚，帶起一抹豔麗招人疼的濕紅，只反覆低喃著「抱歉」二字。

寧殷眸色晦暗，問：「不願意？」

虞靈犀齒縫滲出鮮血，顫巍巍將手攀上他的脖頸，像是要抓住最後一根浮木，又像是害怕將這根無辜的浮木一併拖入深淵。

寧殷一開始以為是虞靈犀的倔勁又犯了，而後很快發現不是。

前兩次，虞靈犀的眸中是固執的掙扎，而這一次，她眼裡只剩下懼怕與痛苦。

「我沒想……害你……」

寧殷俯身，只聽見這麼含混的一句。

他怔了片刻，忽地嗤笑：這是什麼話？

這具骯髒的身子，連他自己都不介意多捅幾刀，她有什麼好怕的呢？

「好難受……」虞靈犀哭著蹭了過來，連頸項都是燙紅的，溫香滿懷。

寧殷遲疑著，緩緩抬手，姑且算是安撫地摸了摸她柔順的髮絲。

可撫平不了她的痛苦。

這樣下去，即便是成功解毒了，也是痛意大過快意。

良久的沉寂，呼吸交疊。

寧殷拉開床頭矮櫃中的抽屜，拿出折戟給的白玉瓶子。

「張嘴。」他的嗓音啞而淡漠。

虞靈犀哪裡還聽得見他的話，只一邊哭著，一邊不管不顧地在他身上尋求安慰。

寧殷低哼了聲，壓下那陣燥痛，將她亂咬的嘴從頸側撥開，捏著她的腮幫將藥丸餵了進去。

難以形容的巨苦在舌尖爆炸開來。

虞靈犀顧不上身體的難受，「嗚」地撲到床榻邊沿。

「不許吐。」寧殷扳著她圓潤單薄的肩頭，將她按回榻上，「不想死就咽下去。」

虞靈犀不聽話地掙動著，寧殷眸色一暗，索性壓住她亂動的手腕，俯身以唇封緘，舌尖將吐到嘴邊的藥丸抵了回去。

虞靈犀「嗚嗚」兩聲，死命蹬著雙腿，可在少年絕對的壓制下無異於蚍蜉撼樹，紋絲不動。

漸漸的，那「嗚嗚」的反抗也沒了，只餘細細的啜泣。

寧殷仔細將藥「餵」乾淨了，方打開墨色的眼眸，從她唇上緩緩撤離。

「苦。」虞靈犀抿抿嘴，哭得眼睛都紅了。

寧殷舔了舔泛紅的唇，低低笑了聲：「哪裡苦？」

分明，就甜得很吶。

月影西移，窗外樹影婆娑。

燭花沒來得及剪，火光漸漸昏暗下來。

虞靈犀呼吸滾燙，安靜了沒一盞茶，恢復些許力氣，便又往寧殷懷裡拱，輕輕地蹭著。

極樂香的解藥已經失傳，這藥是他讓折戟拿著極樂香的配方琢磨出來的，時間太趕，藥效沒有那麼立竿見影，服下後仍會有殘毒，只是不再要人性命般痛苦。

原是他怕經驗不足出什麼紕漏，做的第二手準備。

畢竟他眼下對虞靈犀有那麼點稀罕，並不想讓她因此落下病根或喪命。

沒想到她哭得那麼凶，說什麼不願害他，一舉一動都往他心窩裡戳……

寧殷難得做一次虧本的買賣，心中正不爽。

他有一搭沒一搭玩著她的頭髮，涼涼瞥著胸口蹭著的腦袋，不為所動道：「小姐別得寸進尺。」

吃了他的藥，還要他善後，哪有那麼好的事？

虞靈犀自個兒消遣了片刻，見他不理，迷迷濛濛地抬起眼來。

眼尾醉紅，脆弱又美麗，手臂骨肉勻稱宛若霜雪凝成，生絹勾勒出纖腰一搦。

寧殷玩頭髮的手慢了下來，在打量她和討利息之間遲疑須臾……

終是垂眸，遷怒般張嘴咬住她細嫩的指尖，以犬齒細細研磨。

案几上的燭火燃到了盡頭，蠟淚在燭臺上積下厚重的一灘。

寧殷的唇也染上幾分緋紅，坐在榻邊，半邊俊顏隱在昏光中，慢條斯理地將指上的水漬在她裙裾上揩淨。

毒發過後，虞靈犀累極睏極，昏昏沉沉睜眼，看了床榻邊披衣倚坐的男人一眼。

她思緒混沌，以為尚在幻夢中，下意識脫口而出：「王爺……」

聲音太小，寧殷沒多在意，隨口問：「叫什麼？」

虞靈犀捲翹的睫毛緩緩閉上，急促的呼吸平緩。

半晌，含混囈語：「寧殷。」

寧殷擦拭的手猛然一頓，慢慢抬眼。

第十五章　紙鳶

虞靈犀半夢半醒間，總感覺後頸一陣涼颼颼的。

她迷迷糊糊睜眼，正對上寧殷漆黑的眸子。

「醒了？」

他倚躺在榻側，指節不輕不重地捏著她的後頸。

被他觸碰的地方微涼而酥麻，虞靈犀頓時什麼瞌睡都沒了。

零碎的記憶斷續浮現，她隱約記得自己昏睡前說漏了什麼。

她挺希望那是一場夢，然而面前寧殷的神情分明告訴她，那絕對不是夢。

虞靈犀沒想過會在此時，以這樣的方式坦白。

寧殷衣襟鬆散，姿態悠閒，仔細審視著她的神情：「小姐別怕，我的手很快，不會讓小姐感到疼痛的。」

如今再聽他尊呼「小姐」二字，虞靈犀只聽出涼薄的譏諷。

她知道，和寧殷談判決不能流露半點心虛怯意。

亦不能隨意否認，他聰明得很。

於是她坦然迎上寧殷審視的目光，道：「你好不容易才救活我，殺了豈不甚虧？」

她嗓音很輕，帶著睡後的柔軟鼻音，眼睛乾乾淨淨像是一汪秋水。

寧殷笑了聲：「小姐這是，想好怎麼扯謊了？」

寧殷這樣的人，真正狠起來的時候沒心沒肺、六親不認，萬萬不能以「情義」束縛他。這個時候，只能和他講利益——足夠動人的利益。

「我沒想與你扯謊。」虞靈犀直面前世那般沉甸甸的壓迫感，被褥中的手微微攥著，調整呼吸道：「殺了我，不過是多一個仇家罷了，並無好處。我們眼下有共同的目標，不該成為仇敵。」

她知道寧殷的目標是什麼，拋出自己的誠意，通透的杏眸一眨不眨地回望著他。

然而令人詫異的是，寧殷依舊面無表情，眼中並無多少動心。

虞靈犀的心頓時提到了嗓子眼：莫非，寧殷最想要的並非回宮奪權？

不應該呀。

「小姐又走神了，該罰。」下頷的疼痛喚回她的神智，寧殷略微不滿，俯身逼視她道：「小姐何時知曉的？」

他說的，是他的身分。

虞靈犀自然不能說是前世，這樣荒誕的理由恐怕還未說出嘴，就被他一把捏碎了骨頭。

「狼國。」她紅唇輕啟，給了個半真半假的答案。

「春宴遇險，你救我時穿的是內侍的服飾，則說明你對長公主府邸地勢深為熟悉，必是王孫權貴。後來，你連東宮都能插手……」虞靈犀道：「稍加聯繫，範圍已經很小了。」

寧殷微微挑眉。

那些訊息的確是他放出的，但他以為憑虞靈犀養在深閨的見識，最多能猜出他是王孫貴胄或是某個黨派的謀士，未料她連接「狼國」故事，竟是準確地將他藏了已久的身分剝得如此乾淨。

倒不是介意身分暴露。

反正，遲早得讓虞淵知曉，逼他做出選擇。

只是寧殷習慣掌控一切，主動放出消息和被人猜出來，是兩碼事。

虞靈犀在他冷冽探究的目光下，抑制不住地繃緊了嗓子。

「我並無刨人隱私的癖好，你不願意說，我只好不問不提。」她索性賭上一把，補充道：「除我以外，再無第二個人知曉。你若不放心，大可以現在殺了我。」

寧殷半晌不語。

理智告訴他應該捏碎她的頸骨，再一把火將虞府燒個乾淨。在該死的人都死絕前，他決不允許有任何動搖他的存在。

可指腹幾番摩挲，他望著這雙一個時辰前還在他眼前顫抖哭紅的眼睛，沒捨得下狠手。

的確，才餵藥救回來的小命，殺了可惜，可惜。

他慢悠悠抬起眼睫，不說殺，也不說放。

嗤了聲道：「如此說來，小姐先前收留我，對我好，只是想利用我的身分？」

虞靈犀就知道他會挑刺刁難。

何況若論「利用」，誰能比得過當初大雪中追著她的馬車走，而後又在幕後興風作浪的寧殷本人呢？

「我只是想護住家人，別無他念。」虞靈犀望著近在眼前的俊顏，沉靜對答，「太子狹隘昏庸，與虞家嫌隙日深，將來若推崇他上位，父兄絕無出路。」

寧殷哼了聲：「小姐又憑甚覺得，我比他好？」

「憑你有無數次機會，卻始終不曾傷害我。」

這是她前世今生，欠寧殷的一句話。

「小姐未免抬舉我了，我這個人啊，可不是什麼良善好人。」寧殷指腹輕撚，在她脆弱的頸側點了點，語氣涼颼颼的，「當初沁心亭外的三鞭，小姐忘了？」

虞靈犀怎麼敢忘？

她直覺，這才是問題的關鍵。

「我只是個弱女子，不懂朝堂之事，黨派之爭。」虞靈犀呼吸輕柔，一字一句道：「我只知道，一個危險卻不曾傷害過我的人，遠比一群偽善卻肆意施加坑害的人，要可靠得多。當然同理，我若忌憚你、坑害你，把你綁了邀功豈非更好？」

寧殷揉捏她後頸的動作慢了下來，像是在衡量她這句話的分量。

他殺人不講道理，卻講究興起。聊了這麼多，再動殺念就有些說不過去了。

虞靈犀試圖從他不辨喜怒的臉上看出什麼端倪，然而未果，倒是那股無形的壓迫消散了不少。

於是她大著膽子，抬手抵著寧殷硬實的胸膛，試探般輕輕推了推。

「能先起來麼？」她嗓音很輕，竭力讓自己的眼睛看起來誠懇些，「太沉了，壓得我有些難受。」

寧殷盯著她好一會兒，慢悠悠道：「小姐不惜與虎謀皮，利用完了便嫌我沉？好沒道理。」

不過到底依言鬆開手臂，側身屈膝坐起。

虞靈犀頓時如蒙大赦，一骨碌爬了起來，背對他整理衣裙。

藉著案几上的昏光悄悄翻來覆去看了幾遍，中裙雖然皺巴了些，卻沒有可疑的斑跡，身子亦無疼痛……

便知寧殷又放過她一次。

她呼了聲，襪子不知丟哪去了，兩隻嫩白的腳露在外頭，涼得很。

燭火燃到盡頭，噗嗤一聲熄滅。

後巷響起了五更天的梆子聲，雞鳴初啼。

再過兩刻鐘，府中雜掃的下人便要醒了。

思及此，虞靈犀整理的動作慢了下來，深吸一口氣：「你……」

「小姐還是喚我衛七吧。」寧殷淡淡道。

「好，衛七。」見他又換回這個名字，虞靈犀便知此番風波總算有驚無險地渡過，不由長長鬆了口氣道：「今夜多謝，我要回去了。」

窗邊一縷淺藍的冷光斜斜照入，寧殷的輪廓昏暗難辨，唯有眼睛格外亮。

他瞥了虞靈犀光著的嫩腳一眼，問：「庭中多石路，小姐就這樣回去？」

明明是黑暗中，虞靈犀卻有種被他看透的感覺，不由將腳往裙裾下縮了縮。

想了想，也沒別的法子，便道：「石路不過幾丈遠，忍忍就……」

話還未說完，寧殷披衣下榻，抄起虞靈犀的膝彎抱起。

虞靈犀咬唇，忙抓住他的衣襟，將那聲意外的驚呼咬碎在齒間。

寧殷是皇子，而她只是臣女。原以為以寧殷睚眥必報的性子，一旦抖破身分，定會順理成章將兩人的尊卑地位翻轉過來……

「小姐以前使喚我順手無比，這會兒矯情什麼。」

寧殷低沉的嗓音自頭頂響起，離得這樣近，說話時他的胸腔跟著微微震動。

推開門，踏過石子路，寧殷絲毫沒有將她放下的意思。

直到上了長廊，虞靈犀才明白他是打算直接送她回房。

這是什麼意思呢？

最後一層身分已然捅破，明明他無需伏低做小討好，自己也會如往常那般尊他信他。

正胡思亂想著，後院傳來了人語聲，是早起採辦的下人打著哈欠路過。

虞靈犀頓時心一緊，輕輕扯了扯寧殷的衣襟。

她不怕被人撞見丟了名聲，只是怕傳到家人耳中，讓他們多慮擔心。

寧殷瞥了她一眼，腳步不停，繼續朝那談話聲的方向行去。

三丈、兩丈……

虞靈犀的心都快蹦到嗓子眼，掩耳盜鈴般將臉埋入寧殷的懷中。

寧殷穩穩抱著她，嘴角一勾，轉過迴廊拐角，朝涼閣樓上行去。

幾乎同時，下人推著採辦的板車從院門下穿過，剛好錯身。

虞靈犀吊起的心又落回肚裡，整個人鬆懈下來，手腳軟得一點力氣也無。

寧殷這小心眼的混蛋，定是故意嚇她的！

耳房的燈亮了起來，大概是守夜嬤嬤醒來了，老人家覺少，天亮前總會醒來查房一次，給她掖掖被角。

虞靈犀翹了翹腳，小聲道：「到了。」

寧殷沒理會，直將她送入寢房中，擱在床榻上。

想起什麼，虞靈犀撐床拉住他的袖子道：「藥。」

寧殷轉身看了她一眼，挑眉道：「小姐要什麼，說清楚些。」

虞靈犀抿了抿唇，哼哧道：「你給我吃的，那種解藥。」

夜裡繾綣糾纏，虞靈犀雖不太記得具體細節，卻忘不了寧殷塞在她嘴裡的巨苦藥丸，便猜測是解藥。

她的身體依舊有點燥，想來是餘毒未清，還是多要幾顆較為保險。

「不能給。」寧殷搖了搖頭，拒絕得直接且無情，「小姐知道了我的祕密，我卻不曾有小姐的把柄。雖然小姐話說得好聽，我也不得不謹慎些。」

虞靈犀輕輕啟唇，還未辯解，便被他以指腹按住。

「每夜子時，小姐來我房中取藥。」寧殷無辜道：「給不給，視小姐的誠意而定。」

「巳時。」虞靈犀討價還價。

半夜去他房中太危險，虞靈犀才不上當。

寧殷思慮片刻，輕笑道：「小姐喜歡白天，也無妨。」

說罷起身，走到大開的窗扇前，手一撐，竟是徑直從二樓一躍而下。

虞靈犀嚇了一跳，忙赤腳撲倒窗欞邊。

同時，嬤嬤的驚呼自門口響起：「哎呀，小姐！您怎麼鞋襪也不穿，光站在窗邊吹風啊！」

虞靈犀忙轉身，趁著嬤嬤關窗的間隙往下瞥了一眼。

夜色蒙昧，寧殷早不見了身影，這才將驚在心裡的那口氣徐徐吐出。

衣衫上還殘留著毒發後的甜香，虞靈犀嗅了嗅，還有些許清冷的氣息，像是從寧殷身上沾染的氣味……

忙壓下那些亂七八糟的畫面，她將衣服盡數褪下，換上乾爽的新衣，這才抱著繡枕沉沉睡去。

翌日，洛州的虞家父子總算平安歸府。

虞靈犀還未高興多久，便被爹娘叫去偏廳。

剛進門，便見虞夫人起身，溫聲招手道：「歲歲，過來。」

「阿爹，阿娘。」虞靈犀笑著喚了聲，向前道：「你們找我，有事麼？」

「是大事。」虞夫人顯然已經和丈夫商議過了，從案几上拿起一疊厚厚的名帖，柔聲道：「妳今年已經十六，到了該嫁人的年紀。這裡是各家子弟的名帖，妳且看看，有無心儀之人。」

名帖最上一份便是薛岑，下面的，虞靈犀沒有再看。

虞靈犀無奈，合上道：「阿娘，我不是說過了麼，我不想嫁薛家，亦不想嫁別人。」

虞夫人只當她在撒嬌，嗔道：「傻孩子，哪有姑娘一輩子不嫁人的？」

虞將軍面色頗為嚴肅，像是有心事般，摩挲杯盞半晌方道：「前時因東宮之事，坊間對妳多有流言，耽擱了婚事。如今風波已平，妳兄長也即將大婚出府，自立門戶，爹娘護不了妳一輩子，婚事萬萬不能再拖下去了。」

「先定個人，過兩年再成婚也可。」虞夫人拍拍女兒的手，莞爾道：「不急，慢慢挑。爹娘別無所求，但求妳們姐妹兩個所嫁之人皆為所愛，可以不是王孫貴胄，但必須秉性純良，溫潤端正。」

後院，虞府掌上明珠要挑夫婿的消息不脛而走。

僕從忙裡偷閒的時候，也會互相猜測將來虞府的小姑爺會是哪位才俊。

「是薛二郎吧。」廊下灑掃的小廝道：「除了他，京中還有誰配得上咱們小姐？」

「那可不一定。」執著雞毛撣子的小婢反駁，「咱們小姐有富貴命，說不定會成為王妃娘娘呢。上次夜裡，南陽小郡王不是親自送咱們小姐回來麼？」

寧殷負手站在月門下，瞇了瞇眼。

這些小廝婢子聒噪得很，該拔了舌頭。

虞靈犀回到房中，總覺得有些奇怪。

阿爹原是最捨不得她出嫁的，為何此番一從洛州回來，便急著給她定親事？琢磨了一會兒，有些熱，她便推開窗扇，問道：「幾時了？」

胡桃答道：「回小姐，應是巳時了。」

巳時，到了該去取藥的時辰。

虞靈犀斂神，獨自朝後院罩房走去。

庭院的樹蔭下，石桌空空，並不見寧殷。

虞靈犀想了想，提裙上了石階，叩了叩門扉。

門虛掩，她直接走了進去。

寧殷果然在窗邊的案几後坐著，屈起一腿，姿態慵懶隨意，似乎已等候多時。

見到虞靈犀進門，他抬指往案几一旁點了點，示意她落座。

窗外高牆上一片天空瓦藍，浮浮沉沉飄著幾支綠豆大小的紙鳶，明明是雋美如畫的場面，虞靈犀卻敏銳地察覺出，他似乎心情不佳。

他每次心情不好的時候就喜歡這樣坐著，不是折騰自己，就是折騰別人。

「在想什麼？」虞靈犀問道。

寧殷瞥了她一眼，意味深長道：「在想，小姐若是天上的美人箏就好了。」

飛再高，只要他拽拽線，便得乖乖落回來。

說完這麼莫名其妙的一句，他便把玩著手裡的白玉瓷瓶，不再開口。

虞靈犀垂眸，渴求地看著他指間轉動的藥瓶。

見他遲遲不動，忍不住提醒道：「到取藥的時辰了。」

寧殷把玩夠了，吊足了癮，方將瓷瓶擱在案几上，發出「吧嗒」一聲輕響。

「想要這藥，自己來拿。」

他以拇指撥開軟木塞，倒了一顆在自己掌心，細細撚著。

虞靈犀傾身而坐，伸手去拿藥，卻摸了個空。

難道不是這樣拿？

她抬起眼睫，剛要問他是何意，就見寧殷當著她的面抬手，將藥丸含在自己淡色的薄唇間。

寧殷唇間輕抿著那顆藥丸，像是含著一顆待採擷的果實。

眼睫緩緩抬起，望向她，其用意不言而喻。

昨天取藥挺順遂的，她被藥苦得皺眉嗆咳時，寧殷還有耐心給她拍背順氣……

今日這是怎麼啦？

虞靈犀眨眨眼，伸手去拿他抿在唇間的藥丸，卻被寧殷抬手捉住腕子。

她用另一隻手，還沒碰著呢，便見寧殷唇上順勢一抿，將藥丸咬在齒間。

這藥，越拿還越往裡走了。

手腕被牢牢捉住，這麼近的距離，虞靈犀能清楚地看見寧殷眸中倒映的，小小的自己。

擔心寧殷真的會將藥丸吞下去，她索性抿唇側首，輕輕咬上他的唇。

寧殷保持著姿勢不變，片刻，垂下眼睫，享受著她那一掠而過的柔軟芳澤。

四唇相貼，壓緊。

舌尖一捲，將藥丸「搶」來自己唇間。

正欲撤離，寧殷卻是不滿睜眼，抬掌扣住她的後腦勺。

虞靈犀含著藥丸欲退不能，劇烈的苦澀在嘴裡蔓延，讓她忍不住反胃。

「苦？」寧殷拇指撫了撫她緊皺的眉頭。

虞靈犀誠實地點點頭，不是苦，是巨苦。

這藥不知是什麼做的，含在嘴裡如同酷刑，昨日那次她喝了一整碗蜂蜜水才成功送服的。

寧殷的面色不辨喜怒，只掌下稍稍用力，壓得她的腦袋前傾，俯首身體力行地助她將藥丸咽下，直至唇舌麻疼得辨不出是苦是甜。

窗戶是最好的畫軸，將兩人交疊的身影框在其中。

唇分，那炙熱明亮的光便從鼻尖相抵的縫隙中漏了進來，鍍亮空氣中浮動的細小塵埃。

寧殷氣定神閒，虞靈犀卻是氣喘吁吁，手撐在案几上不住平復呼吸。

她一直覺得寧殷只要肯用心，學什麼都是很快的，包括用嘴打架的技巧。

只是他我行我素慣了，不屑於在這方面下功夫。

前夜中藥不太清醒，沒有仔細領教，如今，虞靈犀算是開眼了。

她趴在案几上，那只小巧的白玉瓷瓶就在眼前，裝著她最後一天的解藥。

虞靈犀眸色一動，趁著寧殷不注意，她順勢將案几上的白玉瓷瓶掃入袖中，而後旋身扭開。

寧殷挑眉。

虞靈犀捏著藥瓶，杏眸中蘊著水潤的光澤，氣息不穩道：「明日的藥，我便自取，不勞煩衛七了。」

若每次都這樣餵藥，她可消受不住。

寧殷也不著急，抬指碰了碰唇上的水漬，似笑非笑道：「小姐滿心小算盤，也不看看瓶子裡有沒有藥？」

虞靈犀唇畔的笑意一頓，搖了搖瓶子。

一點聲響也無，空的。

她看向寧殷，才見他抬起搭在膝上的手，指間變戲法似的撚出一顆藥丸。

寧殷頗為無辜，極慢地眨了眨眼：「小姐過河拆橋，不得不防。」

「你……」

虞靈犀硬生生咽下「卑鄙」二字，只得將空瓶子放回原處，洩氣般趴在案几上。

寧殷笑了聲，慢悠悠將最後一顆藥丸裝入瓶中，收入懷中。

窗邊的光打在他俊美無暇的側顏上，淡淡的，映不出多少溫度。

他的眸子像是岑寂的深井，猜不透情緒，不知在琢磨什麼壞主意。

虞靈犀斂裙而坐，看了他的神色許久。

寧殷撐著太陽穴，乜過眼來，淡淡道：「小姐已經得到想要的東西了，還賴在這作甚？」

虞靈犀微微睜大眼睛，這裡是虞府，整座府邸都是她的家，怎麼能說是「賴」？

「這話好沒道理。」虞靈犀道：「難道只許有利可圖的時候，我才能來找你麼？」

寧殷淡然反問：「不然呢？」

虞靈犀無言，哼地扭過頭，決定不理他。

屋內安靜了一會兒，虞靈犀抿下嘴裡殘存的苦澀，不禁想起他方才獨自坐在窗邊的身影。

窗外浮雲閒淡，天上的紙鳶不知是線斷抑或風停的緣故，已然沒了蹤跡。

虞靈犀眼眸一轉，不知怎的脫口而出，側首問道：「衛七，去放紙鳶麼？」

寧殷沒有正經放過紙鳶。

記得很小的時候，約莫七八歲，宮牆外飛進來一支殘敗的紙鳶，破布似的掛在庭中的歪脖子槐樹上。

他如獲至寶，穿著繁瑣的衣物，費了老大的勁爬上棗樹，將紙鳶摘了下來。

他把自己關在那間昏暗逼仄的「寢房」中，用漿糊修補了一夜。

第二日，天氣晴朗有風，他懷抱著那支可笑的紙鳶悄悄來到庭院，扯著魚線肆意地奔跑起來。

他跑得那樣快，風吹在臉上，撩動他半舊的袖袍，紙鳶搖搖晃晃飛起，還未飛過宮牆，便被人狠狠拽下，踏成骨架嶙峋的爛泥。

那個女人不許他出殿門，不許他跑得比別人快，不許他流露稍許比別人厲害的才能……鞭子一下接著一下落在他稚嫩的背脊，他卻在笑，烏沉沉的眼中烙著女人驚訝瘋癲的模樣。

當寧殷憶起這些的時候，虞靈犀已經準備好紙鳶了。

是支畫工精妙的青鸞，鳥首裝有輕巧的竹哨，逆風一吹便會發出宛若鳳鳴般的清靈之音。水榭池邊有一大片花苑，足夠放飛紙鳶。

「傳聞，紙鳶可以將壞心情和厄運帶到天上去。」虞靈犀將紙鳶交到寧殷手中，讓他舉高些，像是看穿他這半日來的陰翳似的，柔聲笑道：「試試看？」

寧殷眸色微動。

明明對這種無聊的嬉戲毫無興趣，卻還是依言將紙鳶抬起來。起風了，虞靈犀笑著跑起來，紙鳶從寧殷掌中脫離，搖搖晃晃逆風飛去。

飛過圍牆，上升，直至變成一個巴掌大的影子。

「一次就成功了，可見上天也在幫你，佑你開懷順遂。」

虞靈犀跑得臉紅撲撲的，透出幾分豔色。

她拉了拉綳緊的風箏線，將線軸遞到寧殷面前，示意他，「拿著。」

寧殷下意識接過，紙鳶乘風而上，拉扯著軸輪。

「快拉住，別讓線斷了！」虞靈犀提醒他，伸手替他拉了拉線繩。

寧殷遲疑著，學著她的模樣拉了拉細線。

兩人並肩而立，衣料摩挲，虞靈犀看了他一眼，鬆手笑問：「心情好些了？」

原來，這才是她的目的。

竹哨清脆，寧殷瞇眼望著天上翱翔的紙鳶，冷白的面容鍍上暖意，拉著風箏線悠閒道：「若是小姐能讓礙事的人消失，我心情許會更好些。」

虞靈犀不明所以，問道：「誰礙你事了？」

寧殷沒說話，視線投向廊橋上緩緩走來的兩人，眸色又黑又涼，勾唇笑了聲。

「小姐又不許我殺人，不妨自己琢磨。」

也不放風箏了，將軸輪交還虞靈犀手中。

風箏線無人掌控，在風中搖搖欲墜地支撐了片刻，終是「吧嗒」一聲斷了。

虞靈犀沒有在意那支昂貴的紙鳶落往何處，只握著斷了線的線輪，思索道：今日誰惹寧殷了？

他分外難纏不說，還總刺冷刺冷的。

廊橋下，虞煥臣和薛岑比肩而立，望向虞靈犀的方向。

美麗矜貴的少女與英俊挺拔的「侍衛」，和諧得彷彿一幅畫。

虞煥臣和薛岑各懷心思，但眼中都寫著一樣的擔憂。

「阿岑，走吧。」

虞煥臣先開口打破沉默，喚回薛岑飄飛的思緒。

轉過月門假山，白牆翠瓦，陽光照在庭院中的芭蕉葉上，綠得發亮。

虞靈犀的紙鳶畫工精巧，竹哨宛轉，只可惜風一大就容易斷線，飄飄然不知墜落誰家。

掌控不了的東西總讓人愛恨交加，紙鳶如此，人亦如此。

寧殷停住腳步，目光投向廊下籠養的畫眉鳥。

將來離了虞府，得把那隻靈犀鳥兒也關起來，太招人惦記了，他不放心。

光關起來還不成，得用細細的金鏈子鎖住那隻雪白的腳踝，讓她只為他一人笑，只對著他一人婉轉嚶啼。

正想著，一個侍衛自角門外大步而來，見到寧殷，便招呼道：「那位兄弟！」

寧殷沒理，侍衛很沒眼力見地提高聲線：「那位小兄弟！」

寧殷瞥過眼，漆黑的眸中冰封著些許不耐。

那侍衛捂著肚子向前，憋著醬紫色的臉生硬道：「內急，幫個忙！替我將這封急報送去書房，交到少將軍手中！」

說罷將一份信筒往寧殷手中一塞，走了。

寧殷垂眸，看著手中的竹製信筒。

竹筒上雕刻著千里山河圖，底部刻有「幽」字。虞家軍鎮守邊防，每一處布防的城池都設有獨特的信筒，這一份，應是從幽州送來的虞家軍報。

寧殷唇角勾起淡得幾乎看不見的弧度，將信筒負在身後，信步朝書房走去。

虞煥臣在房中等了會兒，心思深重，聽到敲門，方斂容道：「進。」

一襲暗色戎服的少年邁入房中，清冷道：「少將軍，邊關急報。」

「放我桌上吧。」虞煥臣沒有看那信筒，英氣的眸子從書卷後抬起來，若有似無地打量著挺拔不凡的少年，半晌道：「你叫……」

他頓了頓，寧殷便淡然道：「衛七。」

「哦，衛七。」虞煥臣想起來了，這名字還是他那個傻妹妹取的。

「我聽說，你曾是欲界仙都裡的打奴？」他問。

寧殷平靜道：「是。」

「既是欲界仙都的人，為何要瞞報身分？」虞煥臣翻了頁書，盯著少年的反應，「欲界仙都被封後，所有奴籍之人皆要充作徭役，你難道不知私逃是死罪？」

寧殷道：「欲界仙都被毀之前，我便不是那裡的人了。承蒙小姐仁善，將我收留府中。」

虞煥臣沉默，他說的這些，倒也和青霄查到的吻合。

一個人的身分可以掩藏，但氣質難以磨滅。虞煥臣看著面前這個不卑不亢，生得人畜無害的俊美少年，竟憑空生出一種被人從高處睥睨的感覺來。

久經疆場的敏銳，讓他第一時間察覺到壓迫。

虞煥臣索性站起來，與少年平視，問道：「既如此，你是因何墮入欲界仙都？家中幾口？祖籍何處？」

「不記得了。」

「不記得了？」

「淪落過欲界仙都的人，都無過往。」說著，寧殷的嗓音低了些許，「少將軍可是嫌我人鄙位卑，辱沒了將軍府的顏面？」

他這麼一說，虞煥臣反倒不好盤問得太過分。

「英雄不問出處，你救過舍妹的命，自當是我虞家座上之賓。只是留在府上的人，多少要交個底，隨便問問而已。」

可虞煥臣心裡清楚：哪怕是無根的流浪乞兒，只要活在世上便會留下痕跡。除非，是被刻意抹消了過去。

而有那般能力的，絕非平民。

但虞煥臣讓青霄查了兩個多月，都查不到這少年十四歲前的經歷，只知他是五年前被賣入欲界仙都，成為了人盡可欺的打奴。

那樣年紀小的打奴，鮮少有活過兩年的，他卻一直撐到欲界仙都被毀的前一夜，並且在西川郡王車輪戰般的虐殺中逃了出來……

且詭異的是：西川郡王殘暴好鬥，以往沉溺鬥獸場賭局，都是挑最強壯的打奴虐殺，為何死前卻連續數日點一個瘦弱的少年上臺？

欲界仙都毀了，西川郡王死了，所有和這少年過往有關的都在漸漸消失。

加之最近查出來的線索，虞煥臣不得不多想。

短短一瞬，他已將思緒轉了幾輪，笑得狐狸似的：「衛七，我見你身手矯健，能力非凡，做一個後院侍衛太過屈才。可否願成為我的親衛，加入虞家軍，建功立業？」

這無疑是個誘人的餌，寧殷嘴角幾不可察地動了動：「承蒙少將軍抬愛，衛七不願。」

虞煥臣訝然：「為何？」

若這少年真的別有企圖，沒理由放過這個可以接觸軍事機要的機會。

「衛七是個卑微的俗人，不懂家國大義。」寧殷垂眸，低低道：「我的命是小姐給的，此生唯願結草銜環報答小姐。若要走，理應把命先還給小姐。」

虞煥臣咋舌，這番陳情連他聽了都動容。

他張了張嘴，還未開口，少年卻彷彿知道他要說什麼似的，安靜道：「少將軍盤問這些，只是出於對小姐的安全考慮，衛七都明白。」

於是虞煥臣閉嘴了，看了他好一會兒，笑道：「那就好。」

「若無事，衛七告退。」一說罷少年一抱拳，出了書房。

案几上就擺著成摞的機要文書，他連看都沒多看一眼。

虞煥臣拿起案几上的竹筒，打開一看，裡面刻意做的機括完好無損，並無被人私拆的跡象。

他摸著下巴站了會兒，喚道：「青霄。」

高大寡言的侍衛聞聲進來，抱拳道：「少將軍。」

虞煥臣將竹筒中的密信倒出，問道：「這信，他真的沒動過？」

青霄道：「回少將軍，屬下一路盯著，的確不曾見他有可疑之舉。」

「不應該呀。」虞煥臣喃喃，抬手揮退青霄。

若這少年不是一根筋的愚忠之人，便必定是城府極深的心計高手。

他坐回椅中，心道：歲歲撿回來的，到底是鬼是佛哪？

寧殷走出書房，穿過中庭和長廊，瞇了瞇眼。

虞煥臣在一干武將中，腦子算是靈活的。他掌握的訊息，定然遠比問出來的那些要多。

「起疑了啊。」寧殷低低一嗤，沒有多少意外。

看來，宮裡那邊也要加把火才成。

羽翼破空的聲響自屋脊傳來，在陽光下掠過一片陰翳。

一刻鐘後，後巷傳來貨郎搖著撥浪鼓的叫賣聲。

薛岑從虞府出來後，並未立即離去。

他坐在馬車上，思慮許久。

從小祖父教育他要克己守禮，戒驕戒躁，也只有獨自一人待著時，他溫潤清雋的臉上才會流露出厚重心事。

薛岑知曉虞家家風淳樸至簡，沒有那麼多尊卑有別的束縛，可金雲寺竹徑上，黑衣少年為虞二姑娘撐傘而來的畫面，還有方才水榭旁比肩供放紙鳶的和諧，皆令他從心底裡感到擔憂。

之前關於虞二姑娘的流言四起，薛岑從未放在心上，因為他相信青梅竹馬十年的情誼，足以擊破所有的謠傳。

而今，他卻是難掩心慌。

那少年的相貌的確生得極好，璞玉般俊美，氣質不像侍衛，倒像養尊處優的王子皇孫。可他總覺得那少年眉眼過於深暗涼薄，透出幾分邪氣。

薛岑並不怪虞靈犀。

小姑娘還未定性，很容易被花言巧語迷惑，受到欺騙。

虞家重情重義，念在春狩恩情的份上，才對那少年多加敬重。可那少年卻心術不正，為僕不守本分，多有僭越。

既如此，虞家不方便說的話，今日便由他代勞。

正想著，車外蹲守著的小廝叩了叩車壁，低聲道：「二公子，那侍衛出來了。」

薛岑回神，挑開車簾一瞧。

只見一個賣零嘴的貨郎搖著撥浪鼓而來，那少年聞聲而出，熟稔地買了包糖。

薛岑起身下車，仔細整了整衣袍，方道：「跟過去。」

貨郎挑著擔子繼續吆喝遠去，貨箱抽屜裡的銅錢「叮噹」作響，與錦衣玉食的儒雅公子擦身而過。

寧殷買了糖，卻並不急著回府。

眼睛一瞥，身後兩丈遠的地方傳來環佩「叮咚」的細響，生怕他不知道有人在跟蹤似的。

寧殷嘴角翹了翹，撚了一顆糖擱在嘴裡細細嚼著，沒理會身後的腳步聲。

拐過巷角，不見了身影。

薛岑的小廝快步追了上去，望著空蕩蕩的巷子交叉處，納悶道：「公子，人呢？」

薛岑亦是疑惑，還未反應過來，便聽身後「噗通」一聲響。

回頭一看，只見方才還在與他說話的小廝，此時像死人似的歪躺在地上。

而那個俊美而邪氣的戎服少年不知從哪兒冒出來，閒庭信步般，正拿著油紙包著的飴糖站在昏死的小廝身後。

薛岑驚詫：「閣下為何傷我家僕？」

寧殷笑了聲，輕飄飄道：「還以為是歹人尾隨，不小心失了手，實在抱歉。」

嘴上說著「抱歉」，可他眼裡卻冰冰冷冷，半點歉意也無。

薛岑眼睜睜看著少年從小廝身上踏了過來，小廝被踩得身體翹起又躺下，兩眼翻白，胸口留下一個清晰的鞋印。

寧殷勾出一個算不上是笑容的笑，慢悠悠道：「都言薛二公子朗風霽月，怎麼也做這賊人尾隨的勾當？」

不知為何，薛岑竟覺得脊背生寒。

他定了定神，拿出相府嫡孫的涵養，清朗道：「並非尾隨，我久候在此，是有話專程對閣下說。」

少年眸色幽暗，看他的神情就像是看一隻即將被踏扁的螻蟻。

薛岑何時被人這般忽視過？

緊皺眉頭，正色道：「按理，你是虞府侍從，這些話本不該我來提醒……」

寧殷笑了聲：「既知『不該』，還廢話什麼？」

「你！」

薛岑暗道一聲「粗鄙」，二妹妹怎麼會對這樣無禮僭越的傢伙青睞有加？

「既如此，薛某便直說了。」薛岑暗自握拳，抬眼朗聲道：「君子不行非禮之事，就當是為了二妹妹好，我希望你能離她遠些。」

寧殷看都沒看他，腳步不停，徑直與他擦身離去。

薛岑眉頭皺得更緊些，道：「我並非瞧不起閣下，只是門第之差擺在眼前。二妹妹生性單純，一時新鮮興起實屬正常，但你需明白，她不可能放下將軍府貴女的身分下嫁一個從欲界仙都裡逃出來的，來歷不明的打奴！」

寧殷腳步微頓，轉身，漆眸幽冷如冰。

這傻子，敢查他？

薛岑卻以為說到了點子上，讓他心生忌憚了，不由底氣更足：「二妹妹眾星捧月長大，錦衣玉食，你知道你要勞作多久，才能買得起她一件釵飾、一套衣裳麼？家世雲泥之別，禮教鴻溝不可逾越，你除了傷害她什麼也得不到，還請閣下退守僕從本分，莫要……」

「自己滿足了私欲，卻讓我來做君子，成人之美。」寧殷笑了聲，緩聲問道：「你們殺人的時候，也用這種虛偽的藉口嗎？」

薛岑一怔，氣得脖子都紅了：「你在說什麼？薛府百年清譽，豈容你含血噴人！」

「清譽？」寧殷像是聽到了天大的笑話般。他慢條斯理合攏飴糖的油紙包，垂下的眼睫落下一片陰翳，輕聲道：「既如此，我給你個選擇的機會，如何？」

第十六章　說媒

寧殷本懶得理，但姓薛的太把自己當回事了。

「我給你個選擇的機會，如何？」少年抬起墨色的眼眸，道：「不妨看看，她在你心裡有幾分重量。」

「什……」

薛岑話音未落，便見面前一道疾風乍起。

繼而寒光閃現，一把森冷的短刃橫在他的脖子上。刀刃薄如秋水，割斷他耳後一縷頭髮，飄飄然墜落在地。

薛岑緊貼著牆壁，渾身都僵了，氣紅的臉迅速褪成蒼白。

「想活命，還是想要你的二妹妹？」寧殷手握短刃，像是在玩什麼好玩的遊戲，從容不迫，優雅至極，「我數三個數，一。」

薛岑這二十年活得矜貴儒雅，別說罵人了，連重話都不曾說過幾句。

此番刀架頸上，憋了半晌，也只憋出兩個顫顫的字：「無恥！」

寧殷瞇眼：「二。」

「我要告發你……」

「一。」

薛岑自恃端正清傲，而此刻所有的謙遜涵養，都在這個狠戾野蠻的少年前分崩離析。

他喉結聳動，艱澀道：「放開我。」

「選活命？」

刀刃的寒光映在寧殷眼中，恣意而疏冷。

這就是虞靈犀不惜自罰三鞭也要護住的青梅竹馬，這就是她藏在心裡、說殺了他無異於捅她一刀的薛二郎……

小姐啊，我給過他選擇的機會了。

是他，放棄了妳。

「玩笑而已，勿怪。」寧殷的笑裡，帶著憐憫和輕蔑。

虞靈犀不讓他殺薛岑，他就真的沒殺。

嚇嚇而已，算不得什麼大事。

你瞧，他如今可是乖得很呢！寧殷在心中嘖嘖稱讚自己。

可薛岑顯然不這麼認為。

頸側還貼著刀刃薄而冰涼的觸感，他才不相信那是玩笑。

有那麼一瞬，這個少年是真的動了殺心，逼他做了違心的選擇。

他嘴唇翕合，半晌啞聲道：「卑鄙。」

他罵來罵去，就只有「無恥」、「卑鄙」兩個詞，寧殷都聽膩了。

「薛二公子不妨換兩個詞罵，比如說畜生、牲口、狼心狗肺。」寧殷道：「不過和你這種打著冠冕堂皇的旗號，實則又蠢又無能的慫貨而言，我這幾個詞當真算不得什麼謾罵之言。」

薛岑現在看他的眼神，就好像是在看一個不可理喻的瘋子。

「二公子以後若再想多管閒事，不妨想想今日的抉擇。」寧殷指尖一轉，將刀刃收回袖中，氣定神閒笑道：「再問自己一句，配不配？」

薛岑臉色煞白，若是旁人這般嘲弄他，他定然會反駁，質問對方可否能做出比他更好的抉擇。

但這個少年曾在春搜狩獵時孤身一人追上虞二姑娘發狂的馬，又在她墜崖之際拼死相護，用自己的鮮血救活了命懸一線的她……

可是愛一個人，非要比誰心狠野蠻麼？

整整十年，他看著二妹妹從一個丁點大的小姑娘，長成如今這般娉婷嫋嫋的模樣。若她有危險，他會毫不猶豫地挺身相助，以自己的方式守。

對方給出的選擇，根本沒有實際意義。

這樣不擇手段的的少年，如何是二妹妹的良配？

要放任她那雙明亮的眼睛為另一個男子駐留，薛岑不甘心。

「哎呀……我怎麼會躺在地上？嘶，我的胸口怎麼好疼哪，像是被誰重重踩過一腳似的。」被打量的小廝悠悠轉醒，瞥見一旁僵立的薛岑，忙不迭起身道：「二公子，您的臉色怎麼這麼差？那個侍衛呢？」

薛岑依舊端莊清雋，只是眼底多了幾分灰敗的疲色，閉目道：「回府。」

他定要查清楚，那少年究竟是何來歷。

一刻鐘後。

嘴裡的飴糖嚼化，寧殷循著紙鳶墜落的方向，站在一戶人家的後門外。

目光越過圍牆望去，院中一株高大的銀杏樹枝繁葉茂，青鸞風箏無力地掛在最上邊的枝頭。

圍牆低矮，寧殷不費吹灰之力便躍了進去，走至這株一人合抱粗的大銀杏樹下，抬手輕按在粗糲的樹幹上。

掌下一拍，樹幹抖動，風箏連同簌簌震動的葉片一同飛下，晃蕩蕩落在他的掌心。

眉頭輕皺，惋惜地「嘖」了聲：翅骨斷了，得補上好一陣。

遠處傳來嗒嗒的腳步聲，是院主人家的孩子舉著風車跑過來，見到院中陌生的少年，不由愣在原地。

「小孩兒，若是旁人看見我做壞事，是要沒命的。」寧殷將紙鳶負在身後，涼颼颼道。

小孩兒吸了吸鼻涕，咬著手指呆呆地看著他。

「不過，我急著回去修補，不吃小孩。」

寧殷朝稚童豎起一根手指，比了個噤聲的姿勢。

然後開門，大喇喇走了。

明日便是端陽節，僕從們在門口掛上艾草，撒上雄黃。

每年這個時候，虞夫人便會命膳房包許多粽子，連同賞錢一起送給府中僕從侍婢。

僕從雜役們排隊領賞，前院熱鬧無比。

虞靈犀閒來無事，也親手編織了五條長命縷，家人各贈一條。

剩下一條，她揣在袖中。

巳時到了，今日剛巧也是最後一天取藥的日子。

雖說今日身體已經不再燥熱，為了保險起見，還是吃完最後一顆較為妥當。

虞靈犀知曉寧殷那樣的性子，定然不屑於去前院和大家一起過節，想了想，便讓侍婢準備了幾顆熱乎的粽子，並一壺菖蒲酒，用食盒裝了，親自提去後院。

虞靈犀進門的時候，寧殷正在仔細濯手，案几上放著一罐涼透了的漿糊，還有毛刷、紙筆等物。

「衛七，你熬漿糊作甚？」虞靈犀將食盒輕輕擱在案几上，疑惑地問。

寧殷沒有回答，只輕輕甩了甩雙手的水漬，屈腿坐下道：「自己拿。」

虞靈犀知道，他是在說今日份的解藥。

盯著寧殷淡色的薄唇看了片刻，她終是輕輕屏息，撐著案几朝寧殷傾身過去。

她以為還是和昨日的「拿」法一樣，可唇瓣輕輕貼上，才發現他齒間唇間都沒含東西。

寧殷的呼吸短暫凝滯，而後悶聲笑了起來。

虞靈犀終日打雁，卻被雁啄了眼，頭一回會錯意，紅著耳尖挑眸，鉤子似的撩人。

她撤退些許，抿著唇哼哧：「你誆我？」

「小姐不管不顧地撲上來輕薄我，還反咬一口，好沒道理。」寧殷極慢地眨了眨眼睛，抬起濕漉漉的雙手以示清白，「我的手濕，只是想讓小姐自己動手拿藥罷了。」

給個藥順手的事兒，非要整這麼多花招。

虞靈犀無奈，輕聲問：「在哪裡呢？」

寧殷垂眸：「懷裡。」

虞靈犀伸手，往他衣襟中探了探。

「上面，再往左。」寧殷嘶了聲，「小姐往哪兒摸呢？」

「我哪有？都沒碰著你。」

沒什麼都被他說得有什麼了，虞靈犀軟軟惱了他一眼。

好不容易拿到藥瓶，虞靈犀方舒了口氣，直身坐好。

將藥丸倒進來，一口氣咽下，可還是被那一瞬間的巨苦梗得喉間窒息，不由忙斟了一杯茶水飲盡，將藥丸送服。

寧殷沒了「身體力行」給她解苦的機會，指腹摩挲，頗為惋惜的樣子。

虞靈犀就當沒瞧見他的小心思，待緩過那一陣苦味，便將粽子和菖蒲酒端了出來，擺在案几上。

「明日端陽，特地邀你同慶。」說著，虞靈犀摸了摸袖口，輕聲道：「你且把手伸出來。」

寧殷側首，不知她又要動什麼小心思。

但還是順從地伸出左手，平擱在案几上。

虞靈犀眼尖地看見，他左腕上的杏白飄帶沒了。仔細想想，好像這幾天都沒在他腕上看到飄帶的影子。

便順口問了句：「你的紀念品呢？」

寧殷立刻會意，緩緩抬眼看她，道：「扔了。」

虞靈犀頓時好笑。

他要是真的扔了，表情定然十分冷淡，才不會像這般盯著自己的反應看。

不過他不帶著那飄帶亂晃，提醒她十多日前的金雲寺密室裡發生了什麼，虞靈犀反而要謝天謝地。

她淺淺一笑，眨了眨眼睫道：「扔了便扔了，我送你一個更好的。」

說罷，將袖中藏著的長命縷取出，輕輕繫在寧殷的手腕上。

他膚色冷白，五色的長命縷繫在腕上，有種說不出的綺麗。

寧殷垂下眼瞼，一眨不眨地盯著她靈活細嫩的指尖，問道：「小姐做的？」

虞靈犀大大方方「嗯」了聲。

「你昨日讓我自個兒琢磨，編這條長命縷的時候，我還真琢磨了一下。」她垂著眼睫，認真地給寧殷繫繩扣，「昨日府中沒有什麼大事，只有侍婢小廝們閒來無事，多嘴議論我的親事，已經被我斥責過了……」

擺在案几上的那隻手緊了緊，摩挲著指腹。

虞靈犀將他微不可察的小反應盡收眼底，繼續道：「我近來並無成婚的打算，這輩子，興許也不會再喜歡別的男子。與薛二郎，更是只有青梅竹馬的兄妹情義。」

摩挲指腹的手頓了下來，改為悠閒點著案几，一下又一下。

「小姐為何要解釋這些？」

寧殷撐著腦袋看她，語氣淡淡的，卻明顯回暖了不少，不似昨日陰鷙刺冷。

「解釋下總沒錯呀，萬一有人當真了呢？」虞靈犀忍著笑，抬眼望著寧殷深邃的眸，「好了。」

寧殷抬手，晃了晃腕上的長命縷。

長命縷戴在他這樣的惡人身上，簡直是對神明的諷刺。

但是，感覺還不錯。

「花俏。」他嫌棄著，眸中卻落著五色的光，蕩開淺淡的弧度。

「再花俏的東西，在你身上也是好看的。」虞靈犀哼道。

這句話並非奉承，而是兩輩子的大實話。

寧殷又晃了晃繩結，低低笑道：「這三天的藥沒白餵，小姐的嘴越發甜了。」

想起那兩次驚心動魄的餵藥方式，虞靈犀便臉頰生熱。

她清了清嗓子，試圖將話題掰正經些：「端陽節要飲菖蒲酒，望仙樓新釀的，你快嘗嘗。」

今日寧殷大概心情很好，挺給面子，依言取出酒壺斟了一杯酒——

用的是方才虞靈犀飲茶的那只杯盞。

「哎，這是我……」

虞靈犀正要提醒他換新的杯盞，便見寧殷端起那杯酒，轉了轉杯盞，對著有她淺淺口脂印的地方，抿唇飲了一口。

那口脂印疊在寧殷唇上，留下淺淡的豔色，又被他的舌尖捲去品嘗。

「……喝過的。」虞靈犀怔怔將話補完。

寧殷執盞的時候，長命縷便在他結實的腕骨處晃蕩，襯得指節修長冷白。

明明是冷冽恣睢的仙人之貌，卻莫名添了幾分春情。

虞靈犀想，大概是因為他極少主動去做什麼，無論是前世高高在上的掌控，還是之前中藥或餵藥，他更多的只是淡然端坐，誘她上勾。

「小姐總看著我作甚？」寧殷以唇貼著杯沿殘留的淡紅，壓了壓，摩挲杯盞輕緩道：「一只杯子而已，何至於捨不得。」

虞靈犀懷疑他是故意的。

「罷了。」她托住微燙的臉頰，索性不和他爭。

寧殷連飲了好幾杯，深邃的漆眸半瞇著，頗為回味享受的模樣。

虞靈犀因吃藥的緣故沒飲酒，卻也跟著微微翹起唇角，輕柔道：「以後若有什麼事，你可以直接與我說，不必悶在心裡。若總琢磨來琢磨去的，多累呀！」

前世的寧殷便是心思太難琢磨了，才使人鬧出那麼多誤會。這輩子趁著為時不晚，得好生改改。

寧殷從酒盞後抬眼，墨色的眸底映著酒水的微光，問道：「小姐這話，是對著衛七說，還是寧殷？」

他這問題問得刁鑽。

若說是對衛七說，她身為小姐未免太過殷勤親近了些；而若是對寧殷說，容易有看在他皇子身分而阿諛諂媚之嫌……

虞靈犀捲翹的睫毛動了動，盛著窗邊的微光，淺淺一笑：「不管衛七還是寧殷，不都是你麼。」

寧殷哼笑了一聲。

他眼下心情約莫真的不錯，執盞望著她許久，也沒有質問這圓滑之言的真假。

「你就沒有什麼話，想對我說麼？」虞靈犀又問。

前世虞靈犀做了一堆香囊、手帕和鞋靴給他，還未正經聽他說過一句「謝」呢。

寧殷自然看出了她眼底的期許笑意，目光往下，落在腕上的繩結上。

沉沉一笑，他道：「小姐放心，這條手鏈我定會貼身珍藏。」

他著重強調了「貼身」二字，虞靈犀不禁想起那條被他纏在腕上許久的飄帶……

心尖一燙，倒也不必如此。

前世繡了那麼多物件給寧殷，也沒見他珍視到哪裡去；想來物極必反，這輩子未免珍視過頭了。

正想著，又聽寧殷悠悠道：「將來，我再還小姐一條鏈子。」

「真的？」

「真的。」寧殷大言不慚，「小姐知道，我是最知恩圖報的。」

虞靈犀狐疑，望著他勾唇淺笑的神情，總覺得哪裡怪怪的。

端陽過後，盛夏襲來。

燥熱的天，朝堂局勢亦是暗流洶湧。

坤寧宮裡，安靜得連一絲蟬鳴也無。

佛殿隔絕了外頭熱辣的白日，只餘厚重的陰涼鋪展，籠罩著燈架前披髮素衣的馮皇后。

「消息是誰散布出來的，查出來了？」馮皇后虛著眼，一如座上無悲無喜的佛像。

「回娘娘，還在查。」崔暗道。

馮皇后放下轉動佛珠的手，問：「崔暗，你辦砸幾件事了，自個兒記得麼？」

平平淡淡的一句話，卻壓得年輕太監撩袍下跪。

「當初臣入獄受閹割之辱，萬念俱灰，是娘娘賞識信任，才讓崔暗活到今日。臣雖無能，但對娘娘忠心可鑑，還請娘娘寬恕些時日。」崔暗伏地表忠心，地磚上倒映著他陰暗的眼，慢聲道：「何況，當年知曉此事的人皆已被臣親手處決，娘娘不必憂心。」

「當年，不是逃了一個麼？」

皇后的視線落在佛像坐蓮之上，以指輕撫，暗紅的銅色，像是還殘留著當年鮮血濺上的痕跡。

馮皇后收回視線，起身道：「太子那些侍妾，可有動靜？」

崔暗膝行而來，伸臂搭住皇后的手道：「已有兩名良娣、一名良媛有孕。」

皇后頷首，一顆棋子養廢了，總要準備幾顆備用的。

陽光在瓦礫上折射出刺目的白光，卻照不亮佛殿的陰暗。

虞府，一片驕陽燦爛。

虞靈犀坐在水榭中納涼，也是今日才從父兄斷續的交談中知道，不知哪兒傳來的流言，說當今太子並非皇后親生，其生母只是一個卑賤的坤寧宮宮女……

加之之前太子仗著是唯一的嫡皇子，好色荒淫，多有失德之處，此番風言一出，不少保守派朝臣都開始動搖觀望。

她輕輕舀著冰鎮的酥山酪，瞥了身側的寧殷一眼。

朝中一片波詭雲譎，而將來威懾天下的七皇子此時卻倚坐在水榭的憑欄上，側首望著粼粼的湖面，嘴角似有若無地勾著，一片無害的安靜。

連著幾日酷暑後，總算迎來了陰涼的好天氣，虞府上下也迎來了近些年來的大喜事。

六月初八，虞家長子虞煥臣大婚，迎娶的是平昌侯蘇家的小才女。

虞煥臣有官職在身，成親後理應成立自己的小家。虞將軍便命人將虞府西面那座閒置的大園子打通，修葺後當做兒子的住處。

雖是分居，但兩座宅邸毗鄰，往來倒也十分方便。

今日主宅和西府皆是紅綢滿堂，喜字盈門，侍婢僕從絡繹往來，迎賓送客，放眼整座京城也難得瞧見這樣的熱鬧。

虞煥臣換好了婚服，朱袍玉帶，英武非凡。

虞辛夷也換回了女孩兒的打扮，大喇喇倚在廊下笑他：「虞煥臣，沒想到你穿上這婚袍，倒也人模狗樣的！」

虞煥臣對這樁婚事本就不情不願的，當即涼颼颼反擊道：「哪像妳，穿上裙子也不像女人。」

孿生兄妹倆一見面就鬥嘴，虞辛夷氣得擼起袖子便要揍他。

虞靈犀以扇遮面，笑得眉眼彎彎，拉住虞辛夷的手軟聲道：「今日是兄長大喜之日，阿姐忍讓些可好？」

虞辛夷這才憤憤作罷，轉身招呼女客去了。

虞靈犀讓胡桃幫忙去照看茶點，吩咐道：「告訴膳房，荷花酥要過會兒才上，涼了就太膩了。」

正說著，身後環佩叮咚，清朗的聲音響起：「二妹妹。」

虞靈犀轉身，只見一身玉冠錦袍的薛岑站在盛夏的驕陽下，清爽若高山之雪，朝她微微一笑。

他今日打扮矜貴，卻不喧賓奪主，和他這個人一般溫潤內斂。

虞靈犀怔愣片刻，才想起來薛岑今日是兄長的儐相。

她回以一禮，笑道：「岑哥哥，你先去歇會兒吧，迎親的隊伍要一個時辰後才出發呢。」

薛岑清雋依舊，只是眼底似乎多了幾分憂慮，搖首道：「我不累。」

「阿岑！你小子這打扮隨我去迎親，不知又要迷倒多少姑娘！」虞煥臣過來，勾著薛岑的肩晃了晃，「我都成婚了，你何時才娶我家妹妹啊？」

虞靈犀料想兄長又要拿兩家的婚約開玩笑了，忙清了清嗓子道：「阿娘喚我去幫忙呢，兄長們先聊。」

說罷提著裙擺，趕緊逃離這是非之地。

薛岑目光追隨那抹嬌豔的身姿離去，回味過來。

她方才說的是，兄長「們」。

虞煥臣聽出這細微的差別，臨到嘴邊的話頭一轉，拍了拍薛岑道：「走吧，阿岑。還需你給我講解迎親的禮節呢，我怕到時給忘了。」

薛岑壓下眸底的那抹落寞，笑得如往常那般溫潤和煦，頷首道：「好。」

吉時，迎親的隊伍浩浩蕩蕩自虞府出發。

到了黃昏時分，總算迎回蘇府的花轎，虞煥臣與新婦各抓著紅綢的一端，比肩跨過長長的紅毯，前往主宅拜堂。

拜過堂後，便送回西府虞煥臣的宅邸。

酉末，華燈初上，府中亮堂得如同白晝。飲過換妝茶，虞府上下親眷便要接受新婦的見禮。

取了遮面的卻扇，虞靈犀這才瞧見了嫂子的模樣。

是個很清秀婉約的女子，眉若柳葉，眸若琉璃，身量約莫只到兄長的肩膀，被英氣高大的虞煥臣襯得別有一番嬌柔可愛……

單看樣貌，虞靈犀怎麼也無法將她和前世那個寧願絞去頭髮，也不願改嫁的剛烈女子聯繫在一起。

蘇莞依次給公婆和虞辛夷見了禮，這才蓮步移至虞靈犀面前。

兩人視線對上，蘇莞的眸中明顯閃過一絲驚豔，多看了虞靈犀一眼，方柔柔一福道：「妹妹。」

「嫂嫂。」虞靈犀亦回禮。

因前世記憶，虞靈犀天生就對她帶有好感，不由與她相視一笑。

見了禮後，才是真正的洞房花燭夜。

爹娘已經回去招呼婚宴的賓客，虞靈犀吩咐胡桃道：「蘇家小姐折騰了一日，定是餓了，妳去準備些粥食糕點送來，照顧好少夫人。」

胡桃伶俐應允，領著兩個小婢下去安排了。

今日夜色正好，燈海蜿蜒映著紅綢喜字，格外漂亮。

從西府回主宅會經過一片山池花苑，虞靈犀心情大好，摒退提燈的小婢道：「妳不必跟著了，我獨自走走。」

她踏著融融月色，穿過紫薇花的藤架，然後在兩府相隔的月門下，瞧見長身挺立的寧殷。

他好像在此處等了許久，又好像只是隨意出來走走。

虞靈犀有些意外，小跑著喚了聲：「衛七！」

寧殷站在原地沒動，等她過來。

「你怎在這？」虞靈犀緋色的輕紗襦裙飛動，抬首望他時，眼裡落著燈籠搖曳的暖光。

寧殷沒說自己趁著虞府婚宴，出府殺了幾個礙事的傢伙，順便……

他垂眸，嘴角幾不可察地動了動：「等鳥兒歸巢。」

「又胡說了。」虞靈犀輕笑一聲。

寧殷只替她養了那隻貓，何時養鳥了？

兩人一前一後穿過月門，邁入曲折的抄手遊廊。

今日府中喜事，遊廊每五步便掛著一對燈籠，虞靈犀與寧殷沐浴在光河之中，踏著燈火鋪就的路前行。

寧殷落後她一步，能看到她髮頂落著毛茸茸的光，緋色的裙裾擺動，整個人美麗又輕快。

「小姐心情不錯。」他道。

「當然。」虞靈犀的語氣亦是輕快的，彎著眼睛道：「今日兄長大婚，自是值得高興。」

虞靈犀上輩子雖跟了寧殷，卻是被當做禮物按在轎上獻進府邸的，沒有婚服，亦無婚宴。

方才見嫂嫂穿著青質大袖連裳婚服，花釵雲鬢，姝麗無比，十里紅妝嫁入府中，倒是勾起了她沉寂已久的少女心思。

她嘆了聲，帶著點連自己都沒察覺的小缺憾：「結髮為夫妻，能與一人生同衾、死同穴，同心不離，乃世間至美之事。」

「死同穴？」寧殷負手而行，嗤道：「死了埋起來，屍體腐化成枯骨，有何美好的？」

虞靈犀一滯，頓時什麼感懷都沒了。

她無奈一笑，耐著性子解釋：「這只不過是個譬喻，說明夫妻鶼鰈情深，死了也要繼續在一起……」

見寧殷沒有搭話，虞靈犀方反應過來，寧殷大概不屑理解這些東西。

自顧自說這些，著實太掃興了。

「對了。」她從腰間解下糖袋，不著痕跡轉移話題，「吃喜糖麼？」

小綢袋裡裝得滿滿的，有她最愛的椒鹽梅子，還有從婚宴上拿來的各色乾果酥糖。

寧殷垂眸，視線落在她捧著糖袋的嫩白指尖上，伸手挑了顆椒鹽梅子。

虞靈犀記得他不能吃辣，忙不迭阻止：「這個是辣……」

然而已經晚了，寧殷將梅子含入嘴中，輕輕一咬。

虞靈犀眼睜睜看著他的眼尾迅速漫上一縷薄紅，像是被人欺負過似的，平添脆弱的豔色。

她先是驚愕，繼而蹙眉道：「哎，我都說了這是辣的，你怎還吃進去啊？」

寧殷細細品嘗著虞靈犀的癖好，帶著近乎自虐的愉悅，虞靈犀便知這小瘋子是故意搶食。

她無奈，瞪了他一眼，便走開了。

寧殷不疾不徐地跟在她身後，半晌低低道：「小姐的說法，我並不苟同。」

「什麼？」虞靈犀停住腳步，一時未能反應過來。

寧殷漫不經心道：「喜歡的東西，就該永遠保存起來，怎捨得她埋在黑暗的地底，腐化生蛆？」

虞靈犀驚異於他的歪理，又想起前世自己的下場，半晌無言。

「若是不能和她一起死，便該將她的身體凍起來，藏在深處。」寧殷輕輕嘖了聲，像是在構建一個極美的設想，「即便死了也要讓她留在身邊，日日相見……豈不更美？」

風穿廊而來，吹開記憶的塵埃。

虞靈犀宛若過電，不敢置信地看著他。

虞靈犀想起上輩子的冰床。

她怔怔地望著寧殷，唇瓣微啟，問出長久以來的疑惑：「人死燈滅，入土為安。難道不是憎惡一個人，才會將其屍身封禁麼？」

寧殷面露輕蔑，那是俗人庸人的做法。

「真正所厭之人，要活著折騰才好玩。若是來不及折騰便死了，就直接梟首戮屍，再丟出去餵狗。」寧殷用最輕柔的語氣說著最狠情的話語，嗤地反問：「封在身邊添堵，不蠢麼？」

仔細回想，前世的確如此。

虞靈犀的眼睛睜得更大了些，「所以若你將一個死人冰封在密室，其實是……捨不得？」

寧殷細細咽下辛辣的梅子肉，殷唇瓣和眼角浮現一層綺麗。

那眼神分明是在問她：用得稱心的東西，不就應該鎖起來嗎？

恣睢偏執，但的確是寧殷的風格。

虞靈犀心中浮出一個荒謬的想法，又覺得不太可能。

她死後的身體的確被封存於密室之中，可寧殷也就那日飲醉來了一趟，之後便將密室封鎖起來，不許任何人提及。

並沒有他方才所說的，日日相見。

她唯一能確定的，是寧殷並不恨她。哪怕，她是刺殺他的帶毒器皿。

虞靈犀尚未想清楚，這其中的矛盾之處從何而來。

「怕了？」寧殷俯身，輕笑自耳畔傳來。

他垂眸掃著虞靈犀複雜的神色，抬手朝她的髮頂摸去。

陰影遮下，虞靈犀眼睫一抖，下意識閉上眼睛。

寧殷卻只是撚走她鬢髮上沾染的一片紫薇花瓣，指腹摩挲著柔滑的花瓣，輕淡道：「怕什麼，我這人最怕麻煩。能讓我費這般心思的，眼下還未出現。」

低沉緩慢的語調，頗為意味深長。

虞靈犀睜眼，望著寧殷浴在光中的漆黑眼眸，輕而堅定道：「我不是在害怕，寧殷。」

她說的是寧殷。

這個名字從她嘴裡說出，總有種跨越時空、橫亙生死的溫柔堅定。

寧殷看了她許久，嘴角一動，再抬手。

這一次，修長有力的手掌慢慢覆在她的髮頂，像是在撫一隻貓。

回到廂房，虞靈犀坐在鋪著玉簟的床榻上，望向筆架上那支筆鋒墨黑的剔紅梅花筆。

許久，輕輕摸了摸跳動的心口處。那裡熱熱的，有些許痠脹。

月上中天，罩房沒有點燈。

寧殷穿著鬆散的中衣倚在榻頭，杏白的飄帶繞在他修長的指間，在繾綣的月影下白得發光。

榻旁矮櫃的暗格大開，裡頭安靜躺著一支斷翅修復的紙鳶，以及過了時令的五色長命縷。

虞夫人擔心新兒媳初嫁過來，會不適應，便囑咐虞靈犀得空常去和她解悶兒。

即便阿娘不說，虞靈犀也會如此。

畢竟由於前世的緣故，虞靈犀對新嫂子的印象極佳，何況兄姊皆有公務在身，她在府中難得覓得一個聊得來的同齡人。

「如何？」

蘇莞綰著新婦的小髻，貓兒似的大眼睛撲閃撲閃，期許地等待小姑子的反應。

虞靈犀撚著蘇莞親手做的紅豆花糕，細細咬了一口。

清甜漫上舌尖，足以掃蕩所有心事。

虞靈犀頷首，由衷讚嘆：「好吃的！」

蘇莞便心滿意足地笑了，又夾了一塊花糕給虞靈犀，方將剩下的擱在食盒中保存，準備等會送給虞煥臣品嘗。

見到虞靈犀杯盞裡的椒鹽梅子，蘇莞滿心好奇，小聲問：「妹妹嗜酸？」

「是辣的。」虞靈犀解釋。

「那，我能嘗嘗麼？」蘇莞問。

虞靈犀想了想，解下腰間的小荷包，另夾了顆椒鹽梅子擱在茶盞中，待味道化開了，便遞給蘇莞。

蘇莞嗅了嗅，秀氣地小抿一口，眨眨眼，以帕掩唇道：「微酸而辣，很特別的味道。」

「是吧？」虞靈犀笑了起來。

女孩兒們交換了喜好後，總會格外親近些，兩條凳子越挨越近，最後索性坐在一處聊天。

虞煥臣下朝歸來，便見新婚的妻子和么妹緊挨著坐在鞦韆上，共看一卷書冊。

夏日的濃蔭下，陽光灑下碎金般的斑點，兩人一個玲瓏可愛，一個姝麗明豔，風吹得她們的披帛飄動，儼然一幅活靈活現的美人圖。

虞煥臣不動聲色地清了清嗓子。

蘇莞立刻抬起頭來，起身迎道：「夫君回來了？」

虞煥臣看了嬌妻一眼，又飛快調開視線，低低「嗯」了聲。

「天氣暑熱，夫君公務繁忙，辛苦了。」蘇莞體貼地接過侍婢遞來的涼茶，笑著遞上道：「夫君用茶。」

虞煥臣剛接過茶，蘇莞又捧著紅豆糕道：「我親手做的甜食，夫君嘗嘗？」

她一口一個「夫君」叫得清甜，饒是當初信誓旦旦說不喜「嬌滴滴大家閨秀」的虞煥臣，也不由紅了耳根，顯出幾分甜蜜的侷促。

虞靈犀有一搭沒一搭晃著鞦韆，以書卷遮面，笑彎了眼睛。

笑著笑著，又想起那夜寧殷泛紅的豔麗眼角，以及那句震徹心扉的「死了也要讓她留在身邊」……

是否世間的感情，並非千篇一律，而是有千種情態？

夏日睏倦多思，她近來想起寧殷和前世的次數明顯增多，每一次有了新的結論，又總會被更深的疑惑推翻。

臨近正午，太陽漸漸熱辣起來。

眼前的小夫妻新婚燕爾，虞靈犀不好多加打擾，便收斂飄散的心思起身，告別回了住宅。

剛進院子，便見胡桃一鼻尖汗過來，迫不及待道：「小姐，忠武將軍府和成安伯府都派人來說媒啦。」

「說媒？」虞靈犀問：「給誰？」

「當然是小姐您呀！據說是前幾日少將軍婚宴上，全京城的世家子弟都來了，見小姐容色出塵，許多人都動了求娶的心思，今日便來了兩家呢。」

說到這，胡桃既開心又擔心。

開心是因為小姐有了更多的選擇，擔心是怕小姐耽擱了正緣。

畢竟小姐再青睞那侍衛，終究越不過身分門第的天塹。而薛二郎對小姐一往情深，別說將軍和夫人，就連她們做下人的都看在眼裡。

虞靈犀倒沒有多少喜色，只嘆了聲，暗自頭疼。

這次，得用什麼理由拒絕呢？

暑熱的天，是京中茶肆攬客的旺季。

一些專供達官顯貴的名樓，還推出諸多色味俱全的冰飲和酥山酪。

成安伯世子紙扇輕搖，好友相對而坐，一番寒暄過後，便自然將話題引到對方的婚事上。

其中一人道：「聽聞世子意欲求娶虞將軍府的么女，弟在此，先恭賀世子大喜！」

成安伯世子按捺住那點小心思，故作謙遜道：「父母之命而已，未有定數。」

「哎，世子此言差異。虞將軍手握重兵，為防功高震主，天子忌憚，定然不會與同是將門英才的忠武將軍定親。而薛二郎麼，據說早與虞府大小姐有婚約，薛家最是克己守禮，不會輕易改約……如此看來，不就只剩下世子您了麼。」另一人以摺扇抵了抵成安伯世子的肩，笑道：「何況世子芝蘭玉樹，尤其一手丹青妙絕，堪與薛二郎比肩，天下女子誰不喜歡？」

成安伯世子的確如此想。

他雖有世子的身分，但成安伯府歷經幾代，已然衰落，並無實權，是最適合與虞府結親的人選。

然而，也的確不悅，他生平最反感的便是被拿來和薛二郎比較。

他練了近二十年的丹青，也只得來一句「堪與薛二郎比肩」。

他薛二郎算什麼東西，也配為天下男人尺規？

先前那人似是察覺到他的不悅，笑道：「也就世子有這個緣分，咱們英年早婚，想爭一爭都沒機會囉！」

成安伯世子這才略微好受些。

才子多情，最愛美人，虞二姑娘便是全京城公認的第一美人，何樂而不為？

正想著，忽見隔斷的屏風後傳來一陣輕而亂的腳步聲，繼而，一位衣著清麗的妙齡女子撲了過來，倉皇跌在成安伯世子懷中。

而她身後，兩個凶神惡煞的男子追了上來。

世子手中的茶盞被打翻，濡濕了他的下裳，不由皺眉：「姑娘，妳……」

「公子救我！」女子抬起淚眼漣漣的小臉，鬢釵鬆散，微微喘息，不勝嬌弱之態。

她身上味道很香，絲絲誘人，成安伯世子聞得呆了，情不自禁地往她頸項中湊了湊。

「公子……」

直到嬌怯的聲音低低響起，他才恍惚回神，喃喃道：「姑娘方才說什麼？」

「小女子孤身來京尋親，卻被人誆騙賣去青樓，求公子救我！」

女子伸手輕輕扯了扯世子衣袖，染著淚意的媚眼如酥，楚楚可憐。

男人皆有英雄情結，尤其是多情的男人。

甜香嫋散，成安伯世子撇開的手改為環住女子的腰肢，將她護在身後，對兩名惡漢道：

「她賣了你們多少銀兩？本世子贖了。」

兩名友人來不及勸，面面相覷。

入夜，到了打烊的時辰。

黑衣少年在雅間憑欄而坐，把玩著茶盞，視線投向窗外街道的某處。

茶肆前闌珊的殘燈下，前幾日被成安伯世子救走的那名女子緊張地站著，仔細看來，能從她的神情舉止看出些許浸淫風月的風塵之態。

她低低說了句什麼，站在陰影中的折戟便拋出一個份量頗重的錢袋，並一個藥瓶。

女人忙不迭接住，千恩萬謝地走了。

寧殷這幾日安靜得過分，好幾日不曾來眼前晃蕩。

虞靈犀記得他曾因薛岑提親而陰鷙發狠的模樣，又見他如今不聲不響，沒由來泛起淡淡的心虛歉疚。

剛想好拒絕親事的法子，便聽前去打探動靜的胡桃說，忠武將軍府的大公子和成安伯世子都取消議親了。

「周將軍的大公子說親第二日便摔斷了腿，不知聽哪個神棍說和小姐八字不合，命裡犯沖，若結親必定橫死異鄉，嚇得那周公子回去便嚷嚷著不議親了！」胡桃氣得臉頰通紅，連比帶劃道：「還有那個成安伯世子，一說起這個奴婢就來氣！他養了一個狐媚子般的外室，被迷得七葷八素的，鐵了心要將女子娶進府裡常伴，把成安伯氣得不行，也沒臉向小姐提親了！虧他們在外面人模狗樣的，私德竟然如此不堪！」

有望結親的幾人裡，唯有薛二郎尚且潔身自好，守心如初了。

胡桃憤憤不平地想著，虞靈犀卻是訝異片刻，忽地笑出聲來。

「小姐！」胡桃癟嘴，「您怎麼還笑啊？」

天遂人願，虞靈犀當然要笑。

周大公子是武將，最忌憚戰死沙場，神棍便以命裡犯沖相勸；成安伯世子恃才多情，突然被一個女子迷得天翻地覆……

就好似有人抓住他們的弱點似的，巧合得過分。

不過這樣正好，此幾人自己打了退堂鼓，省得還要她費口舌。

心情大好，連天色都明亮起來，神清氣爽。

胡桃很是為主子坎坷的婚事打抱不平一番，而後道：「對了小姐，方才唐公府的清平鄉君托人口信，邀您乞巧節一起夜遊看燈呢。」

她這麼一提醒，虞靈犀才想起來，再過半月便是七夕。

虞靈犀記得前世這年七夕，姨父欲將她帶去宴席巴結皇親國戚。

那是她第一次見識到姨父虛偽面具下的真實嘴臉，驚氣交加，大病了一場。

後來病好，庭中枯葉落盡，虞靈犀才知道姨父想要巴結的那些皇親國戚都死了，朝中大換血，寧殷的名號一夜崛起，震懾天下。

虞靈犀並不知曉那短短數月內，朝中到底發生了什麼。一切都被抹得乾乾淨淨，人人噤若寒蟬。

她只知曉，若寧殷的謀劃順利，大概過不了多久，他便要離開虞府了。

奇怪，這是她一開始便知曉的結局，今日猝然想起，竟有種沒做好準備的感覺。

風拂過水榭池面，波瀾經久不息。

夏季多瓜果，時常有果農挑著自家吃不完的葡萄、甜瓜等物，走街串巷叫賣。

底下接應的人順勢而為，不賣飴糖，賣葡萄了。

寧殷回來時手裡拿著一串葡萄，洗淨了，慢條斯理剝著吃。

見虞靈犀獨自坐在水榭中出神，他頓了頓，朝她緩步走去。

他這幾日心情不太好，狂蜂浪蝶太多了，弄不完。何況還有一個油鹽不進的傻子薛岑，張著嘴等他的小姐掉入懷中……

想想便膈應。

也就他現在變乖了，不喜殺人。

否則那幾人，早該剁碎變成花肥了。

臉上一涼，虞靈犀猛然回身，撞見寧殷烏沉沉俊美的眼眸。

擱在她臉上的，是一串尚且帶著水珠的紫皮葡萄。

「寧……衛七，你這幾日在做什麼？」虞靈犀眼睛亮了亮，隨即蕩開柔和瀲灩的波光，「葡萄哪兒來的？」

也不知她在想什麼，竟然恍惚到差點叫出他的本名。

寧殷摘了一顆葡萄，細細剝去皮，就著被汁水潤濕的手將果肉塞到她嘴裡。

指腹若有似無地於她唇上一壓，又淡然撤離，留下濕涼的痕跡。

虞靈犀一愣，隨即被滿腔的汁水刺激得皺起眉頭。

這麼酸的葡萄，他從何處找來的！

「酸嗎？」寧殷問。

虞靈犀忙不迭點頭，酸到打了個顫。

寧殷笑了起來，頷首道：「酸就對了。」

他用方才碰過她唇瓣的那手，摘了一顆葡萄放入自己唇間，面不改色地吃著。

虞靈犀看了他一會兒，下定決心似的，托腮問：「衛七，你有什麼想要的東西嗎？」

兩人相處了這麼久，她好像還未正經問過寧殷的需求。

將來他要走了，總得留個念想。

寧殷看了她一眼，慢條斯理咽下葡萄。

像是在回味什麼美味般，沉笑著問：「要什麼都可以？」

第十七章　禮物

虞靈犀一見寧殷的神情，便知他想要的多半不是什麼正常的物件。

她眼眸輕轉，像是藏著小鉤子似的，及時補上一句：「須得是禮法允許範圍之內的，以不傷害他人和你自己為首要。」

「先存著吧。」

寧殷像是嫌規矩多，輕輕嗤了聲，可眼裡分明漾開極深的愉悅。

他看著眼前冰肌玉骨的少女，笑意蘊開，緩聲道：「以後時機到了，望小姐允我從虞府帶走一樣東西。」

池面波影明媚，浮光躍金。

虞靈犀被他的笑蠱惑般，竟鬼使神差地點了點頭。

等回過神來時，寧殷已笑著離去，只餘半串微涼的葡萄擱在她的手邊，滴落晶瑩的水珠。

「他方才，又在挖什麼坑呢？」

虞靈犀納悶，順手摘了顆葡萄擱在嘴裡，隨即一個激靈，酸得腳指頭都蜷在一起。

宮裡，崔暗命人將杖斃的太監拖下去。

他看向另一位伏地跪拜的下屬，語氣慢吞吞的：「娘娘給我們的日子可不多了，你呢？也沒查出個所以然嗎？」

「提督息怒！流言來源太多太雜，屬下等人追查到幾家青樓和茶肆，便斷了線索……」

見崔暗神情一陰，那人忙不迭提高音調道：「但是屬下的人意外發現，虞府的少將軍正在暗中查探七皇子的下落。」

「虞煥臣？」崔暗品味著這個名字。

七皇子果真沒有死，還是說虞家這番暗地裡的動作，是準備站隊了？

不管是哪種原因，都夠東宮那位忌憚暴怒的了。

胯下的陳年舊疾彷若隱隱作痛，崔暗古井無波的眼中浮現深重的陰鷙，慢吞吞呵笑道：「盯緊虞府的動作。還有，將這個消息呈給咱們的太子殿下。」

蘇莞決定給虞煥臣打一條劍穗當做七夕之禮，還缺一塊裝飾用的上等冰玉，便決意上街一趟，順便邀虞靈犀同行。

虞靈犀想起給寧殷的禮物還未有著落，不暇多想，笑吟吟應允了。

蘇莞慣用的那輛馬車小巧狹窄，坐兩個人略微擁擠，管事的便受命給她們換了虞煥臣上朝時常用的大馬車，親自送她們到門口。

公務用的馬車寬敞舒適，還備了瓜果和納涼的冰鑑，虞靈犀倚著繡枕眨眼道：「兄長嘴上不說，其實可關心嫂嫂了。」

蘇莞「嗯」了聲，臉上浮現新婚甜蜜的淺紅：「我知道，嫁給他準沒錯。」

其實虞靈犀一直有些好奇，前世兄嫂並未見過面，可兄長戰歿後，蘇莞卻寧死不毀約改嫁，而是選擇青燈古佛相伴終生……

上一次聽到這樣的故事，還是在《烈女傳》、《貞婦書》這樣束縛女子的教條之中。然而觀蘇莞的性情，又不似那般墨守成規的迂曲之人。

她心裡有了一個猜測，問：「嫂嫂以前，可仰慕兄長？」

除此之外，虞靈犀想不出還有什麼理由能讓一個玲瓏靈慧的深閨女子，毅然斷髮守節。

蘇莞的臉更紅了些，像是被撞破祕密的小孩。

她微微點了點頭，以扇掩面，細細道：「四年前他御前獻武，我隨爹爹在現場。」

自此一見傾心，芳心暗許。

虞靈犀訝然，沒想到他們的緣分這般早就定下了。

今生越是圓滿，便越發覺著前世缺憾，虞靈犀輕輕嘆了聲。

「這個祕密我只同妳說過，歲歲，妳可千萬不要告訴我夫君。」蘇莞拉著虞靈犀的手，紅著臉頰道：「我怕他恥笑我。」

「嫂嫂且放心。」虞靈犀與她拉鉤蓋章，又笑著安慰道：「即便他知道了，也斷然不會取笑，只會覺得自己有福氣。」

兄長的脾氣，虞靈犀再瞭解不過了。

他極有責任心，人又聰明。縱使娶之前萬般不願，但只要妻子過門，他是會豁出性命相護的。

「不說我了。」蘇莞拐了話茬，問：「再過幾日便是乞巧節，歲歲可有想送禮的心儀之人？這一年到頭，也只有這日沒有男女大防，可以盡情表白心意呢。」

虞靈犀眼睫一動，下意識浮現出寧殷涼薄恣睢的臉來。

「歲歲此時第一個想起來的男子，便是妳的心儀之人。」蘇莞湊過來，以一副過來人的口吻道。

虞靈犀倏地抬首，似是訝異似是迷惘，眨了眨眼，又眨了眨。

「是麼？」她遲疑地問。

蘇莞篤定地點點頭：「心儀一個人是藏不住的，他會不自覺往妳腦子裡冒。」

虞靈犀想了想，近來想起寧殷的次數確實很多。

從前世的懼怕缺憾到今生的釋懷信任，從鬥獸場別有用心的重逢到他數次打破規矩的出手相護……樁樁件件，皆烙印於心。

不知不覺兩輩子，他們竟已經歷了如此多的起伏波瀾。

這是心儀？

虞靈犀不太懂，她與寧殷有過最親密的接觸，唯獨不曾談過情愛。

那麼，寧殷呢？

「嫂嫂，妳說……」虞靈犀思潮湧動，如畫的眉目裡掠過馬車窗外的一線暖陽，低聲問，「若是一個人坐盡惡名，心狠手辣，總是欺負他的枕邊人。可是等枕邊那人死後，他又冰封著她的屍身捨不得下葬，這是喜歡麼？」

蘇莞想了想，道：「是吧。」

「可是，這不是偏執成瘋的占有麼？」虞靈犀道。

那晚在廊下，連寧殷自己都承認了，用得稱心的東西，就該鎖起來。

「誰說偏執占有就不是喜歡啦？」蘇莞輕笑，「幽禁，甚至是欺負，壞人也有壞人的愛呀……」

大概意識到自己說漏嘴，蘇莞咬了咬唇，不吭聲了。

一石激起千層浪，虞靈犀唇瓣微啟，半晌詫異道：「嫂嫂因何知道這些？」

蘇莞支吾了半晌，才細聲招供道：「以前在閨中無聊，看了許多書。」

從正經的詩詞歌賦，到不那麼正經的話本小說，從「君子好逑」到巧取豪奪，涉獵頗豐。

聞言，虞靈犀對這位小嫂子的印象又高了一層，倚在車窗邊出神。

心緒起伏，經久不平。

是嫂嫂說的這樣麼？虞靈犀緩緩垂下捲翹的眼睫。

可惜，她永遠不能回到過去，找寧殷問個明白了。

如今她身邊，只有一個會為她剪頭髮、食椒粉的小瘋子衛七……

再過不久，連衛七也不屬於她了。

如此想來，心中痠脹發燙，竟是暈開一抹淡淡的悵惘。

宣平街的玉器最是聞名。

琳琅坊是宣平街中最大的玉器店，掌櫃的是個人精，產量稀少的名玉都藏在二樓，只供貴客挑選。

二樓裝潢極為雅致，甚至還請了琴師和琵琶女奏樂消遣。

蘇莞在一旁挑選適合打穗子的玉環，虞靈犀閒著無事，便沿著擺放各色玉器的櫃檯賞看。

而後一頓，被一塊巴掌大的墨玉吸引了目光。

此玉色重而細膩，溫潤無一絲雜質，彷若黑冰凝成，又好似取一片深重的夜色濃縮於方寸之間。

不知為何，虞靈犀想起寧殷的手。

他的膚色冷白若霜，那雙修長的指節若是把玩這塊玄黑的墨玉，定是說不出的綺麗貴氣。

帷帽輕紗下，虞靈犀柔和了目光，心裡有了主意。

這是再合適不過的，極好的禮物。

「此玉是剛進的坯子，尚未來得及雕工。」掌櫃的見虞靈犀的目光在那墨玉上駐留，立刻殷勤道：「貴客買下後，敝店可代為雕琢。」

虞靈犀搖首：「不必。」

寧殷的喜好異於常人，虞靈犀摸不準他想要什麼樣式，便打算買回去問清楚了，再請人按他的喜好雕刻打磨。

因為買的是玉坯，蘇莞並未多想，挽著虞靈犀的手歡歡喜喜出了琳琅坊。

與此同時，對面茶肆。

小廝從雅間軒窗往外瞥了一眼，隨即「咦」了聲道：「二公子，那不是虞大公子的馬車麼？」

薛岑順著他的視線往街邊望去，剛好見一抹窈窕的身姿從琳琅坊出來。

便是戴著帷帽，薛岑也一眼就認出了虞靈犀。

他難掩雀躍，正欲起身下樓，卻見後頭還跟了個略微嬌小的女子，做新婦打扮。

虞少夫人也在，薛岑只好壓下眼底的欣喜，又端莊坐回原處。

「公子不去打個招呼麼？」小廝問。

薛岑輕輕搖首，神色是深沉而克制的，溫聲道：「虞家新婦在，我為外男，理應避嫌。」

大庭廣眾非私人場合，即便他此時下去，礙於好友新婚妻子在，也說不上兩句話。

小廝努努嘴，小聲嘀咕：「公子就是太正派了，但凡是願意使一點手段，什麼人得不到？」

篤篤兩聲叩門聲，打破安靜。

茶奴引著一個瘦高穩重的男人進來。

薛岑立即起身，恭敬喚了聲：「兄長。」

日落黃昏，暑熱未散。

虞府對街，蔭蔽的拐角，一個男人穿著粗布常服，鬼鬼祟祟地盯著虞府的動靜。

身後捲起一陣陰風，男人警覺回頭，只見巷子一片空蕩，並無人影。

然而等他再回過頭來時，一個暗色戎服的少年神不知鬼不覺地出現在他面前，逆著穠麗斜暉挺立。

驚呼還未出口，便扼殺在喉中，「噗通」一聲倒地。

寧殷單手揪住男人的衣領，拖曳他沉重的軀體，長長的影子轉入後巷，消失在餘暉之中。

他負手，以腳尖踢開男人的下裳，露出腰間的掛牌。

「東宮的人？」寧殷冷嗤。

以寧檀的豬腦子，不可能這麼快查出他的藏身之處。

那便只有可能，是衝著虞家來的。

寧殷慢條斯理地擦著手，而後眸色一沉。

若他沒記錯，方才虞靈犀乘著虞煥臣的馬車出府了？

虞家侍衛每夜前都會定時巡查周邊，今日在對街巷角找到一堆皺巴巴的、裹餅用的油紙。

侍衛覺得可疑，立刻報備給虞煥臣。

「有人曾在此日夜盯梢，目標大約是我。」虞煥臣摸了摸油紙，撚去指尖的麵食碎屑，「去四周仔細搜查。」

侍衛領命，不到一盞茶就有了結果。

七八丈開外，巷尾隱蔽的雜物堆裡，散落著兩三滴血跡。

「血還是新鮮的，不超過半個時辰。」侍衛稟告，「可是，周圍不曾見打鬥的痕跡，也不見傷患或屍首。」

虞煥臣皺起英氣的劍眉。

這是跑了，還是被清理乾淨了？

出手的人是東宮，還是閹黨？

不管是哪個派別的人出手，顯然都來者不善……

想起乘坐馬車歡歡喜喜出門的妻子和么妹，虞煥臣臉色一變。

「不好。」他倏地起身，大步流星道：「速速備馬！」

太陽還未完全下山，出門便有熱浪撲來。

蘇莞便拉著虞靈犀去飲冰樓小坐片刻，吃了兩碗楊梅冰飲與木瓜煎。待日頭滾落屋脊，晚風漸起，方上馬車歸府。

車中案几上，青銅冰鑑散發絲絲涼氣，凍著一份新打的葡萄酪。

寧殷常買的那些葡萄酸得很，他自己吃得面不改色，虞靈犀卻看得牙酸。

正巧飲冰樓的葡萄酪當季，清甜奶香，比他買的那些味美許多，她便順手捎了一份，準備帶回去給他嘗嘗。

「歲歲，妳覺得這冰玉是配若綠的穗子好看，還是這根黛藍的呢？」

蘇莞拿著幾種穗子樣式湊過來，頗為猶疑的樣子。

虞靈犀素手合上冰鑑，接過兩條穗子比了比，道：「若綠清新，但兄長畢竟是武將，還是黛藍穩重些……」

話還未落音，就聽車夫「吁」地一聲，馬車猝然急停。

虞靈犀和蘇莞撞在一塊兒，俱是輕哼一聲。

「少夫人、小姐。」青霄於車外道：「前方販夫車輛傾倒，堵住了去路，屬下已命人清場，請少夫人和小姐稍候片刻。」

虞靈犀挑開車簾，朝前方望了一眼。

一丈遠的地方，賣瓜的板車與一輛裝滿黃豆的牛車相撞，瓜豆紅紅黃黃滾落一地，引來一群小孩兒和乞丐爭搶，一片混亂。

虞府的馬車被堵在宣平街和永寧街相連的石橋上，橋面狹窄，車馬難以掉頭。

橋下渠岸邊，柳條如煙。

薛府的小廝擦著下頷的汗，張望道：「公子，橋上堵著了，咱們換條路走吧。」

薛岑端正而坐，清雋的臉上不見一絲焦躁，望向橋上停留的虞府馬車。

小廝便知主子的癡病又犯了，不禁重重嘆了聲，只好靠著馬車等待路通，用袖子呼哧呼哧搧著風。

夕陽投在永寧渠水中，浮光躍金。

不知名的飛鳥掠過水面，棲在橋邊的柳樹上。

見虞靈犀一直望著橋頭爭吵的瓜販和牛車主人，蘇莞安撫道：「別擔心，橋面很快會通暢，不會耽擱回府的時辰的。」

虞靈犀眼裡落著夕陽的暖光，穠麗無比，若有所思道：「我並非擔心這個。」

她只是覺得有些奇怪。

一車瓜與一車豆，並非什麼重要貨物，為何需要五六個身強體壯的漢子運送？

他們堵在橋頭爭吵，似乎也不心疼滿地滾落的瓜豆，只拿眼角餘光不住地往虞府馬車的方向瞄。

而且天氣這麼熱，尋常販夫走卒皆擼袖敞衣，可這群人卻穿得嚴嚴實實的……

暫態，虞靈犀湧起一絲不詳的直覺。

她放下車簾，低喝道：「青霄，快！下橋！」

可是來不及了，一支羽箭刺破車簾，「嗡」的一聲釘在虞靈犀腳下。

以箭矢為訊號，方才還佯做爭吵的瓜農和販夫，皆是目露凶光，從板車下抽出潛藏許久的刀刃，先是砍倒面前的兩個侍衛，而後朝著馬車包抄衝去！

青霄立刻拔劍，喝道：「保護小姐和少夫人！」

結實的車壁被八爪銅鉤毀壞，霎時木塊四濺，虞靈犀和蘇莞暴露在凶徒面前。

目睹一切的人群驚叫四散，逃命的逃命，報官的報官。

岸邊十丈遠，薛家小廝嚇得脊背發涼，軟著兩條腿哆嗦道：「公、公子，有歹人行刺……公子？」

馬車裡空蕩蕩的，哪裡還有薛二郎的身影？

行刺對於前世的寧殷來說是家常便飯，連他坐的馬車都是經過特殊改造過的，只需按下一個機括，馬車四周便會升起銅牆鐵壁，只餘出氣的一線小口，足以抵擋所有刀劍暗殺。

那時，虞靈犀常腹誹攝政王府的馬車像具棺材。

而現在，她多麼懷念寧殷那具刀槍不入的「棺材」。

見到車上是兩個女人，而非虞煥臣，行刺之人有些意外，但也顧不上許多了。

箭在弦上，唯有殺人滅口。

箭矢破空的聲響傳來時，虞靈犀下意識伸手護住嚇得呆滯的蘇莞，將她壓在車底匍匐。

隨即左臂一陣鑽心的疼痛，鮮血立即湧了出來，濡濕了煙粉色的披帛。

「歲歲！」身下的蘇莞立即睜大了眼，嚇得哭腔都出來了，「妳受傷了！」

「箭矢擦了一下，沒事。」虞靈犀示意蘇莞不要亂動，漂亮的杏眸乾淨又沉靜，忍著痛小聲道：「別怕呀，嫂嫂。」

蘇莞是兄長前世錯過、今生好不容易才圓滿的幸福，她決不允許任何人傷害她。

「帶小姐和少夫人走！」

青霄拼死攔住不斷湧出的刺客，朝車夫暴喝道。

車夫剛拿起轠繩，那馬匹便中箭受驚，嘶鳴著人力而起。

車轅斷裂，馬車裡的一切東西被一股大力往外甩去。

蘇莞被虞靈犀護著，翻身滾落在地，很快被虞府僅剩的侍衛拉起。

而虞靈犀手臂受傷，無力攀援依附，被大力甩出馬車，直直朝橋下水渠墜去。

「歲歲！」

「二妹妹！」

那一瞬彷若凝固，薛岑夾在逃散的人群中，如逆流而上的魚，拼命朝墜橋的虞靈犀伸長手。

可是太遠，太遠了。

他只能眼睜睜地看著虞靈犀像是斷翅的蝶，沒入濺起的水花中。

薛岑愣了愣，不管不顧地朝渠堤撲去，卻被及時趕來的小廝一把抱住。

「二公子，使不得！」小廝用了吃奶的勁兒，唯恐他再墜湖惹出性命之憂，大聲道：「您不會鳧水啊，忘了嗎！」

「鬆手！」

薛岑一介溫文爾雅的貴族子弟，也不知哪來的力氣，掀開小廝跳下水渠。

他閉了閉眼，忍著對水的恐懼，僵硬邁動步伐，涉著齊胸深的水朝虞靈犀墜落的方向摸索而去。

「公子……公子你睜眼看看！」小廝也跳了下來，拉住薛岑月白的袖袍，「不用你去，已經有人把二姑娘救上來了！」

薛岑睜眼，只見那黑衣少年不知何時出現，跳下橋將虞靈犀托了出來。

他出現得那樣及時，又那樣義無反顧。

夕陽的餘暉中，濕淋淋的虞靈犀攀著少年的肩，以極其信任的姿勢依靠著，像是一對風霜血雨中的交頸鴛鴦。

薛岑白著臉僵在水中，蕩漾的水波托起他貴重的月白錦袍，像是一片暈散的霧。

他與二妹妹相識十年，可似乎，永遠來遲一步。

「公子？」小廝小心翼翼地扶著他。

薛岑嘴唇動了動，喑啞道：「走吧。」

他艱難轉身，扶著堤岸，又倏地滑了下去。

空手稀薄，短短一瞬，他竟連上岸的力氣也沒有了。

不知什麼人出手，屋脊後埋伏的箭雨猝然停止。

繼而三具弓弩手的屍首從屋脊後滾落，重重摔在地上，沒了聲息。

寧殷將虞靈犀抱上岸，輕輕擱在柳樹下靠著。

「衛七。」

虞靈犀清透的襦裙浸濕了水，越發薄可透肉，顯出凝雪一般細膩的顏色。

她身形狼狽，可望著他的眼裡卻是帶著笑意的，好像只要見著他便不懼刀霜劍雨，蘊著溫柔的信任。

寧殷下頷滴水，盯著她彎起的璀璨眼眸許久，方解下外袍披在她身上。

「為何不鳧水？」

他的聲音低而輕柔，那是隱隱動怒的前兆。

「忘、忘了。」

虞靈犀抱緊手中的木盒，裡頭是她為寧殷挑選的玉料。

方才馬匹受驚，許多東西都被甩了出來，她無處借力，下意識就抓住了這個裝著墨玉的盒子。

「還有葡萄酪……」

想起那被打翻的冰鑑，她語氣裡充滿惋惜。

手臂酥麻使不上勁兒，木盒脫手，滾落在地。

虞靈犀想去撿，卻眼前一陣眩暈，朝前栽去。

寧殷及時攬住，眉頭一皺，扯下她左臂礙事的披帛，露出正在汩汩滲血的傷口。

那血顏色不對，紫中帶紅。

「怎麼傷的？」寧殷的嗓音一下啞沉下來。

「被箭矢擦中……」

虞靈犀話還未落音，便見寧殷一把撕開她臂上輕薄的布料，將布條紮在她上臂處阻止血液流通。

隨即他俯身，將淡色的薄唇印在她的傷處。

她的傷口滾燙，倒顯得寧殷的唇冰涼。

並未怔神太久，一陣劇痛將她的思緒喚回，寧殷用力一吸，呸出一口紫紅的鮮血來。

虞靈犀呼吸急促，從寧殷過於冷沉的臉色猜出，那刺客的箭矢定是帶著劇毒。

寧殷並未放棄，緊接著第二口、第三口……

那毒血一口口噴濺在木盒裡傾倒出的黑色玉料上，墨玉洇出詭譎而瑰麗的紅來。

虞靈犀想起上輩子死後，寧殷去滅趙府滿門。

面對姨父顫巍巍手捧的那塊鎮宅古玉，他只是輕飄飄笑道：「聽說人血養出來的玉，才算得上是稀世極品。」

原來，竟是真的。

「人血養出來的玉，果真好看。」

虞靈犀竟還有心情開玩笑，抬指輕輕撫了撫他眼尾飛濺的血漬。

手太抖了，紅豆大小的一抹血跡，她越擦越髒。

她索性放棄了，將額頭抵在寧殷的肩上，輕促地問：「衛七，我會不會死？」

寧殷半垂的眼睫動了動，而後抬眼。

逆著粼粼的波光，他冷淡的唇染著深紫的血色，眼睛也如同這塊玉一樣，黑冷幽沉，透著詭譎的暗紅。

虞靈犀已經沒力氣，去看他眼中翻湧的那些到底是什麼了。

麻痺順著手臂蔓延，侵擾她的神智。

「寧殷，我從未向你要過什麼……」晚風輕拂，她眼睫顫了顫，像是渴睡至極般，柔聲斷續道：「我要是死了，能否別將我……藏在密室，我怕黑。」

「噓，噤聲。」寧殷驀地伸指按在她的唇上。

他唇瓣貼著她的耳廓，執拗而輕柔：「小姐不會死，沒人能讓妳死。」

虞靈犀不喜血腥，寧殷許久不曾殺過人了。

但是……

「閉眼。」寧殷抬手覆在虞靈犀眼上，輕緩道：「我去把路清乾淨。」

虞靈犀羽毛般的眼睫在他掌心輕輕撩刮，而後乖乖頷首：「好。」

寧殷將她濕透的鬢髮撩至耳後，起身，朝橋上的刀光劍影走去。

虞靈犀悄悄打開了眼，模糊的視線中，只見刺客的屍首像開花的餃子般一具接著一具掉下橋頭，栽入水中。

一切不過須臾之間。

寧殷這樣的人，越是失控，面上反而越是平靜。

他將那名藏著帶毒臂弩的刺客留到了最後，垂地的劍尖抬起，指向對方驚恐的鼻尖。

「哪隻手傷的她？左臂？」

刺客欲跑，卻覺左臂一涼。

他睜大眼，看到自己的手臂連同弓弩一起飛翔到半空，在殘陽下劃出一道帶血的弧度。

寧殷緩步向前，將人釘在腳下，劍尖右移：「還是，右臂？」

慘叫響徹橋頭，繼而左腿、右腿……

那血色的花濺在寧殷冷白的俊顏上，盛開在他漆黑的眸底，綺麗而瘋狂。

頭一次，他殺人並無愉悅快感，只為遷怒。

而心底怒意，是來源於險些失去虞靈犀的恐慌。

他曾覺得死亡是這個世上最不值一提的事，即便是捨不得的東西，死了之後凍起來，似乎也和活著沒差。

可當虞靈犀問出那句「我會不會死」時，他這個壞得沒心沒肺的人，卻笨拙到只能用沉默掩飾恐慌。

她的眼睛澄澈美麗，聲音輕軟又堅定，笑起來時彷若髮絲都在發光……

若是死去，這些都沒了。

星辰隕落，不過是一團焦黑廢石。只有活在夜空，才能散發光芒。

寧殷將捲刃的劍刺入那具早沒了動靜的破爛屍身，勾唇笑了起來。

他終於明白了一件事：虞靈犀是不一樣的。

就算所有人都死了、化成灰燼，她也得永遠驕傲明媚地活著。

不到半盞茶，橋上就剩青霄還站著了。

寧殷轉過俊美的臉看他，逆著光的眸子染著鮮血的紅。

饒是這個久經戰場的忠誠侍衛，也不禁被眼前的殺意壓得後退半步，咽了咽嗓子道：

「衛七，你……」

青霄眼前一黑，撲倒在地昏死過去。

夕陽收攏最後一縷餘暉，黑暗自西北方侵襲。

虞煥臣帶著親衛趕到永寧橋上，看到的便是這樣一幕。

滿地鏖戰後的殘骸兀立，永寧渠水蕩漾，泡著的屍身下暈開比殘陽更濃的胭脂色。

而滿街滿橋，沒有一個活物站立。

那名叫衛七的少年抱著自己昏迷受傷的么妹穩步而來，風撩過他齊整的暗色衣角，彷彿跨過的不是屍山血海，而是一片美麗的花田。

他是神祇，亦是修羅。

這樣的壓迫感，絕非一個侍衛能有的。

虞煥臣迅速翻身下馬，先是找到橋盡頭嚇暈的蘇莞，伸手探了探鼻息，長鬆一口氣道：

「衛七，把歲歲放下，我會帶她……」

寧殷連腳步都沒停頓，帶著虞靈犀翻身上了馬背，反手一拍馬臀，絕塵而去。

虞煥臣抱著妻子，脫不開身去追，不由皺眉：他這是要帶歲歲去哪兒？

亥末，虞煥臣披著夜色獨自歸來。

蘇莞立即起身，迎上前緊張道：「夫君，找到歲歲了麼？」

虞煥臣面色凝重，搖了搖頭道：「虞辛夷領著侍衛尚在尋找。爹娘那邊如何？」

「阿娘聽到風聲，舊疾復發，飲下湯藥才勉強睡下。」蘇莞替他倒了杯茶，低低道：「阿爹去了京兆府一趟，還未歸來。」

虞煥臣接過茶盞，若有所思地頷首。

歹人於永寧橋公然行刺朝中武將的車馬，維繫京城安危的巡城使卻姍姍來遲，以漠北人仇殺定案，未免有些草率蹊蹺……

除非，是上面的人授意。

虞煥臣查看過刺客所用的手弩和兵刃，皆塗有劇毒。而妹妹臂上受傷，此番被衛七帶走兩個時辰了，未知生死。

正想著，驀然發現身旁的妻子許久沒動靜。

虞煥臣往旁邊望去，只見蘇莞低頭坐在案几後，鼻尖通紅，十根細細的手指都快將帕子絞爛了。

虞煥臣低頭湊近，看著她閃閃蓄淚的大眼睛，不太自在地問：「怎麼了啊？」

他突然湊過來，蘇莞忙別過臉抹了抹眼睛，愧疚道：「都怪我不好。若是我沒有叫歲歲出府，就不會連累她受傷……」

說著聲音一哽，頭更低了些，只看得見微微顫抖的下頷。

虞煥臣霎時觸動，手指蜷了蜷，有些笨拙地給妻子擦去眼淚。

「不怪妳，刺客是衝著我來的。」虞煥臣解釋，「要怪也是怪我，不該讓妳們乘坐我的馬車出府。」

眼下只能看衛七，能不能善待他的妹妹了。

虞靈犀醒來的時候，正是夜濃之時。

入眼的紅紗軟帳，花枝燭臺，讓她恍神一瞬。

若不是胳膊上包紮齊整的箭傷還疼著，她險些以為自己還身處前世夢中。

大概是解毒過了，虞靈犀思緒異常清醒。微微側首一瞧，只見寧殷換了身雪色的袍子，正交疊雙腿坐在榻邊座椅中，撐著太陽穴閉目養神。

平日見慣了他穿暗色的戎服，乍換一種風格，便頗有高山神祇的俊美。燈火打在他的側顏，鼻挺而唇淡，濃密的眼睫輕闔著，蓋住那雙過於涼薄凌寒的眼眸，整個人都柔軟起來。

昏迷前的記憶一點點浮現，虞靈犀記得自己神志不清說了許多胡話，更是記得寧殷那雙暗紅的眼睛。

他就這樣，一直守著自己麼？

虞靈犀心間微動，柔和了目光。

正欲多看兩眼，卻見那薄唇輕啟，緩聲道：「小姐還有力氣偷看，想來恢復不錯。」

說話間，寧殷打開眼睫，露出一雙比夜色更濃的眸子。

虞靈犀懷疑，他定是生有第三隻眼睛。

她忍著痛稍坐起身，環顧問：「這裡是何處？」

「青樓。」寧殷道。

虞靈犀眨眨眼，被褥無力滑落胸口，露出了薄可透肉的輕紗裡衣。紅紗帳頂，還大喇喇繡著一男一女白花花相疊的春圖……

虞靈犀移開視線，小神情沒有瞞過寧殷的眼睛。

他挑眉：「這裡的東西雖然大膽了些，卻都是乾淨的。」

「那這衣裳……」

「衣裳自然也是我親自為小姐更換的。」寧殷的唇角微不可察地翹了翹，「旁人手髒，不配伺候小姐。」

虞靈犀回不過神，倒不是覺得羞恥，而是想像不出會將天下踩在腳底的寧殷，是懷著怎樣的心情伺候別人更衣解帶的。

他以前可不屑於做這種事。

身上輕薄的衣料像是有了熱度，她「噢」了聲道：「多謝。」

卻不料牽動臂上的傷，疼得她「嘶」了聲。

寧殷皺眉，起身抓了個繡枕墊在她的腰後，而後推開門，朝門外候著的人交代一句。

端著藥碗回來時，便見虞靈犀正蹙著眉頭跪坐傾身，在榻上翻找摸索著什麼。

寧殷的視線順著她柔黑傾瀉的髮絲往下，在那抹下凹的腰窩處略一停留，向前將她按在榻上老實坐好，問：「在找什麼？」

「我的玉呢？」虞靈犀攏著被褥，忍著傷口的疼痛比劃了個大小，「就是先前裝在檀木匣子裡的，那塊墨色玉料。」

什麼寶貝玩意兒，值得她這般惦記？

想起她抓著那匣子無力鳧水的模樣，寧殷以瓷勺攪著湯藥，涼涼道：「丟了。」

「啊……」虞靈犀輕嘆了聲，難掩惋惜，「那玉坯，原是要送你的呢。」

攪弄瓷勺的手微微一頓。

「不過也無礙，下回我再送你一件更好的。」

劫後餘生乃最大的幸事，虞靈犀便也不去計較那般得失。

她望著寧殷手中的那碗黑褐色湯藥，咽了咽嗓子，終是伸出沒受傷的右手，乖巧道：

「我自己來吧。」

指尖細白，在燭光下顯出瑩潤如玉的光澤。

哪還需送別的玉？

寧殷微微挑眉：最好的玉不就在眼前麼。

他對虞靈犀伸出的右手視而不見，只慢條斯理舀了一勺湯藥，吹涼些許，送到她的唇邊。

虞靈犀訝然，隨即淺淺一笑：「此處沒別人，殿下不必如此。」

寧殷眼尾一挑。

而後想起什麼，頷首道：「倒忘了，小姐不喜歡我用手餵，得換個方式。」

說罷，作勢收回瓷勺，往自己嘴裡送去。

他故意曲解自己的意思，虞靈犀一點法子也沒有。

只得傾身咬住他的勺子，以迅雷不及掩耳的速度，將苦澀的湯藥咕咚抿入嘴中。

因為撲過來的動作太過著急，湯藥灑出些許，順著虞靈犀的唇角滴在寧殷的下裳上，暈開兩點淺褐色的濕痕。

寧殷烏沉的眸中暈開極淺的波瀾，用袖子給她擦了擦嘴角。

「哎，別弄髒你衣裳。」

虞靈犀要躲，卻見寧殷眸色一沉，便乖乖不動了。

寧殷慢慢地給她拭著嘴角，滿不在意道：「小姐的嘴又不髒。」

早嘗過了，甜軟著呢。

擦完嘴，又開始餵藥。

虞靈犀像是第一天認識寧殷，一眨不眨地望著他，連湯藥的苦澀都淡忘了。

她素來怕苦，以往喝藥都是捏著鼻子一口悶，此番被寧殷一勺一勺餵著吃，既難熬，又並不覺得難熬。

不知是否錯覺，她覺得寧殷此時的脾氣好得不行。

然而想起他這人心思極深，越是平靜則內心越是失控，又怕他心裡憋著什麼事隱而不發。

她這邊擔心了許久，寧殷卻以為她嫌苦，便從旁邊的小碟子裡拿了顆蜜餞，塞到她清苦的唇間。

虞靈犀一愣，含著那顆蜜餞，從舌尖甜到心底。

她抱著雙膝，任憑三千青絲自肩頭垂下，靜靜地品味此時的甜。

「知道刺客的身分麼？」寧殷拿起帕子，慢慢擦淨指腹沾染的糖漬。

聞言，虞靈犀回想一番遇刺前後的情景。

堵在橋上時，喬裝打扮的刺客一直在暗中觀察虞府的馬車。後來行刺，為首的刺客見到她和蘇莞，似是遲疑了一瞬。

「我們乘坐的是兄長上朝用的馬車，刺客應是誤將車裡的我們認成了兄長。」虞靈犀想了想，道：「朝中忌憚兄長的人不少，但有能力調動如此高手當街行刺的，屈指可數。」敢用這般粗暴方式直接動手的，無非是仗著皇權庇佑的人。

寧殷笑了聲，還不算太笨。

他將帕子隨意丟在案几上，垂眸道：「剛過子時，再睡會兒。」

虞靈犀從思緒中抽離，搖了搖頭道：「我剛醒，還不睏。」

「清毒需要靜養，湯藥裡有安神草。」寧殷俯身，伸手輕輕覆在她的眼上，嗓音輕沉：「閉眼。」

視線一片黑暗，虞靈犀的眼睫在他掌心不安地抖動，片刻，還真的湧上一股睏倦來。

她極慢地合上眼，沒多久，呼吸逐漸綿長，陷入了黑甜的夢鄉。

待她熟睡，寧殷緩緩鬆開手掌，替她扯了扯被角。

而後起身，推門出去。

從暖光中走出的一刻，寧殷眼裡的淺光也跟著寂滅，暈開淩寒的幽沉。

黛藍的霧氣暈散，星月無光，悄寂的濃夜中，折戟已經領著下屬跪候階前。

卯時，東宮。

快到了進宮早朝問安的時辰，寧檀披衣散髮下榻，罵罵咧咧地摔著東西。

「廢物！都是一群廢物！」他氣得臉色醬紫，「弄個女人給我弄錯，殺個人也殺不成，這都第幾次了？孤養著這群廢物有什麼用！」

宮婢和內侍跪了一地，唯獨不見豢養的影衛郎。

「影奴呢？」寧檀大聲叫著影衛的名字，「崔暗，你去把他給我叫過來！虞家這個禍根和老七沆瀣一氣，絕不能留！」

崔暗躬身，領命退下。

崔暗是不屑於給寧檀跑腿的，只是此番實在覺著奇怪。

影衛伴隨暗夜而生，替東宮做盡了見不得光的勾當，這是第一次，天都快亮了還未見影奴回來覆命。

難道是任務失手，跑了？

不可能。

崔暗很快否定了這個說法，那群影衛是寧檀花重金私養著的死士，養了十年，還算忠誠。寧檀在東宮坐了這麼多年，也只擁有這麼一支完全聽命於他的隊伍，器重得很。

一次失誤，不至於潛逃。

影衛所就隱藏在毗鄰東宮的光宅門，一刻鐘便到了。

崔暗下轎，慢吞吞走到影衛所門前，便覺出不對勁。

影衛所大門緊閉，無一人值守，卻傳出一股濃重的血腥味。

這麼濃的血腥味，上一次聞到，還是在五六年前。

崔暗目光一陰，示意身後下屬戒備，隨即抬手擱在門扉上，用力一推。

門扉「吱呀」一聲打開，黏稠的猩紅自橫梁上滴落。

展目望去，晨光熹微。

影衛所八十餘具屍首齊整整、血淋淋地掛在廊下，風一吹，俱是打著旋輕輕晃蕩。

東宮養了十年的心血，一夜之間，被屠得乾乾淨淨。

第十八章　身世

虞靈犀是被細微的水流聲吵醒的。

約莫是昨晚的湯藥有鎮痛安神之效，睜眼時非但不難受，反而神清氣爽。

窗外天已大亮，盥洗架旁，寧殷正赤著上身，擰一條純白的棉巾。

清澈的涼水自他冷白修長的指骨間擠出，帶起淅瀝的聲響。彷彿手上沾染了什麼穢物似的，他轉動手掌，仔仔細細擦洗了許久。

用力時，他手背的筋絡和肩臂的肌肉也適當鼓起，宛若最上等的冷玉雕成，墨髮披散，帶著些許霧氣的潮濕。

虞靈犀恍然間發現，這大半年過去，寧殷的身形已不再瘦削青澀，而是有了直逼前世的矯健強悍，每一塊肌肉都充斥著蓄勢待發的力量。

他這是，剛從外邊回來？

正想著，寧殷已拭淨了手，抓起木架上的衣裳披上。

雖然仍是雪色的袍子，但與昨晚那件有細微的不同。

「衛七。」虞靈犀坐起身，嗓音帶著睡後的沙啞，輕輕軟軟的，「你一夜未睡麼？去哪兒了？」

寧殷不緊不慢地繫上腰帶，重新擰了一條乾淨的帕子，用泡得發白的手指撚著，走到榻邊的座椅上坐下，交疊雙腿道：「去點燈籠。」

虞靈犀不解：「點燈籠？」

「點了八十多盞，美極。」

寧殷低低一笑，將濕帕子罩在虞靈犀惺忪慵懶的睡顏上。

視線被阻擋，虞靈犀想起前世那些「天燈」和「美人燈」，再回想起方才他一身煞氣濯手擦拭的樣子，大概猜出他昨夜去做什麼了。

虞靈犀沒過多追問，只揭下臉上濕涼的帕子，順從地擦了擦臉頰。

見寧殷一直望著自己，她想了想，而後微微一笑：「若是喜歡燈，七夕那夜，我們可以去放祈願燈。」

寧殷眼尾微挑。

他知道虞靈犀猜出來了，原以為會在她臉上看到厭惡或是失望，未料等來的卻是這樣不痛不癢的一句。

她不吝於以最大的善意化解戾氣，寧殷便也順梯而下，叩著椅子扶手的指節漸漸緩了下來。

虞靈犀只有一隻手能用，擦臉的動作慢而細緻，純白的棉布一點一點拭過幼白如雪的臉頰，沿著下頷到漂亮的鎖骨處，而後停住了。

寧殷點著座椅扶手的指尖慢了下來，目光也跟著停住。

「擦好了。」她將帕子仔細疊好，擱在榻邊。

寧殷看了她一會兒，傾身拿起案几上靜置許久的小藥罐，「小姐該換藥了。」

虞靈犀伸手去接，寧殷卻是收回手，將藥罐握在手中慢慢轉動。

虞靈犀見他半晌沒有動作，又看了看自己上臂那處刁鑽的傷口，明白了他的意思。

她用了片刻說服自己，輕聲道：「那就勞煩你了。」

她挑開繫帶，頓了頓，繼續將左側的薄紗中衣褪至肘彎處，露出一截皓白如雪的肩臂，以及繡工齊整的杏粉色訶子。

因為膚白嬌嫩，越發顯得臂上的傷口令人心疼。

寧殷解開繃帶的結，嗓音啞沉了些：「忍著點。」

血痂和繃帶黏在一起，拆解時有些疼。

虞靈犀屈起雙腿，將下頷抵在膝蓋上，疼得蹙眉屏息。

寧殷清理完傷處，以手指挑了些許藥膏，細細抹在她的傷處：「此藥可祛疤生肌，不會令小姐留下傷痕。」

藥膏刺痛，虞靈犀渾身繃緊，鎖骨處凹下漂亮倔強的弧度，咬著唇沒吭聲。

寧殷瞥著她眼睫顫抖的可憐模樣，湊過唇，輕輕吹了吹她紅腫結痂的傷處。

溫熱的氣流拂過，令虞靈犀猝然一顫。

寧殷抬眼，漆黑的墨髮自耳後垂落，撩刮著虞靈犀撐在榻沿的手指。

「痛？」他問。

虞靈犀忍著敏感的顫慄，搖了搖頭輕啞道：「癢。」

寧殷像是發現了有趣的祕密，低低地悶笑了聲。

呼出的氣流撩過她的傷處，羽毛般撫平灼痛。

「不許笑。」虞靈犀揪緊了被褥，總覺得他逗弄自己的神情像是在逗弄一隻貓似的，不禁有氣無力道：「難道你就沒有怕癢的時候麼？」

而後才反應過來，寧殷的確不怕癢，甚至也不怕痛。

她正懊惱著，卻聽寧殷道：「也有怕癢之時。」

虞靈犀詫異，連疼痛也忘了，倏地扭過頭看他。

「何處？」她狐疑。

明明兩輩子，她都不知道寧殷有怕癢的軟肋。

寧殷抬眸回望著她染了墨線似的眼睫，慢條斯理包紮好繃帶，而後抬起帶著藥香的指節，輕輕點了點她的眼角。

一見她鉤子似的眼神，便心癢得很。

虞靈犀閉目，感受著他的指腹一觸即離，又睜開。

怔然抬手，摸了摸被他觸碰過的眼尾：碰眼睛……是何意思？

光宅門，影衛所。

匆匆趕到的寧檀看著滿地遮屍的白布，眼底的驚愕漸漸化作驚恐。

這種驚恐並非僅是來自死亡本身，而是一種眼睜睜看著別人的力量凌駕於自己頭頂的恐慌。一個沒有了自己心腹力量的儲君，不過是個空殼木偶，一推就倒。

況且，他如今已經不再是大衛朝唯一的皇子了。

寧檀後退一步，踩在濕滑的血水裡，踉蹌著扯住崔暗的衣襟。

「誰幹的？」

「臣正在查。」崔暗道：「這些影奴俱是唇色青紫，應是不設防著了道，才會滿門覆滅。」

來人如此卑劣手段，連崔暗這等小人都自嘆不如。

「那……孤該怎麼辦？」寧檀赤紅著雙眼，無能又頹敗，「你不是最聰明了嗎，崔暗？你去把凶手給我救出來，立刻！千刀萬剮！」

崔暗任由他揪著衣領，巋然不動。

寧檀自顧自吼了一陣，而後在無盡的冷寂中明白：他的影衛死絕了，沒人會真正效忠於他。

崔暗是母后的人，薛家效忠的是東宮正統，而非他寧檀。

寧檀怔怔然鬆開手，羽翼被人一點一點剪除，而他除了哀嚎，什麼也做不了。

崔暗皺眉撫了撫衣襟，慢吞吞道：「娘娘讓殿下退居東宮，暫避風頭。」

母后……對了，他還有母后。

沒有哪個母親不心疼孩子的，她一定會為自己穩住儲君之位。

寧檀失魂落魄地上了輦車，朝坤寧宮匆匆行去。

偏殿，皇后正在閉目養心。

聽太子進殿問安，她眼也不抬道：「不是讓太子在東宮待著麼？」

「母后，您幫幫兒子！」

寧檀惶然下跪，如兒時般拉著皇后的衣袖哭得一把鼻涕一把淚。

「影衛所的事，本宮已經知道消息了。你身為儲君豢養私兵，本就犯了忌諱，為今之計便是將後事料理乾淨，莫留下把柄。」皇后閉目平淡道：「回去吧，最近不必來問安了。」

「母后，兒臣是太子，並非囚徒，幽居東宮與廢太子何異？」寧檀心懷不甘，說到激動處已是口不擇言，「即便那麼多傳言說您非我生母，挑撥我們母子關係，兒臣都不曾相信過……就算全天下都不幫兒子，您也不能坐視不理啊。」

皇后轉動佛珠的手一頓，睜開眼來。

那空洞的眼神投向太子，喚了聲：「崔暗。」

崔暗會意，向前幾步，站在抽噎著的寧檀面前。

寧檀還未反應過來，便見一個巴掌重重甩在他臉上，將他打得腦袋一懵。

寧檀不敢置信，這個閹人竟然打了他。

他就像一個丟了玩具的稚童，迫不及待地找母親哭訴，換來的卻是毫不留情的巴掌。

「太子失言了。」皇后審視他，淡淡道。

她看兒子的眼神始終是平淡冰冷的，似乎與看宮人奴婢沒有任何差別。即便掌嘴教育，她都不願親自動手。

寧檀捂著臉，仍是僵直的。

有什麼陰暗的東西被打醒了，在他心裡瘋長肆虐。

母后……真的是他的親生母后嗎？

虞靈犀用過早膳，感覺傷口不那麼疼了，便試著下地走走。

青樓夜裡最是熱鬧，白天倒是甚為安靜，剛過辰時，只聞樓上雅間傳來幾聲意興闌珊的琵琶曲。

推門出去，只見走廊盡頭的茶閣中，寧殷一襲淡衣憑欄而坐，正側首望著窗外，饒有興致地看著什麼。

他身側站了兩個人，一個臉上有燙傷疤痕的，虞靈犀認識，正是欲界仙都黑市裡的藥郎，應是寧殷找來為她解毒的。

另一個是位高大沉默的男人，背著一把半人高的重劍，站在陰影裡沒聲沒息。

見到虞靈犀過來，兩人朝她微微頷首致意，便退出去了。

「在看什麼呢？」虞靈犀輕步過去，沒有過問寧殷身邊為何會出現這麼多奇怪的人。

寧殷隨手往案几一端點了點，示意虞靈犀坐下。

虞靈犀依言落座，順著他的視線往下看，只見庭院中，一位花娘與恩客纏綿相擁，依依惜別。

那花娘不過十五六歲，面容姣好，鬢髮鬆散，恩客卻是個穿著半舊儒服的窮酸書生。

書生匆忙穿衣繫帶，道：「鶯娘，這次的銀子也先賒著……」

「我的心意你還不知麼？說這話，便是看輕我了！」花娘睬子一瞪，咬著唇推他，「快走吧，別讓龜公發現了！」

書生從懷裡摸出一截紮好的斷髮，交到花娘手中，這才從後門溜走了。

花娘手捧那縷頭髮，在庭中站了許久，才依依不捨地回房去。

虞靈犀將視線收回，便見寧殷執著杯盞嗤道：「本就是拿錢辦事的關係，卻自願做虧本的買賣，可不可笑？」

虞靈犀翹了翹嘴角，想想道：「這有何可笑的？花娘與恩客在沒動心之前，自然是各取所需，但喜歡一個人之後，便不再是買賣了，只憑真心換真心。」

想起花娘的癡情，她忍不住輕嘆：「大概感情之事，本就不計較利益得失吧。」

寧殷抬眸看她。

看了許久，方淡淡重複道：「喜歡一個人，便不再是買賣了？」

虞靈犀回望著他，點點頭。

難道不是這樣麼？這句話沒錯呀。

「我留在小姐府邸，乃是各取所需。但昨日出手夷滅刺客，卻全然是虧本買賣，於我並無利處……」寧殷晃了晃茶盞，若有所思道：「小姐覺得，我這算是什麼？」

窗外一縷晨光灑入，落在他漣漪起伏的杯盞中，折射在他眼裡

於是那雙墨色的眼睛也泛起琥珀金的光澤，逼視靈魂，誘人沉淪。

虞靈犀心尖驀地一跳。

有什麼念頭一閃而過，來不及捕捉，便了然無痕。

她想：至少可以證明，虞家在寧殷心裡占據了相當重要的地位，甚至比他手裡其他籌碼

更重……

當初收留寧殷的目的已然達到。可她方才，又是在奢望什麼呢？

「我不知。」她面色坦誠，乾淨的眸子盛載著窗邊的暖陽，輕而認真道：「但殿下可以告訴我答案。」

浮雲閒淡，樹影婆娑。

兩人間安靜一瞬。

「小姐素來心思玲瓏，今日怎麼遲鈍許多。」

寧殷略微不悅，責備她旁觀者清，卻當局者迷。

虞靈犀沒有聽到答案，垂了垂眼睫。

寧殷擱下杯盞，淡淡問：「還有事？」

虞靈犀這才想起自己來尋他的目的，不由壓下心間漣漪。

「我想回府。」虞靈犀道：「出來一整夜了，家中爹娘兄姊會擔心。」

寧殷漫不經心轉動著案几上的杯盞，修長的指節一撚一鬆，虞靈犀的心也隨著杯盞一提一落。

直到她那雙秋水美目中泛起微微的忐忑，寧殷這才動了動嘴角，大發慈悲道：「再等半個時辰。」

虞靈犀疑惑：「為何？」

寧殷望著對面屋脊上的灰隼，嗓音冷冷的：「虞府附近的雜魚太多，得清乾淨。」

巳時，寧殷果然親自駕車，將虞靈犀送回府邸。

門外的侍衛一見虞靈犀，便飛奔回去稟告。

不稍片刻，虞辛夷扶著虞夫人，虞煥臣領著蘇莞，一家人簇擁著出來，圍著虞靈犀問長問短。

「歲歲！」蘇莞撲了過來，大概哭了一夜，眼睛都腫了。

虞夫人亦拉著么女的手，不住哽塞道：「回來就好，回來就好。」

虞煥臣站在階前，皺眉看著車旁負手而立的少年。

兩人的視線對上，是試探，亦是交鋒。

「兄長，這次多虧了衛七。」虞靈犀不著痕跡地移身，擋住虞煥臣過於直白的視線，笑吟吟道：「若非他快馬加鞭帶我找到良醫療傷，我還不知會是什麼情形呢。」

一家人朝寧殷望去，唯有虞煥臣面色複雜。

「兄長。」虞靈犀扯了扯他的袖子，眼裡帶著懇求，「有什麼話，我們回去說好麼？」

虞煥臣看了妹妹一眼，而後嘆了聲。

他朝著寧殷遙遙抱拳一禮，親致謝意後，方領著家人進了府門。

虞靈犀往府中走了兩步，又回過頭來，朝寧殷的方向看了一眼。

朱門緩緩關上，馬車旁空蕩蕩的，沒了寧殷的身影。

虞煥臣停住腳步，吩咐青霄道：「去請太醫過來。」

「是。」青霄也受了傷，臂上纏著繃帶，遲疑問，「少將軍，衛七那裡可要繼續……」

虞煥臣看著正在溫聲安撫蘇莞的么妹，只覺一個頭兩個大。

「不必查了。」

他輕哼，再蠢也該猜到了。

進了罩房，寧殷拉開屜子，將尋回的檀木盒子擱了進去。

指腹慢慢碾過溫涼細膩的墨玉，眼底蕩開一抹極淺的笑意。

雕個什麼花樣好呢？

寧殷叩著指節，慢悠悠想著。

太醫署的女官很快來了，認真檢查虞靈犀的傷勢一番，訝然贊道：「誰給二小姐包紮的傷口？處理得很細緻。」

虞靈犀不禁想起早上寧殷給她換藥吹吹的情景，心中也彷彿蕩起了輕軟的風。

她壓下翹起的嘴角：「大概是一位性情不定，卻無所不能的『神醫』吧。」

女官並未細問，安慰道：「二小姐福慧雙修，體內毒素已清除乾淨，傷口亦癒合良好，只需靜養幾日便可盡數痊癒。」

聞言，屋裡屋外的人總算長鬆了一口氣。

虞靈犀知道自己不在府中的這一夜，家裡定是翻了天，心中既溫暖又內疚。

她環顧四周，關切道：「怎麼不見阿爹？」

虞辛夷答道：「有人檢舉光宅街發生凶案，因那裡豢養著東宮的幕僚和賓客，牽扯甚多，阿爹隨同大理寺去調查處理了。」

談及東宮，她滿臉鄙夷。

虞靈犀想起寧殷今濯手更衣的模樣，心裡明鏡似的，什麼也沒說。

她拉住母親的手，難掩心疼內疚：「您眼睛都熬紅了，快去歇息吧。」

虞夫人替虞靈犀繫好春衫，撫了撫她的鬢角柔聲道：「好好睡一覺，娘陪著妳。」

虞靈犀將頭抵在阿娘肩上：「阿娘若不去睡，我也不睡。」

好說歹說，總算將母親和阿姐哄回房歇著了。

蘇莞沒捨得走，因為歉疚，她親自下廚給虞靈犀做了粥食點心，足足擺了一案几，馨香撲鼻。

「嫂嫂，兄長呢？」虞靈犀問道。

蘇莞捧了粥碗餵她，笑著答道：「方才見他在廊前站著呢。」

虞靈犀想起兄長面對寧殷那複雜的眼神，便知他此時定是憋了一肚子的話想要問自己。

有些事躲不過去的，何況她本就沒想過要瞞父兄一輩子。
喝完了粥，虞靈犀也拿定了主意。
她掀開被褥下榻，朝廊下行去。
虞煥臣果然抱臂站在階前，英氣的眉緊皺著，一副思慮頗深的模樣。
「兄長。」虞靈犀走過去喚了聲。
虞煥臣倏地轉過臉來，放下手道：「歲歲，妳怎麼下榻了？」
虞靈犀舒展如畫的眉目，嬌聲道：「睡不著，兄長能陪我散散心麼？」
虞煥臣眸色幾番變化，終是心疼占了上風，頷首應允。
水榭棧橋上涼風習習，一人高的蓮葉田田挺立。
虞煥臣放慢了腳步，望著前方日漸妙曼成熟的妹妹。
關於衛七，歲歲知道多少呢？
他不希望妹妹被利用，被蒙在鼓裡。
「兄長已然猜到行刺之人是誰，是麼？」虞靈犀於棧橋上俯瞰水中遊弋的魚兒，主動開口道：「太子容不下虞家，即便現在不動手，將來登基後為防功高震主，亦會對虞家下手。但父兄若忍到那時候，一切都晚了。」
虞煥臣隨意抬手，按了按么妹的腦袋：「這些有父親和我撐著，不是妳個小姑娘該操心的問題。」

「當歹人當街行刺我與嫂嫂的時候，這些便不只你和阿爹的事情了，而是我們整個虞家都要面對的困境。」虞靈犀笑笑，通透道：「兄長明明已經有答案了，否則怎麼會暗中查探七皇子的下落呢？」

虞煥臣挑著劍眉。

明明是他有一肚子話要審問，到頭來，卻反被妹妹審了。

一家人不說兩家話，他沒有否認，只抬手撐著棧橋雕欄道：「查探別的皇子，不過是多一個選擇罷了，離做決定尚且遠著。倒是歲歲妳，未免和那衛七走得太近了些。」

虞靈犀自然能聽出兄長語氣中的試探，以及隱藏的擔憂。

「我知道兄長想問什麼。回想近來遭遇的那些事，每一次，我都無比慶幸當初留下了衛七。」虞靈犀淺碧色的裙裳在夏風中微微舞動，坦然告訴兄長：「不管衛七是誰，他都救過我的命，很多次。」

「沒有男人會做無利可圖的事，歲歲。」虞煥臣哼道：「妳以為他施不望報，但焉知他不是在圖謀更重要的東西？」

比如，他的妹妹。

歲歲的命一旦捏在心機深重的人手中，就等於捏住了虞家的命門。

虞靈犀輕輕搖首，杏眸中落著溫柔的光：「我信他，也請兄長信我一次。」

虞煥臣看著妹妹，嘆道：「歲歲，妳太冒險了。妳知道他是什麼人，值得妳這般信任？」

「我知。」虞靈犀道。

那是她用兩輩子才看透的人，值得託付全部的信任。

虞煥臣看著妹妹，眼底浮現深深的訝異。

「春搜後我就說過，衛七絕非池中之物。」虞靈犀毫不怯懦，輕聲又重複一遍：「我都知道的，兄長。」

虞煥臣這才明白，這個看似嬌憨柔弱的妹妹，在下一局多大的棋。

「可是那時妳也說過，妳分得清恩情和男女之情的差別。」虞煥臣問，「歲歲這話，可還做數？」

虞靈犀微微怔神。

這短暫的遲疑，並未逃過虞煥臣的眼睛。

「知道我和父親為何遲遲沒有下決定嗎？」虞煥臣思忖片刻，還是決定說出自己查到的真相，「先允王的妻子是名動天下的美人，亦是今上的親嫂。後來今上登位，允王無端暴斃，君奪臣妻，將其囚於後宮，強迫其生下一子……那孩子，便是七皇子寧殷。」

虞靈犀忽地抬起頭來，不敢置信地看著兄長。

「可惜帝王薄情，當年用盡手段也要搶來的女子，在嘗過幾年滋味後便棄若敝屣。」這是宮闈中諱莫如深的祕密，虞煥臣嗓音沉了下去，「七皇子是叔嫂亂倫的產物，生於冷宮。他生來，就不被天下承認和祝福。」

選擇這樣一位皇子站隊，無疑是與天下禮教為敵。

虞靈犀心中泛起綿密的疼痛，像是有什麼東西將心口無限撐大，漏出冰冷的風來。

她終於知曉，為何前世查不到關於寧殷身世的丁點訊息。

他是皇權掠奪下的可悲產物，生來就帶有原罪。

他殺兄弒父，是因為太子要他母子的命，而他道貌岸然的生父，賜予了他這世上最骯髒的、瘋子的血脈。

她眼裡泛起了紅。

虞煥臣側首看妹妹，低低問：「現在知道怕了？」

虞靈犀搖了搖頭。

不，是心疼。

「一個人無法選擇自己的出身，那不是他的錯。若我因他的出生不祥而否決他付出的一切，那只能證明他看錯了人，是我不配承他庇佑。」虞靈犀吸了吸鼻子，眼中盛著明媚堅忍的光，「我信他能逆風而起，權御天下。」

這是她唯一，從未懷疑過的事情。

虞煥臣是個爽朗聰慧的人，即便妹妹收留了那樣一個危險的人、做了那般鋌而走險的計畫，他亦無半點苛責。

「我知歲歲是想為虞家謀出路，此事我會慎重斟酌。但妳要明白，我能查出衛七的身分，別人也能。」他只是平靜地，以長兄的口吻告訴妹妹，「橫在妳面前最大的阻礙，不會是我。朝堂局勢瞬息萬變，哥哥只希望妳永遠不要捲入這股漩渦中，永遠。」

夏日垂柳碧綠如絲，風吹起一池波瀾如皺，陽光碎得耀眼。

虞煥臣走後，虞靈犀在棧橋上獨自站了會兒，趴在欄杆上，望著粼粼的水面出神。

身後傳來不急不緩的腳步聲，繼而水面上出現寧殷俊美的倒影。

蓮葉下，錦鯉被腳步聲嚇得四散而去，水中神祇般的倒影也被攪得七零八落。

虞靈犀轉過頭，看著寧殷英挺冷淡的側顏，半晌，柔軟地眨了眨眼睛。

「寧殷？」她喚道：「你怎麼來了？」

每次她情緒上來時，便會連名帶姓喚他本名。

「小姐的藥忘了拿。」寧殷摩挲著掌心的小藥罐，乜眼看了她許久，緩緩擰起好看的眉：「小姐如喪考妣，是被誰欺負了？」

若是虞煥臣說了什麼不該說的，他可不會手軟。

「爹娘好著呢，不要這樣說。」

虞靈犀認真地瞪了他一眼，隨即又軟下目光。

想起兄長談及的那些過往，她心中難掩鈍痛，拉扯著思緒。

寧殷從不在乎他自己的身體和性命，漠然得近乎自虐。

虞靈犀甚至覺得，如果有選擇，他寧可自己胎死腹中，也不願降臨這骯髒的世間受難。

「可惜。」她嘆了聲，看起來有些憂傷，「昨天給你買的那碗葡萄酪，打翻了。」

寧殷笑了聲，滿不在意道：「丟了便丟了，何至於這般心疼？」

虞靈犀搖了搖頭：「我心疼的，並非那碗葡萄酪。」

她只是迫切地，想讓寧殷吃點甜的。

心裡太苦了。

棧橋邊擁擠的蓮葉隨風擺動。

虞靈犀心思一動，伸長了手，要去搆最近的那朵蓮蓬。

她左臂還有傷，動作幅度一大，難免牽扯到傷處。

正踮腳皺眉，卻見寧殷修長的臂膀從旁邊伸出，「吧嗒」一聲脆響，替她折下那朵翠綠飽滿的蓮蓬。

寧殷用蓮蓬點了點她光潔的額頭，涼颼颼道：「小姐這傷，是不想養好了？」

虞靈犀接過他手裡的蓮蓬，又折了片蓮葉兜著，趴在雕欄上專心地剝了起來。

纖細的指尖，竟是比蓮子肉更白嫩。

她將剝好的蓮子盛在乾淨的蓮葉中，遞給寧殷道：「給你吃。」

寧殷嘴角的冷笑沒了。

他看了虞靈犀許久，伸手撚了一顆放在嘴裡，連苦芯一同細細嚼碎。

「甜麼？」虞靈犀托著荷葉問。

寧殷品味著舌尖的清甜與微苦，瞇著眼睛說：「甜的。」

虞靈犀笑了笑，又繼續剝起來。

原來沒有極樂香的催化，只是這般靜靜地看著她，亦能嘗到無盡的甜香美好。明亮炙熱的陽光落在她的身上，被冰肌玉骨一化，便融成了誘人的溫暖。

「小姐為何殷勤？」寧殷問。

虞靈犀頭也不抬，輕聲道：「因為你值得。」

寧殷「哦」了聲，淡然道：「那小姐可要一直對我好。若是哪天煩膩我了，我便殺了……」

他又要說胡話了，虞靈犀輕哼：「殺了誰？」

寧殷低低笑了起來，愉悅且貪婪。

他撚了顆蓮子含入嘴中，一點點咬碎，望著她近乎溫柔道：「……殺了小姐，我是捨不得的。那便只能殺了我自己了。」

「吧嗒」，虞靈犀剝了一半的蓮子掉落在地，滾了幾圈，墜入池中。

虞靈犀吃驚地望向寧殷：「你說什麼呢？」

寧殷看了她一會兒，忽地一笑：「騙妳的。死了，就不能逗小姐玩兒了。」

虞靈犀知道，寧殷不是在開玩笑。

這天底下只要他願不願意做的事，沒有他敢不敢做的事。

「騙我的也不可以。」她握著剝了一半的蓮蓬，斂神正色道：「沒有什麼比好好活著更重要。這種話，以後想都不可以想。」

寧殷望著她輕蹙的眉尖，眼底漾開淺淡的波光。

他慢慢轉動著手裡的小藥罐，「那小姐，便別讓我有這樣想的機會。」

虞靈犀可沒法控制他那些時常冒出來的瘋狂念頭，不過但凡聽一次，則必定阻止一次。

她仔細將蓮子剝完，盛在蓮葉裡擱在他手邊，而後攤開掌心道：「蓮子給你，藥給我。」

寧殷垂眸，漫不經心轉動的小藥罐頓了頓，而後交到她手中。

離手時，指腹輕輕劃過她的掌心，像是不經意間的觸碰。

「早晚各一次。」寧殷挑著眼尾，一本正經道：「若是我親自服侍，藥效更佳。」

虞靈犀可不敢蹬鼻子上臉，晃了晃手中的小藥罐道：「謝謝，以及不必。」

荷葉清香沉浮於池面，深吸一口，心曠神怡。

「寧殷。」虞靈犀很輕地喚了聲。

寧殷轉過眼看她。

「很早前我便想說了，比起你為誰去死，我更希望你為誰而活，好好地活。」

虞靈犀突然有個念頭：想在他黑沉的眼裡點亮星辰日月，升起光華宛轉。

如果不能讓所有人都喜歡你，那便讓所有人都怕你。

虞靈犀走後，寧殷撚了顆蓮子在嘴中，仔細品味她那番輕柔的話語。

蓮子的苦沒嘗到，倒品出了幾分甜。

所有人都咒他死，只有虞靈犀叮囑他好好活。

既如此，又怎敢辜負小姐的盛情期望呢？

他勾了勾嘴角，反手搭在扶欄上望天。

捨不得死啊。

若有一日鳥兒厭倦了他這根枝頭，不妨搶一片天空，將她圈養起來。

寧殷給的藥膏效果奇佳，養了八、九日，臂上結痂開始慢慢脫落。

傷口癒合平整，想來不會留下疤痕。

七夕這日，清平鄉君做東，包下了望仙樓的淩空畫橋，邀請虞家姐妹和新嫁過來的蘇莞賞燈夜遊。

這是半月前兩家就約好了的，可距離虞家遇刺不過十日。

虞靈犀本有些遲疑，無奈聽聞唐公府的老太君病重，唐不離頗為傷懷，有心替祖母放燈祈福。

她作為唐不離唯一的手帕交，若缺席爽約，未免有些不近人情。

「那孩子沒了父母，偌大家業全靠老太君撐著。如今她唯一的依靠也病倒了，正是孤立無援之時，是該去陪陪。」聽了虞靈犀的請求，虞夫人嘆道：「辛夷，妳好生護著妹妹和阿莞，切莫大意。」

虞辛夷點頭：「放心吧，娘。」

「我也陪她們去。」從軍中趕回來的虞煥臣道。

永寧橋上發生的事，他這輩子都不想再經歷第二次。

此番出行有虞煥臣和虞辛夷坐鎮，又帶上了青霄、青嵐等幾大高手，虞夫人才稍稍放心，千叮嚀萬囑咐，讓他們早些回來。

虞靈犀命人去請了寧殷。

那日在青樓養傷，她便答應過寧殷，要帶他去放祈願燈，此時便是絕佳時機。

酉末，華燈初上。

虞靈犀換上藕粉色的夏衫，杏紅間色襦裙，手挽著軟羅紗帛下了石階，便見寧殷負手而來。

他沒有穿平日的暗色武袍，而是換了身淺色的衣裳，墨髮以同色飄帶束了一髻在頭頂，另一半披散肩頭，踏著燈火而來的樣子如前世一般英挺貴氣，說不出的驚豔。

直到他走到眼前，虞靈犀才回過神來，問道：「今日為何穿成這樣？」

「小姐不是喜歡麼？」寧殷儼然看穿了她的小心思，用只有她聽得見的低沉嗓音道：「每次我著雪衣，小姐都看得挪不開眼。」

她喜歡溫潤公子，他便能扮成溫潤公子。

「我哪有？」虞靈犀無甚底氣地反駁，又補上一句，「你自然穿什麼都是好看的，只是很少見你穿淺衣，乍一看新奇罷了。」

前世的寧殷愛穿紅衣或紫袍，矜貴慵懶，美得極具侵略性。

可當他穿上白袍，滿身瘋性也跟著收斂，只餘高山神祇般的清冷俊美。

「咳咳。」虞煥臣在身後重重清了清嗓子。

虞靈犀便收斂滿腔的溢美之詞，笑著眨了眨眼，提裙上了馬車。

天空一半是餘暉未散的胭脂色，一半是暮色籠罩的黛藍，這明暗交界的喧囂塵世，一片燈海蜿蜒。

街上擁擠，遊人甚多。

馬車行走困難，俱是堵在坊門之下，半個時辰也沒挪動幾丈。

這樣下去不知要堵到何時，眾人只好下車步行，侍衛寸步不離地隨行。

瓦肆在表演火戲，赤膊漢子噴出的火焰足有三四尺高，引來一片叫好。

青霄在前方開道，虞靈犀和寧殷並肩而行，虞煥臣則和蘇莞、虞辛夷跟在後頭。

蘇莞捏了捏袖中打好的冰玉劍穗，臉上浮現些許甜蜜的緊張，一雙圓潤的貓兒眼始終望著身側年輕俊朗的丈夫。

可惜丈夫似乎有心事，只眼也不眨地盯著前方那叫衛七的侍衛。

她幾次張嘴想送禮物，都沒找到合適的時機。

虞靈犀自然察覺到兄長探究的視線，不由抿唇一笑，裝作目不斜視的樣子，壓低聲音道：「衛七，兄長看著你呢，可得表現好點。」

她心裡清楚，想讓家人認可寧殷的身分，把他藏起來是不夠的。

索性大大方方帶寧殷出來，將最好的一面呈現，打消兄長的疑慮。

寧殷何嘗猜不到她的小心思，也是目不斜視的樣子：「有小姐在的地方，我何時表現不好？嗯？」

那一聲「嗯」尾音上揚，帶著惑人的意味，在街市的喧鬧中顯得格外動聽。

虞靈犀轉眸一笑，停住腳步。

她望向一旁人滿為患的飲冰樓，對暗中瞄了一路的虞煥臣道：「兄長，我能買碗冰食麼？」

虞煥臣不置可否，虞靈犀便開開心心地去安排了。

她買了十碗冰飲，分給兄姊和侍從的都是荔枝水和楊梅汁。唯有兩碗葡萄酪，她留給了自己和寧殷。

她給所有人贈冰飲，只為讓寧殷合情合理的，吃到這碗冰甜爽口的葡萄酪。

虞煥臣沒起疑，只皺眉拿去妻子的那碗，板著臉道：「妳體寒，少吃些。」

「再喝一口，就一口！」蘇莞貪戀荔枝水的甜，伸出一根手指軟聲懇求，「夫君？」

面對十萬敵軍也不曾改色的虞少將軍，卻敗給了妻子那雙貓兒似的大眼睛。

「衛七，給。」

趁著兄姊沒注意，虞靈犀將其中一碗遞給寧殷，自己端起另外一碗，小口優雅地抿了起來。

淡紫色的葡萄冰上，淋著雪白馨香的牛乳和琥珀色的蜂蜜，在長街燈火的映襯下散發出絲絲涼氣。

寧殷用小勺舀了一口，慢條斯理含入唇間。

涼意漫上舌尖，而後化開微酸而甜的果香。

「好吃麼？」虞靈犀小聲問，鬢髮的珠花折射出絲絲暖光。

寧殷忽然有了個念頭，如果能有什麼妖法，讓滿街攢動吵鬧的人影盡數消失，那麼，他會毫不遲疑地施展。

這樣，他便能肆意地將眼前的光攥住，攬入懷中。

「少了點滋味。」寧殷揚著淡薄的唇線點評，眼裡也漾開深沉的暖意，「不若小姐親手餵的荔枝、蓮子好吃。」

虞靈犀微怔，繼而臉上一燥，以眼神示意他：少得寸進尺。

於是寧殷愉悅地笑了起來。

他與她品嘗著同一味酸甜，漫步在逆流而上的光河中。

望仙樓的三樓有一座金碧輝煌的畫橋，橫亙街道兩端，就像是建在半空的鵲橋，成了七夕夜觀燈賞景的絕佳去處。

唐不離已備好瓜果酒食，等候在雅間中了。

她身後，立侍著一個陌生的俊俏郎君。

見到虞靈犀等人進來，她強撐起一貫明媚的笑，招呼道：「歲歲、辛夷姐姐，妳們進來坐。」

「阿離。」虞靈犀拉住唐不離的手，隨即看了她身後那名安靜的男子一眼，「這位是？」

「哦，他呀！之前祖母總是罰我抄書，我實在貪玩懶惰，一次偶然間在書坊遇見此人，見他生得好看又有幾分才學，便捨了點銀錢資助，讓他替我抄書。」唐不離解釋著，聲音低了下去，「可是現在祖母病倒了，我也沒有閒錢再養他，過了今夜便將他送走，另謀出路。」

身後，那俊俏男子大概不知道自己已經要被送走了，仍在安安靜靜烹茶，十分乖順老實的樣子。

唐不離吸了吸鼻子：「若是祖母能好起來，我再抄一百份書也願意。」

虞靈犀想起前世唐公府沒落後，唐不離匆忙嫁做人婦的結局，心中擔憂，溫聲道：「老太君松齡鶴壽，一定會好起來的。」

「借歲歲吉言。」唐不離笑了聲，打起精神道：「不說這些了，我們去放燈吧！」

寧殷還在廊下坐著，憑欄望著樓下川流不息的人群，掌中端著吃了一半的葡萄酪。他的指骨修長，單手便可輕而易舉地托住白瓷冰碗。

虞靈犀唯恐冷落了他，剛要抱著紙燈過去，便聽虞煥臣「咦」了聲，笑道：「那不是阿岑麼？」

虞靈犀腳步一頓，順著兄長的視線望去。

只見畫橋下人群擁擠，兩名騎在馬上的錦衣公子堵在道旁，行動不得。

白衣玉帶、面上不見絲毫焦躁的，正是薛岑；而他身邊唇紅齒白的錦袍少年，則是許久不見的南陽郡王寧子濯。

虞辛夷壞心頓起，抓起一張紙揉成團，朝畫橋下擲去。

剛巧砸在寧子濯懷中。

寧子濯正堵得慌，氣呼呼地抬起頭來，一見到橋上的虞辛夷，緊皺的眉頭霎時撫平鬆開，抬臂晃了晃手中的摺扇高聲道：「虞司使！」

薛岑順勢抬頭，自然看見了畫橋上抱著紙燈的虞靈犀，不由眼眸微亮。

憑欄而望的寧殷瞧見了薛岑，眸色漸沉，扯著嘴角嗤笑一聲。

「我下去一趟。」

虞辛夷將祈願的筆交到虞靈犀手中，眨眨眼，負手下樓去給寧子濯見禮了。

不一會兒，薛岑自樓下上來，朝虞靈犀道：「二妹妹。」

「岑哥哥。」虞靈犀沒想到他會上來，回了一禮。

廊下。

寧殷看著互相寒暄的兩人，面無表情地撚起碗底半化的冰塊，送入嘴中。

礙眼。他嗤道。

虞靈犀與薛岑說了會兒話，便去畫橋上，一同幫著唐不離燃祈願燈。

滿街繾綣的燈火忽地刺眼起來。

太礙眼了。

寧殷慢慢地，將冰塊咬得咔嚓作響。

他瞇了瞇眸子，低頭掃了自己素白的衣裳一眼，隨即擰眉。

這顏色的衣裳若染上血，恐會敗了虞靈犀的興。

又撚了塊冰放入嘴中，寧殷不疾不徐地叩著手指。

他不殺薛岑，這世上有的是誅心之法。

只是不知這份兩小無猜的情義，在薛家利益面前，能算得了什麼呢？

虞靈犀從樓上下來，找到廊下的寧殷。

他仍是最初的姿勢坐著，眸子隱在竹簾陰影下，手邊的冰碗已經空了。

「衛七！」虞靈犀小跑過來的，喘著氣小聲道：「你猜我方才去哪兒了？」

寧殷乜了她一眼，眸子裡的溫度淡去了。

憑著雕欄許久，似笑非笑道：「我對『小姐和別的男人去哪裡耳語』這等瑣事，一點興趣也沒有。」

虞靈犀怔神，失笑道：「你想什麼呢？」

寧殷慢聲道：「在想一些能讓我自個兒高興，小姐卻不高興的事。」

虞靈犀笑了聲。

她彎了彎眼睛：「你隨我來，我帶你去個地方。」

寧殷依舊看著她，似是想看穿她的靈魂深處。

「快呀！別讓兄長發現了。」

虞靈犀又輕輕催了聲，燈火映得她的眼睛美麗而明亮。

寧殷這才起身，跟著她提裙的小碎步，拾階而上。

望仙樓頂層是一座四面透風的小閣樓，常做書生才子登高望遠之用。

因此時風大夜寒，閣樓中並無其他人，唯有一燈相伴。

「這是我方才找到的地方，視野極佳。」

虞靈犀笑著，伸手將窗扇推開，霎時夜空如黛，漫天星垂，京城燈火蜿蜒的夜景盡收眼底。

那光撲入寧殷眼中，令他恍了恍神。

他緩步走到窗邊，與虞靈犀並肩俯瞰，衣料在呼呼的風聲中彼此摩挲，撫平滿心燥鬱。

「小姐方才消失那麼久，就為了找這處？」寧殷挑眉。

「不然呢？」虞靈犀道：「我可是爬了整整五樓，才找到這麼一處沒人的地方。」

「為何？」寧殷盯著她問。

「什麼『為何』？」虞靈犀伸手將鬢邊吹散的頭髮別至耳後，輕輕一笑，「我不是應允過，會帶你來放祈願燈麼？樓下那麼多人瞧著，不方便。」

說話間，她拿出早準備好的筆墨和紙燈，擱在窗欞處。

她落筆，在紙燈上寫下娟秀的一句：事事皆如意。

而後將筆遞給寧殷，趴在窗臺處撐著下頷：「你也寫，興許就實現了呢？」

寧殷不信鬼神，這些幼稚的東西在他眼裡不過是嗤之以鼻的玩物。

但他接過那支帶著虞靈犀體溫的筆，在天燈另一側的空白處，筆走龍蛇。

虞靈犀看著他浸潤在燈火中的俊美側顏，只覺恍如隔世。

上輩子，她想和寧殷看一場花燈，可惜不曾實現。

萬幸今日，她終於圓了這個小小的缺憾。

視線下垂，落在寧殷剛寫好的那行瀟灑灑的字上。

不由微微一愣。

他寫的並非什麼煞氣之言，只是筆鋒錚然的一句：歲歲常安寧。

再平常不過的一句話，因為包含她的小名與他的姓氏，而顯得不平凡。

見她出神，寧殷擱筆道：「小姐對我的字，可還滿意。」

虞靈犀斂神，頷首贊道：「字如其人，自是滿意。」

兩輩子，寧殷的字都極好看。

寧殷極低地哼笑了聲：「小姐這嘴，到底是誇我呢，還是誇字？」

「衛七你看，這世上總有能讓我開心，也能讓你開心的事，不是嗎？」

虞靈犀點燃紙燈，笑意便在繾綣的火光中暈染開來。

閣樓風大，她險些扶不住紙燈。

寧殷抬手從兩側伸來，替她穩住了即將傾落的天燈。

手掌相疊，陰影籠罩，虞靈犀被圈在寧殷懷中，感受他輕穩的呼吸拂過耳畔……

不由指尖一哆嗦，天燈脫手，搖搖晃晃朝夜空中飛去。

身後之人順勢將手擱在窗臺上，依舊以圈禁的姿勢貼著，沒有半點鬆手的意思。

「還能有更開心的事。」他說。

第十九章　血玉

後背貼著他前胸的姿勢太危險，虞靈犀沒忍住轉過身形，望著寧殷浸潤在昏黃燈影下的容顏。

「開心的事？」

寧殷低低「嗯」了聲，雙臂撐著窗臺圈著她。

他的眼睛很深很沉，掠著極淡的光影，如同雲層間揉碎的一抹星光。

虞靈犀彷若被攫取了心神，忽然間覺得，原來寧殷不殺人的時候，眼睛也是亮的。

夜風吹散三千天燈，樓梯口的影子也隨之微微晃蕩。

寧殷抬起右手，托住她的後腦，神色竟有種令人恍惚的溫柔。

「該我回禮了，小姐。」

他隨意側了側首，氣息落在唇上時，虞靈犀微微睜大了眼。

那一瞬的驚訝，讓她忘了反應。

一是因為寧殷極少主動吻她。前世今生加起來，也只在極樂香瀰漫的倉房裡主動過一次，且淡漠得很，不帶一絲感情。

其二，她驚異於寧殷此時唇瓣的炙熱，不同於以往那般溫涼。

樓梯口傳來「哢嗒」一聲細響，似是什麼東西墜落在地。

虞靈犀眼睫一顫，下意識循著動靜的來源望去，卻被寧殷捏著下頜轉回來，不許她分神。

他觸碰那片柔軟的唇，先用舌尖細細描摹，而後張嘴含入，像是品味什麼人間美味般一點點淺嘗。

漸漸的，那些刻意的技巧全然拋卻，壓緊，勾纏，只剩下本能的索取。

寧殷素來喜歡看著別人想逃又逃不過的神情，連將死之人臉上扭曲的痛苦，也半點不會放過，因為那些於他而言是最美的享受。

但此刻，他悠然睜著的眼睫半垂下來，落著臣服的晦暗，漩渦般，唯有她的甘甜能填補。

虞靈犀被壓得身形後仰，後腰抵著冷硬的窗臺，黑綢般的軟髮在夜風中微微拂動，交織在寧殷墨色的眸中。

簷下的八角燈在頭頂暈開模糊的光圈，虞靈犀的心跳得很快，砰砰撞擊著胸腔。

有什麼東西軟化，在心間氾濫成災。

她死死地撐著窗臺，怕掉下去，怕溺斃在寧殷的薄唇間。

寧殷喉間悶著繾綣的輕笑，一手穩著她的腰，一手強硬按住她胡亂撐著窗臺的手，引導她環住自己的頸項。

虞靈犀找到了攀附物，胸膛慢慢貼上他的，顫抖著閉上眼睫。

高樓寂靜，耳畔聽不到呼呼的風響，唯聞彼此交纏的呼吸，炙熱且急促。脣分，如同一場綺麗的夢醒，勾著纏綿的餘味。

原來，這便是「更開心」的事。

虞靈犀無力地攀住他的肩，喘息得像是剛撈出來的溺水之人。

寧殷倒是氣定神閒，只是脣色豔了些許，帶著啞沉的笑意道：「小姐這氣息，該練練了。」

虞靈犀攥緊他的衣襟，懲戒似的，小喘短促道：「好，明兒我便找人練練。」

鬆鬆環在腰間的手臂一緊，寧殷輕輕掐著她的下頷，讓她抬頭。

「嘀咕什麼？」他看著虞靈犀緋紅嬌豔的臉，危險地瞇了瞇眼，「小姐嘴這麼挑，別人未必有我盡心。」

虞靈犀無奈惱他，明明嘴挑的是他，還倒打別人一耙。

她倒想多找人練練，可惜兩輩子都吊在同一棵樹上。

窗外，天燈一盞盞浮在黑藍的夜幕中，風一吹，便散開了橙黃的暖光，分不清哪一盞才是他們的「歲歲常安寧」。

虞靈犀的心事也隨著這天燈搖搖晃晃，升向浩瀚的九霄。

她想，嫂嫂說的或許是對的。

「知道我們這叫什麼嗎？」寧殷盯著她的眼睛，淡緋色的唇線勾著，低沉道：「苟合。」

虞靈犀愣了愣，而後挑了挑染著墨線似的的眼睫，小聲反駁：「只有苟，沒有『合』。」

這次換寧殷怔愣。

須臾，他極輕地笑了起來，笑得胸腔輕輕震動，對她的嘴甜心軟稀罕得緊。

稀罕得恨不能將她藏起來，藏在最深最深處，讓這雙美麗的眼睛只為他一人明亮。

「是我的疏忽。」寧殷抬指撫了撫虞靈犀鬢角的碎髮，低啞的嗓音帶著愉悅，「下次尋個良辰美景，找張舒適寬敞的榻，定讓小姐如願。」

風吹得窗扇「嘎吱」響，虞靈犀回過神來，推了推他硬實的胸膛道：「起身，該下去了。」

若是兄長察覺到不對勁，必定又是一番審問。

寧殷神色自若地往樓梯口乜了一眼，望著那空蕩的一塊地面，說：「好啊。」

他順從地鬆開手臂，也不知在醞釀什麼小心思，聽話得很。

虞靈犀揉了揉尚且微麻的唇，不敢讓寧殷瞧見自己這般臉頰緋紅的沒用模樣，低頭朝出口行去。

而後頓住，她瞧見掉在樓梯口的一塊玉玨。

在寧殷的腳步聲靠近前，虞靈犀抿唇，飛快將那玉踩在鞋底。

薛岑正站在凌空畫橋上，仰首看著浩蕩的夜空，腳邊擱著一盞還未來得及點燃的祈願燈。

虞靈犀於廊下靜立了片刻，定了定神，方輕輕朝薛岑走去。

見到她，薛岑面上隱忍的憂傷還未來得及收斂，有些狼狽地別開視線。

寧殷站在長廊盡頭的樓梯上，將畫橋上的一切盡收眼底。

他眼下心情極佳，連薛岑傻子似的杵在那兒故作傷懷引人注意，也懶得管。

何況，他也想看看，虞靈犀到底會如何應付眼下局面。

若小姐處理得不盡人意，便只能他親自出手了。

他這人沒什麼耐心，到時候就算她哭著鼻子來求他，也必定不會心軟的。

正想著，畫橋上的人有了動作。

虞靈犀從袖中摸出一枚羊脂色的玉玨，遞給薛岑道：「岑哥哥，你的玉玨掉了。」

薛岑面上劃過一絲訝然，繼而是慌亂。

她知道了，知道自己方才尋去了頂層閣樓，撞見她與那叫衛七的侍衛在……

他接過玉玨，指骨微微發白，強迫自己將「私通」二字咽回腹中。

那樣骯髒的字眼，絕對不可以用在二妹妹身上，連想都不可以想。

「多謝。」他不敢看她的眼睛，一貫清朗的嗓音染上幾分啞忍。

那個侍衛引誘了二妹妹，還是強迫了她？

那可是他守了十年的，最疼惜的二妹妹啊！衛七怎麼敢這般肆無忌憚地染指？

他無法控制地以惡意揣測衛七，心疼又憤怒。

「其實，是我該謝謝你。」正想著，虞靈犀的嗓音似清泉淌過，溫柔而又坦然，「謝你高節清風，不曾打擾那片刻的美好。」

她說，那是片刻的「美好」。

薛岑握著玉玨，漸漸紅了眼眶。

方才在閣樓上也不曾失態的薛二郎，卻在她這句溫柔含蓄的話語中潰不成軍。

他不笨，聽懂了她的意思。

「妳太小了，二妹妹。」薛岑聲音艱澀，望著她道：「飲鴆止渴，會害了妳一生。」

「阿岑、歲歲！」虞煥臣的嗓音傳來，笑著打斷他們，「到處尋不見你們，原是躲這兒來了！」

薛岑飛快地轉過臉，不讓人瞧見自己此時的失態。

「躲這裡聊什麼呢？哥哥能不能聽啊？」

虞煥臣抱臂，目光在兩個人之間巡視一圈，隨即察覺出些許不對勁。

「阿岑，你……」

虞煥臣剛要詢問，虞靈犀忙移步向前，擋住兄長的視線。

「沒什麼，我們在看燈呢。」虞靈犀知薛岑清傲，便瞥了兄長劍柄上多出的新穗子一眼，彎眸岔開話題道：「兄長這條劍穗好看的緊，不打算回贈嫂嫂一份禮物？」

薛岑轉過身來，面上已恢復了溫潤清雋，溫聲道：「萬珍房的首飾和胭脂乃京師一絕，阿臣快去挑一份回贈尊夫人，去晚了可就打烊了。」

「迫不及待趕我走，心虛了？」虞煥臣笑了聲，揉了揉妹妹的髮頂，對薛岑道：「你小子，不許欺負我妹妹。」

薛岑沒有反駁。

他撐起笑，主動道：「望仙樓的梅子酒一絕，我陪你去嘗嘗。」

虞煥臣這才勾著薛岑的肩，笑吟吟走開了。

下樓時，薛岑的腳步一頓，但他沒有回頭。

寧殷站在樓梯上的陰影裡，看著虞煥臣那隻撫摸虞靈犀髮頂的大手。

指腹摩挲，他眼睛微瞇，極低地哼了聲。

直到礙事的人都走開後，他方負手，緩步踱下樓梯。

「寧……衛七。」

虞靈犀改口，朝他淺淺地笑，澄澈的眼乾乾淨淨，看不到丁點陰霾。

寧殷淡然走過去，抬手輕輕撣了撣她的鬢髮，像是要撣去什麼髒東西似的。

「頭髮怎麼了？」

虞靈犀疑惑抬手，摸了摸自己的髮頂。

莫非是下樓時，沾到蛛網塵灰了？

「小姐應該慶幸，我現在心情極好。」寧殷指腹點了點她髮間的珠翠，漫不經心道：

「下回，可就不一定了。」

「下回是多久？」

虞靈犀笑著想，方才「欺負」了那麼久，怎麼也得讓他高興一年半載吧？

寧殷儼然看穿了她的小心思，悠然道：「我這樣沒心沒肺的人，小姐可別指望我能安分過明天，除非……」

他垂眸看著虞靈犀嬌豔的唇，暈開意味深長的笑意。

皇宮，瓊樓之上守衛森嚴。

皇后穿著繁複的織金鳳袍，陪伴皇帝一起眺望宮外點點天燈，安靜地為他揉肩按摩。

皇帝的目光終於落在皇后臉上，只見她依舊素面朝天，不爭豔取寵，倒勾起了幾分年輕時的溫存記憶。

皇帝見慣了諂媚的、剛烈的女人，年紀一大，才越發覺出皇后這份淡然安靜的可貴。

皇帝滄桑的臉柔和起來，拍了拍皇后的手道：「太子不爭氣，倒辛苦妳了。」

「臣妾分內之事，再累也累不過陛下。」馮皇后神色不變，繼續不輕不重地揉捏著，「檀兒心裡最是敬重陛下，只是不知如何表達。昨日他還說，將來尋到七皇子下落，自己也有了個伴兒，能一同為陛下分憂。」

聞言，一旁立侍的崔暗眉頭一跳。

皇后這是瘋了嗎？

三皇子癡傻，八皇子才兩個月大，七皇子便是太子唯一的勁敵。皇后應該將寧殷和虞家一併剷除才對，怎敢主動向皇帝透露寧殷未死的消息？

「七皇子？」皇帝果真想起那個冷宮裡出的、連容貌都想不起來的孩子，眉頭一皺，「麗妃私逃出宮時遇刺，不是說老七死不見屍了嗎？」

馮皇后道：「當年大理寺的確是如此結案，不過虞將軍著手查了這麼久，想必很快便有喜訊……」

「虞淵？」皇帝按住皇后的手，沉默片刻，問：「他也摻和進來了？」

意識到自己說錯了話，馮皇后面色微動，走至一旁斂裙跪拜：「臣妾失言。前日太子來請安，臣妾聽聞虞將軍在暗中查皇子下落，還以為是陛下授意……」

聽到這，崔暗總算明白了皇后的用意。

就連他這樣的卑鄙骯髒的小人，也不得不打心眼裡讚嘆：皇后的這招禍水東引，著實甚妙。

皇帝生性多疑，忌憚功高震主的朝臣，也忌憚自己的兒子。權勢這種東西，向來只能天子主動賞賜，但決不允許旁人來搶……

否則，前面幾個皇子怎麼死的呢？

皇后輕飄飄的一句話，將手握重權的虞家和流亡在外的七皇子綁在一起，精準犯了皇帝逆鱗。

「行了，平身吧。」皇帝摩挲著扳指，琢磨良久，起身道：「朕累了，皇后也早些休息。」

「臣妾恭送陛下。」皇后躬身行禮。

再抬首時，她臉上的恭順褪去，平和得近乎冷漠。

夜裡下了一場小雨。

早晨起來，青磚濕潤，街巷裡落著幾盞祈願燈的殘骸。

寧殷捏著一顆紫皮葡萄，對著天空看了半晌，嫌棄道：「沉風，下次別賣葡萄了，太酸。」

望著主子喜怒無常的背影，沉風頗為委屈。

這酸葡萄是他特地挑選的，若擔子裡的葡萄太甜，買的人多，不利於交換情報。

寧殷拿著葡萄進了罩房，掩上門，將包裹葡萄的油紙夾層拆出來，淡然掃視一眼，擱到燭臺上點燃。

手一鬆，火光飄然墜地，轉眼間化作黑灰飄散。

案几上，放著那塊粗略雕琢了一番的墨玉。

巴掌大的墨玉，下面切割成齊整的四方，上面橫臥一物，依稀能辨出起伏的輪廓。

才粗雕過，還需細刻。

寧殷將輪廓硌手的墨玉拿在手中，細細摩挲把玩著。

待這玉刻好，他也該走了。

那種眷戀不捨僅是冒了個頭，便如氣泡消散。

那便，把人一起帶走吧。

寧殷撐著太陽穴，垂眸笑了起來：她答應過了的，不是麼？

早朝後，文武百官自金鑾殿魚貫而出。

「大將軍，大將軍請留步！」一名年邁些的太監躬身而來，堆笑喚住虞淵道：「聖上口諭，請大將軍移步養心殿一敘。」

虞淵壓下心底的那點詫異，整了整冠帽，邁開大刀闊斧的步伐，朝養心殿行去。

待內侍通傳過後，虞淵入殿叩拜，才發現薛右相也在，正拄著光滑的紫檀手杖坐在左側，朝虞淵微微頷首致意。

而皇帝身邊研墨的人，卻是那個神龍見首不見尾的提督太監，崔暗。

「虞卿請起。」皇帝命人賜座，這才沉聲道：「二位皆為朝中文武肱骨重臣，宵衣旰食，這些年來辛苦了。」

虞淵退至一旁，心裡很清楚，皇帝詔見他們絕非閒聊那般簡單。君王的每一個字落在臣子身上，都是刮骨重刀。

虞淵肅然了面容，恭敬道：「承蒙陛下不棄，食君之祿，為主分憂乃是臣之本分。」

皇帝搖了搖頭，道：「昨夜朕夢見虞卿責怪朕給的擔子太重，又是京畿布防又是協同大理寺查案，都沒時間照顧家人……朕醒來後，心中慚愧不已。」

虞淵剛要說話，便聽皇帝長嘆一聲，戚戚然道：「虞卿是我大衛百年難見的將才，若勞累至此，恐天下人謾罵朕苛待功臣。故此，朕與薛右相商議，可否命戶部尚書及內侍崔暗幫襯虞卿，分擔瑣碎雜務？」

聞言，虞淵忽地抬起頭來。

他如何不明白，皇帝讓將軍、文臣、宦官一同掌管軍務，名為分擔，實則釋權。

虞淵剛毅的腮肉緊了緊，抱拳道：「謝陛下體恤，臣惶恐！只是軍務關乎國運，用兵養兵皆需謹慎，尚書與提督非內行之人，還望陛下三思。」

「虞大將軍請放心，臣雖為閹人，但年少時亦是軍中行伍出身。」說話的是崔暗，瞇著陰鷙的眼慢吞吞道：「軍中事務，臣略懂。」

虞淵聽崔暗自報軍營出身，冷冷打量了他一眼。

是有點眼熟，也確實想不起來是哪支軍隊中的人了。

行伍之人變成閹人，只有可能是犯了大錯才被罰宮刑。

不管如何，虞淵都瞧不起這種人。

他沒有搭話，而是側首看向薛右相，不僅因為兩家交好，更是因為這位老人有著一語定乾坤的能力。

薛右相摩挲著紫檀杖柄，始終未發一言。

「看來，這國事是解決了。兩位愛卿的家事，也要解決才行。」皇帝笑了聲，起身道：「聽聞右相嫡孫謙謙如玉，與虞卿的小女兒郎才女貌，朕倒是有心撮合兩家親上加親，不知二位意下如何？」

虞淵聽到這，已然明白了。

虞家世代本分，最近唯一值得皇帝如此忌憚的，唯有七皇子的存在。

皇上知道虞家與七皇子私下往來，故而借此警告敲點，亦是打壓。

宮城上，厚厚的雲層遮住太陽，落下一片漂浮的陰翳。

虞家家風剛正和睦，虞煥臣雖成婚立府了，但每日仍會攜妻子過來主宅用膳。

辰時，虞靈犀看著空蕩蕩的上座，問道：「阿爹呢？」

虞煥臣剛換了常服，一邊繫著護腕一邊道：「早朝後，皇上把父親和薛右相留下了，應是有要事商量。」

「同時？」

「同時。」

聞言，虞靈犀若有所思。

眼下邊境安穩，並無災荒戰亂，能有什麼大事讓皇帝同時詔見文武兩大重臣？

都說君心難測，虞煥臣也在琢磨此事，皺著眉匆匆扒了兩口飯，便又換上官袍出去了，連蘇莞親手做的紅豆糕都沒心思品嘗。

看著案几上分毫未動的糕點，蘇莞眼底的失落一閃而過。

虞靈犀知道嫂嫂剛嫁過來，最是需要陪伴的時候，便湊過去道：「嫂嫂做的豆糕甚是香甜，可否教教我？」

蘇莞也笑了起來，溫婉道：「好呀。」

紅豆糕用料簡單，只是需要多費些巧思。

將糖水煮好的紅豆餡包入白軟可口的糯米皮中，用模具壓成桃花形態，再用碾碎的鹹蛋黃點綴花蕊，一份粉白精緻的桃花紅豆糕便做好了。

配上桂花蜜，虞靈犀嘗了一個，甜了些，不過香味十足。

蘇莞用帕子替她擦淨手上沾染的麵粉，輕輕笑道：「都說『洗手作羹湯』，歲歲突然學庖廚技巧，可是有心上人了？」

虞靈犀兩輩子沒敢悸動過的心，驀地一跳。

「是給阿娘的。」她垂眸淺笑了聲，將剛做好的桃花紅豆糕分成兩份，用食盒裝了，「還有一份，留給我自己。」

蘇莞眨眨眼，笑笑不語。

從西府回主宅需路過山池花苑，虞靈犀一眼就見寧殷站在藕池棧橋上。

他正悠然揚手餵著錦鯉，揚手時指節在陽光下呈現出冷玉般的白。

他近來似乎極少出府活動，虞靈犀知道，這樣的安寧靜謐反而是暴風雨前的寧靜。

按前世的時間來算，留給她與寧殷的時間不多了。

正想著，寧殷似是察覺到她的存在，緩緩轉過身來。

陽光耀眼，虞靈犀有瞬間的恍神，彷彿前世那個不可一世的攝政王與面前的衛七重合，一樣的優雅，一樣的強悍。

兩府交界處侍衛來往頻繁，這種關鍵時刻，虞靈犀也不想讓寧殷太過惹人注意。

她定了定神，吩咐胡桃道：「把上頭的那份紅豆糕取出來，給衛七送去。」

胡桃應了聲，提著食盒過去了。

不知說了什麼，不到片刻，胡桃又提著食盒原封不動地回來，苦臉噘嘴道：「那個衛七非說這糕點有些問題，不肯收。」

「有問題？」

虞靈犀蹙蹙眉，她明明嘗過了，味道沒問題呀。

虞靈犀轉念一想，便明白他在打什麼注意了。

有問題的，恐怕是寧殷的小心思。

「胡桃，把這份豆糕給阿娘送去。」

說罷，虞靈犀拿出寧殷那份，然後將剩下的依舊用食盒裝了，遞給胡桃。

胡桃看了那衛七一眼，終是福了一禮，聽話地退下了。

棧橋上，寧殷拋完所有的餌料，乜了虞靈犀一眼，負手朝後院罩房走去。

呵，衛七之意不在魚，分明是誘她上鉤呢。

虞靈犀小小腹誹了聲，端著寧殷的那份豆糕，跟著寧殷的步伐轉過月門，進了罩房。

夏日的陽光總是明亮的，一半跳躍在樹梢，一半映在虞靈犀的眼中。

她將盤子重重擱在案几上，說話也帶著點無傷大雅的嬌氣：「敢問，這糕點何處不妥？」

她上輩子也就做到烹酒煎茶、刺繡寬衣這一步，還未曾親自下廚做過糕點呢。

誰知這位貓舌頭的小瘋子，竟然不領情。

寧殷坐在案几旁拭手，望著那盤覆著蘭花綢帕的糕點，片刻挑起眼來：「少了點糖。」

見他不動手，虞靈犀拿起食盒中一碟桂花蜜，盡數倒在紅豆糕上，纖細的手指小心地撚了，遞到寧殷面前道：「這回，保證甜了。」

寧殷不伸手接，只傾身咬了一口。

甜順著舌尖蔓延，湧入喉中。

寧殷皺眉，回過味來：「這點心，是小姐親自做的？」

虞靈犀將剩下的半塊擱在盤中，忍笑道：「第一次下廚，可還入得殿下的眼？」

也不知哪句話取悅了寧殷，他的眉頭舒展開來，細細品味著那股過濃的甜。

而後半瞇著眼，像是嘗到什麼人間至味似的，撚起吃剩的糕點，繼續慢條斯理品著。

寧殷唇色淡，深紅的豆沙餡抿在唇間，說不出的優雅好看。

虞靈犀不知怎的就想起七夕那晚在閣樓上，寧殷也像是品嘗糕點似的，細細咬著她的唇……

記憶就像是小小的氣泡，時不時浮現腦海，咕嚕一下便消失不見，只餘一圈漣漪。

虞靈犀拍了拍臉斂神，提醒道：「這糕點甜膩，容易脹腹，還是少吃些吧。」

「小姐第一次下廚便讓我沾了口福，如此盛情，不能不報。」說話間，寧殷又拿起一塊紅豆糕，「我許小姐提一個要求。」

虞靈犀想了想，道：「我希望家人與殿下，都能好好的。」

當初決意收留寧殷，只是為了虞家將來有個庇佑。

而今，這份籌碼中又加了一個人的重量。

不是上輩子那種滅天滅己的活法，而是希望他能如同常人一般，活在人世的溫暖中。

大概是她此時的眼睛太乾淨真誠了，寧殷有些意外，隨即極慢地笑了聲。

「提要求並非這樣提的，小姐給出的答案太模糊，不如具體些。」他抿盡紅豆糕，緩聲道：「譬如，什麼權勢，什麼地位……」

又譬如，他。

聞言，虞靈犀只是輕輕搖首，那些虛名本就不是她真正在乎的。

真正在乎的，都在身邊，在此刻。

寧殷將最後一塊糕點吞入腹中，見虞靈犀眼中依舊沒有半點奢求貪戀，不滿地嗤了聲。

虞靈犀沒有留意他眸底的深意，視線掃過案几上還未來得及收起的刻刀，便好奇道：「你最近在做手工？」

寧殷瞥了那刻刀一眼，端起茶盞飲了一口，方道：「隨便做著玩玩，以後做好了，再給小姐瞧瞧。」

他神情自然地提及「以後」，彷彿不久的將來不是分別，而是長聚。

正感慨著，又聽寧殷道：「不過今日小姐既然來了，不如給我做個玉雕的參照。」

「參照？」虞靈犀眨眼，沒明白他的意思。

「坐好。」寧殷放下杯盞，示意虞靈犀坐在小榻上。

虞靈犀被按在榻上，下意識正襟危坐，卻聽一聲極輕的嗤笑自頭頂傳來。

寧殷一手握住她的胳膊，一手貼著她的腰，引導她擺出側倚在榻上的動作。

溫熱的掌心透過薄薄的夏衫衣料，熨帖在皮膚上，虞靈犀不由繃緊了些。

「放鬆。」寧殷的手輕輕在虞靈犀腰上拍了拍。

虞靈犀一顫，不甘地瞪了他一眼。

寧殷笑了聲，替她撫平裙裳下擺。

少女鮮麗的裙裾蜿蜒垂下，露出小巧的鞋尖。

寧殷審視著美人倚榻的香軟，目光在她素淨的鬟髮上略一停留，道：「小姐似乎，極少佩戴髮簪。」

他近來的觀察力，忽然仔細了起來。

虞靈犀摸了摸鬟髮，睏倦道：「沒有找到合適的簪子，金簪俗氣，銀簪太淡，不如珠花髮帶方便。」

虞靈犀對寧殷的榻有著本能的緊張，畢竟榻上解毒的兩次實在印象深刻。

然而轉念一想：前世兩年，什麼姿勢沒做過？

那些顫慄的記憶早被逐一撫平，只餘下釋然平和，以及偶爾氣泡般偶爾浮出的悸動。

她倚了一會兒便睏倦了，僵著的腰也軟了下來。

虞靈犀不知何時睡著的，醒來時窗外明亮的陽光已轉為金紅，在窗邊投下斜斜的長影。

寧殷就交疊雙腿坐在榻邊，一手撐著榻沿，傾身離得極近，如同在欣賞一幅極美的畫卷般，用目光慢慢品味著她。

虞靈犀對上他墨色的眼睛，眨了眨，醒過神來。

「我睡多久了？」

她坐起身，輕輕揉著痠痛的頸項，於是畫卷也像是活過來般，點亮了黃昏的晦暗。

「兩刻鐘。」寧殷的食指閒適地點著榻沿，而後抬起，替她捏了捏頸項，「小姐倒是安然得很。」

溫涼的手指觸碰到後頸，虞靈犀下意識一縮。

而後很快放鬆了身子，這輩子的寧殷脾氣好得很，斷然不會再捏著她的脖子恫嚇她。

待緩過那陣酥麻，她便翹了翹腳尖，落地道：「畫好草圖了？」

寧殷心不在焉地「嗯」了聲，那隻手在她耳後使壞地撚了撚，這才戀戀不捨地離去。

虞靈犀實在好奇他要刻什麼玩意兒，便道：「我看看。」

「現在不可。」寧殷瞥了床頭矮櫃的最下層一眼，嗓音低而緩，「那東西好看還實用。等雕好了，再給小姐瞧。」

去繁就簡，玉體橫陳，可不是現在能給她看的東西。

「故弄玄虛！」虞靈犀指責他。

寧殷悶著笑，又看了她素淨的鬢髮一眼，起身理了理下裳道：「小姐墨髮如雲，以簪挽起，露出白細脆弱的頸項，定然極美。」

虞靈犀一怔，恍惚回想起前世，寧殷的確偏愛將她的長髮綰成鬆柔黑亮的大髻，還總喜歡捏她的脖子嚇唬人。

原來，小瘋子這麼喜歡她的脖子麼？

虞靈犀摸著鬢髮，想著回頭去找找，妝奩盒中有沒有合適的簪子。

連她自己也驚異於此刻的妥協，頓了一會兒，輕聲道：「時辰不早了，我要回房了。」

院中隱隱傳來窸窣的聲響，花貓聞到了熟人的氣息，小聲「喵嗚」起來。

寧殷微瞇眼眸，視線投向窗外庭院，又收回。

「小姐。」

他喚住她，虞靈犀站在門外，疑惑地回頭看他。

寧殷朝虞靈犀走去，站在她面前，貼近。

他抬手朝虞靈犀臉上撫去，她不禁顫了顫眼睫。

寧殷離得那樣近，側首俯身時，鼻尖幾乎貼上她的臉頰。這麼近的距離，虞靈犀甚至能看到他眼睫垂下的陰影，根根分明。

她下意識屏住呼吸，卻見寧殷抬手理了理她睡得鬆散的鬢髮，低沉道：「頭髮亂了。」

他整理鬢髮的姿勢親暱而緩慢，夕陽下，兩道影子輕輕疊著，好似交頸纏綿的鴛鴦。

「咳咳！」院中響起兩聲突兀的低咳。

虞靈犀驚醒似的，忽地回過頭來。

她看到了站在玉蘭樹下剛毅高大的父親，以及一左一右的站著的，面色複雜的兄長和阿姐。

方才那親暱而易惹人遐思的畫面，他們自然也瞧見了。

「阿爹。」虞靈犀只是慌亂了片刻，便定下心神，移步擋住身後的寧殷道：「你們怎麼來了？」

院中所有下人都被摒退，一片沉靜。

夕陽濃到發紅，虞淵臉上從未有過的嚴肅，沉重的視線掃過自己美麗乖巧的么女，而後落在寧殷身上。

虞辛夷皺眉，給妹妹使了個眼色，以口型示意：「歲歲，過來！」

虞靈犀心裡有了預感，輕輕搖首，依舊以窈窕纖細的身形擋在寧殷身前。

虞辛夷氣急，想要上前將妹妹拉過來，卻被虞煥臣伸手攔住。

虞淵看了寧殷很久，腮幫繃緊，而後極慢、極鄭重地彎下腰板，朝寧殷躬身抱拳一禮。

他身後，一兒一女兩名戎將亦是陸續抱拳。

隨著三人一禮落下，虞靈犀咽了咽嗓子，知道衛七做回寧殷的那一天，終究是來了。

正想著，肩上落下一隻白皙的大手，憐愛般輕輕拍了拍她。

「別怕，小姐。」寧殷從她身後走了出來。

便是這等緊張的時候，他依舊面不改色，甚至勾起興味的笑意，「看來，虞將軍想和我談談。」

「寧殷。」虞靈犀匆聲喚住他。

她希望寧殷能拿出最好的一面對待阿爹，便認真地望著他，低聲道：「一定要好好談。」

聞言，虞煥臣和虞辛夷兩兄妹俱是抬頭：歲歲……直呼七皇子什麼？

酉末，天空一片黃昏與夜幕交織的晦暗，一輪圓月輕輕地掛在梢頭。

書房的大門已經緊閉了半個時辰。

「就這麼擔心他？」虞煥臣掃了神思凝重的么妹一眼。

虞靈犀手邊擺著一碗涼透的茶湯，連平日她最喜用來提神的椒粉都不曾動用。

虞靈犀的確擔心。

雖說寧殷的瘋勁和偏執收斂了不少，與上輩子有天差地別，但她依舊無法拿捏父親的心思。

畢竟朝臣站隊之事猶如傾其所有的豪賭，非同兒戲。

「阿爹會為難他麼？」虞靈犀問。

「若他真是七皇子，驗明正身後只有他為難阿爹的份。」一旁的虞辛夷反倒氣笑了，伸手捏了捏妹妹腮幫上的軟肉，「若非虞煥臣今日和我商議，我還不知歲歲藏了這麼大一尊佛在府中，真是翅膀硬了！」

虞煥臣面色少見的嚴肅。

他暗中觀察了這些時日，發現七皇子的確是個聰明又擅長蟄伏的人。而聰明絕頂的布局高手，與玩弄人心的瘋子只有一線之隔。

他甚至懷疑，若非寧殷主動漏出蹤跡引人上鉤，虞家還真不一定能查到他的下落。

先前虞煥臣想不明白，七皇子這般鋌而走險將身分漏給虞家，究竟有何目的。

而今卻是明白了，他是在逼虞家做出選擇。

虞家這個決定做得甚為艱難。

自父親下朝歸來後，掙扎了半日，還是決定親自面對這位流亡多年的皇嗣。

虞煥臣想了想，問：「今日皇上私下詔見父親，歲歲可知曉所謂何事？」

虞靈犀搖了搖頭，父兄將她保護得很好，極少對她說朝中那些爾虞我詐之事。

虞煥臣道：「皇上一同詔見的，還有薛右相和提督太監崔暗，意在分割虞家兵權，形成以文臣、內侍、武將三足鼎立，互為掣肘的局面。皇上已經開始猜忌打壓虞家了，而他唯一能下手的理由，歲歲應該能猜到。」

虞靈犀自然能猜到。

皇帝是聽到什麼風聲，藉此警告虞家眾人：君王尚在，莫要站錯了隊。

虞靈犀微蜷手指，抬起眼道：「猜忌生起，便如裂縫難以消弭。既如此，我們更是沒有別的退路。」

「沒有這麼簡單，歲歲。」虞煥臣走到門前看了一眼，確定無人，方掩上門扉道：「即便七皇子真的值得我們扶植，他也決不能在虞府被驗明正身，決不能從虞府走入朝堂。」

虞靈犀明白了。

她攥緊手指，輕聲道：「因為一旦如此，便坐實了他結黨營私的罪名，從回宮的那一刻開始就會被忌憚打壓，永無出頭之日。」

「不錯。」虞煥臣低沉道：「而今之計，唯有以退為進，搏一線生機。」

正說著，書房的門「吱呀」一聲打開。

虞靈犀立即起身，推開花廳的門迎了上去。

廳中燈火明亮，寧殷與虞淵一前一後地走了出來。

「阿爹。」

虞靈犀先是擔憂地看了父親一眼，然後將目光轉向寧殷。

寧殷依舊是平靜帶笑的模樣，與進書房前並無太大差別。倒是虞淵，面色沉硬了不少。

虞將軍嘆了聲，聲音緩了緩：「乖女，先去陪妳娘用膳。」

虞靈犀應了聲，又看了寧殷一眼，方低低「噢」了聲，轉而朝偏廳行去。

虞淵朝寧殷略一抱拳告退，這才看向長子和長女，肅然吩咐：「你們倆，隨我進來。」

書房的門再次關上，寧殷仰首望著天上的殘星片刻，這才勾了勾唇線，負手邁下石階。

穿過中庭，轉過月門，他頓下腳步，而後目不斜視地伸手，將藏在假山後陰影中的虞靈犀拎了出來。

「小姐若是在此潛伏暗殺，此刻怕是沒命了。」

寧殷輕輕捏了捏虞靈犀的耳垂，還有心思打趣她。

「呸呸，誰要暗殺你？」虞靈犀呸去晦氣，方理了理被他拎皺的衣領，低聲問道：「阿爹和你說什麼了？」

寧殷的眼睛黑且深邃，像是蘊著猜不透的黑霧，望著她問：「小姐希望他說什麼？」

虞靈犀回視著他，道：「我自然希望你與阿爹能勠力同心，平安順遂。」

寧殷笑了起來，眼底的黑霧如山嵐散盡，問：「當初小姐允我出府時帶走一樣東西，可還算數？」

虞靈犀並非言而不信之人，點了點頭問：「突然提這個作甚？」

她竟生出了淺淡的矛盾心思，既期許他能早日奪回屬於他的一切，又怕他明日就要走了。

寧殷並未回答，只抬手撚了撚她被夜風吹得散亂的一縷頭髮，意味深長道：「小姐記得這句話，便夠了。」

書房。

「他身上確有皇族獨一無二的信物，做不了假。」虞淵坐在椅中，沉聲道：「年紀輕輕，便能將談判全程掌握在他掌中，進退有度……歲歲說得沒錯，此子絕非池中之物。」

甚至，比他們想像中更要高深強悍。

虞煥臣望著面色凝重的父親，問：「七皇子和您談了什麼條件？」

回想起方才書房裡的談話，虞淵的面色更沉了些。

夏天的雷雨總是出其不意，說來就來。

養心殿，皇帝翻開一本奏摺，皺眉，又翻開一本。

連續翻了好幾本，都是禮部和御史臺遞來的、關於核實七皇子未死流言的奏摺，懇請皇帝早日核實其身分，接回滄海遺珠，綿延皇嗣。

皇帝將奏摺扔至一旁，疲憊地捏了捏眉心。

麗妃的確是天下難得的美人，當初他不惜一切代價也要搶來是真，膩煩她的冷漠倔強也是真。

當最初的激情褪去，朱砂痣變成蚊子血，這個孩子的存在便成了他明主道路上的碩大汙點。

他甚至希望麗妃和老七就這樣消失，將當初殺兄奪嫂的汙點澈底抹除，這才默許……罷了，想這些陳年舊事作甚。

一旁的老太監看出皇帝的心病，忙跪著向前給他揉肩捶腿，觀摩許久，才敢小聲道：「陛下若放任不管，流言必將越發洶湧。依老奴看，不如順水推舟，反而顯得陛下愛子如命，成全陛下仁德寬宏的英名……何況，虞將軍已經上書同意交權，賜婚之事亦提上日程，陛下所擔憂的事已然解決，可高枕無憂。」

「人接回來倒並非什麼大事，放在朕眼皮子底下，總比放任他在外頭胡作非為要好。」皇帝思慮道：「只是老七沒有皇位繼承權，太過聰明終歸不好，須得拔下他的爪牙，讓他安分守己才行。」

大雨天，青樓客人稀少。

唯有遠處幾點琵琶叮咚，給沉悶的天氣增添些許輕快。

樓上茶室中，折戟垂首道：「殿下，一切已安排妥當，只待最後的東風。」

「東風？」寧殷倚著雕窗，修長的指節有一搭沒有搭轉著短刃，「何時收網由我自己決定，而非什麼東風。」

「屬下失言！」折戟背負重劍跪拜請罪。

寧殷太瞭解皇帝了，當年殺兄奪嫂的事便是他的軟肋，他決不允許這個汙點被翻出，定然會選擇息事寧人，好維持他慈愛英主的形象。

他冷笑一聲，看了折戟一眼：「那名趙府的婢子呢？」

折戟道：「已按照殿下的吩咐，安頓在此間柴房。」

「很好。」

寧殷望著案几上靜置的銀盆，淺褐的水波中倒映出他清冷涼薄的眼眸。

盆中放著一塊六寸長的極品白玉，已經用藥水浸泡了兩天兩夜，極易染色。

他將泡好的白玉撈出，以棉帕仔細擦拭乾淨，而後轉動刀刃，在折戟詫異的目光中劃破手指。

先是細細的一條血線，繼而血珠大顆湧出，連成一線淌下。

寧殷半垂著眼眸，漫不經心地抬手，讓殷紅的鮮血滴在玉上，直至將其染上雲霧般靡麗的一抹紅。

那些俗玉做成的簪子，怎麼配得上虞靈犀呢？

他揚了揚唇線，墨眸化開繾綣愉悅的笑意。

第二十章 綰髮

一夜疾風驟雨，虞靈犀睡得並不安穩。

半夢半醒間，似乎有個熟悉晦暗的影子坐在床頭，饒有興致地注視著她。

「乖乖的，過兩日再來接妳。」那人極輕極低地道，像是呢喃。

唇上溫熱微癢，虞靈犀皺眉哼了聲，迷迷糊糊睜眼一瞧，帳簾輕輕晃動，不見一個人影。

她翻了個身，繼續睡去。

下了一夜的雨，庭院中的水窪明澈，倒映著濃綠的樹影。

一大早接到皇后召見的懿旨時，虞靈犀有些意外。

她對馮皇后的印象並不深，前世今生加起來也就春宴遠遠見過一回，摸不準她的性子。

唯一可以肯定的是，皇后指名召見自己，定然不是喝茶聊天那般簡單，其背後的利益牽扯盤根錯節，福禍難料。

梳妝齊整出門，虞靈犀看見立侍在馬車旁的青霄，愣了愣神。

往常都是寧殷隨行送她出門，今日卻不見他。

虞淵親自送女兒出門，欲言又止，終是長嘆一聲，鄭重叮囑道：「乖女，妳姐姐會陪妳一同入宮。切記千萬要謹言慎行，以大局為重。」

「女兒省得。」

虞靈犀又看了角門的方向一眼，這才定神，跟著虞辛夷一同上了馬車。

坤寧宮莊嚴肅穆。

久聞馮皇后禮佛，連立侍在殿前的宮婢亦是宛如泥塑般，井然安靜。

待女官通傳後，虞靈犀隨著姐姐入殿，見到皇后身邊的薛夫人時，虞靈犀心裡一咯噔，心中不安更甚。

「都起來吧。」皇后倚在坐榻上，手搭憑几，握著一串佛珠慢慢轉動。

她的目光上下掃視虞家二女一眼，落在虞靈犀身上：「都說虞將軍兩個女兒一剛一柔，恰似烈焰之於春水，今日細細一瞧，果然名不虛傳。」

虞靈犀與虞辛夷路上通過氣，齊聲道：「娘娘謬讚。」

皇后道：「尤其虞二姑娘溫婉淑儀，端莊嫻靜，與溫潤如玉的薛二郎乃天生良配。又聞二人青梅竹馬，皆為文武肱骨重臣之後，難怪陛下如此掛心，囑咐本宮好生安排這樁婚事。」

虞靈犀抿了抿唇，被虞辛夷不著痕跡地拉住袖邊，示意她莫要輕舉妄動。

「薛夫人，這個小兒媳，妳可還滿意？」皇后稍稍起身，望向一旁靜坐的薛夫人。

薛夫人慈善，含笑道：「陛下和娘娘體恤，促成良緣，臣婦感激還來不及，焉能有異詞？」

「既如此，本宮便做主保這個媒。待陛下賜婚旨意定下，便可為兩家完婚。」皇后看向虞靈犀，「虞二姑娘，妳的意下如何？」

虞靈犀當然不會傻到以為，皇后真的在徵求她的意見。

她按捺住紊亂的心跳，蜷了蜷發涼的手指，溫聲道：「回娘娘，臣女婚姻大事，自然應遵父母之命。」

能淩駕於皇權之上的，唯有禮教。

這是虞靈犀能想到的最完美的回答，既未當面應允，又不會得罪皇后。

「甚好。」

皇后給了身邊宮婢一個眼神，宮婢立刻會意，將早備好的一柄玉如意呈上，遞到虞靈犀面前。

那一瞬思潮迭起，虞靈犀深吸一口氣，方提裙跪拜，抬起沉重如灌鉛的雙臂，攤掌舉過頭頂。

她面色沉靜，道：「臣女，叩謝娘娘賞賜。」

待薛夫人和虞家姐妹退下，宮婢將殿門掩上。

屏風後的陰影中轉出一人，赭衣玉帶，正是提督太監崔暗。

「恭喜娘娘！虞將軍手裡的兵權一分為三，臣得一份，薛家得一份。」崔暗慢吞吞道：「若太子殿下能爭氣些，娶了虞大姑娘為太子妃，則兵權盡在娘娘手中，當是千古以來第一人。」

皇后虛著眼，淡聲道：「本宮只是深宮婦人，要兵權何用？不過是替太子謀劃罷了。」

知道一切內情的崔暗扯了扯嘴角，躬身斂目道：「娘娘英明。」

宮外馬車顛簸，搖散一路心事。

虞辛夷長鬆一口氣，握住虞靈犀冰冷的手指道：「歲歲，妳沒事吧？」

拜見皇后的那短短兩刻鐘，她時刻擔憂妹妹的反應，冷汗硬生生浸透了朱紅的戎服。

「沒事。」虞靈犀搖了搖頭，彎起溫柔乖巧的笑，「皇后的意思亦是皇上的意思，他們要分阿爹的權，唯有順從婚事才能表明衷心，使皇上放下疑慮……我知道該怎麼做的，阿姐。」

她唯一慶幸的是，如今距離前世寧殷掌權只有半年，一切都還來得及。

想快點見到寧殷。

虞靈犀深呼吸，握緊了手指，從未有哪一刻如現在這般，無比迫切地想見到寧殷。

馬車回了虞府，還未完全停穩，虞靈犀便迫不及待地彎腰鑽出，跳下馬車。

今日入宮，她綰了小髻，金釵花顏，杏紅的裙裾宛若芙蕖灼然綻放。

她索性提起襦裙，迎著雨後潮濕的風不管不顧地朝後院罩房跑去。

推開門，罩房空蕩蕩的，不見寧殷。

她定了定神，又去了藕池棧橋，去了水榭，都不見寧殷。

出去了？

正遲疑著，身後傳來沉穩的腳步聲，虞靈犀心下一喜，忙轉過身……

笑意一頓，她有些失落地喚了聲：「兄長？」

「見到哥哥就這麼不開心？」虞煥臣挑了挑英氣的劍眉，有些幽怨。

「哪有？」虞靈犀平復一番急促的呼吸，終是沒忍住問，「衛……殿下呢？」

虞煥臣沒有說話。

虞靈犀便猜到了，一顆心便像是墜入池中的石子，慢慢地往下沉著。

「他去哪兒了？」她輕聲問。

得是走得多匆忙，才會連與她告別的機會都沒有？

「不知。歲歲，眼下情形緊迫，虞家不可能藏他一輩子。」虞煥臣道：「不過他在宮外有一定的勢力，總歸有去處。只是那勢力沒有觸及朝堂核心，在宮外再順風順水，入了宮也會寸步難行。阿爹同意交權，亦是棄卒保車，如今虞家處於風口浪尖，他離咱們越遠便越安全。」

眼下形勢，不是寧殷會連累虞家，而是虞家會連累寧殷。

「我知道的，兄長。」虞靈犀垂下眼睫，低聲道：「皇上若是抓住他與虞家交好的把柄，便會猜忌他掌握了虞家兵權，對付虞家的同時亦會連累他。」

她只是有些失落，前日他還笑著坐在榻邊，欣賞她睏倦的睡顏，今天便空蕩蕩不見了人影。

一同經歷了這麼多起起落落，不該這般草率告別。

「今日入宮面見皇后的事，虞辛夷已經仔細同我說了。」虞煥臣試著岔開話題，「小不忍則亂大謀，越是這種時候便越要沉得住氣，妳做得很好。」

荷葉上的積雨滾了兩圈，「吧嗒」滴落水中。

虞靈犀認真道：「我知道這是權宜之計，可是兄長，我不想嫁薛岑。」

虞煥臣訝然，很快定下神來，皺眉問：「因為……他？」

虞靈犀點點頭：「因為他。」

「你們都說我與薛岑青梅竹馬，天生一對。的確，薛二郎在很長一段時間裡，是我心裡少有的慰藉，但我很清楚那不是男女之情。」虞靈犀眼中蘊著溫柔的光，沒有憤世嫉俗和矯揉哭鬧，只是安靜的、堅定地告訴兄長，「我最是惜命，無論被逼到何種絕境都會好好地活著，雖救過薛二郎，卻從未想過要和他一起死。唯有寧殷，我情願以命相托……」

虞煥臣倏地睜大眼。

「歲歲！妳不可以做傻事。」虞煥臣面容少見的嚴肅，雙手按住虞靈犀的肩，制止她腦中危險的想法，「何況賜婚是皇上決定的，無論真死還是假死都是抗旨，妳明白嗎？」

「我知道呀。」虞靈犀笑了笑，安撫道：「所以，現在還沒有到絕境，不是麼？」

虞煥臣看著妹妹，半晌不語。

虞靈犀獨自去了寧殷住過的罩房。

雨光淺淡，她纖細的指尖緩緩拂過窗臺案几，最後停留在那張齊整的睡榻上。

房間看起來和以往一樣，案几上還擺著沒有飲盡的涼茶，虞靈犀實在看不出寧殷帶走了哪樣東西。

明明答應過，能送一樣東西給他餞行的。

心中酸酸悶悶的，像是堵著一團厚重的棉花。

寧殷在時尚未有太大的感覺，直到他走了，她方後知後覺地察覺出心中的綿長的苦澀來。

一閉上眼睛，滿腦子都是他。

連著兩日，虞靈犀都會獨自去罩房中坐一會兒，彷彿這樣便能讓她定下心神，應對即將到來的婚事。

既然假死是為抗旨，總有別的辦法延誤婚期。

正想著，她驀然一怔。

今日罩房中出現一口紅漆包金皮的大箱子，就突兀地擺在寧殷的床榻前。

虞靈犀分明記得，昨日來時房間裡並未有這口箱子。

而且她吩咐過僕從侍婢，不許任何人動寧殷的房間，不太可能是別人搬來的。

莫非，是寧殷回來拿落下的東西了？

虞靈犀的心又砰砰跳了起來，忙小跑進屋，四下環顧了一番，按捺著欣喜喚了聲：「衛七？」

沒有回應。

她咽了咽嗓子，又喚道：「寧殷？」

「就這麼想我？」

身後傳來一聲極低的輕笑，虞靈犀心尖一顫，回過頭去。

醒來時，虞靈犀正躺在狹窄黑暗的密閉空間內。

她茫然地眨了眨眼，昏睡前的一幕浮現腦海。

她記得聽到了寧殷的淺笑聲，剛驚喜地回過頭去，卻見眼前陰影落下。

繼而耳後一陣微癢的酥麻，她便軟軟地倒了下去，落入寬闊硬實的懷抱中。

再後來，她便躺在這裡頭了。

身下是冰滑細膩的蜀繡褥子，還仔細墊了柔軟的枕頭，側面有通氣的空洞……

若沒猜錯，她此時正躺在那口紅漆包金皮的漂亮大箱子裡。

虞靈犀不知自己現在身處何方，只聞一陣輕微的顛簸過後，箱子被小心地擱放在地上。

繼而，沉穩熟悉的腳步聲靠近。

虞靈犀咬唇，屏住了呼吸。

一陣窸窣的聲響後，箱子打開，明亮的光線湧了進來。

果然，寧殷那張俊美冷白的臉便出現在箱口上方，四目相對。

他墨眸含著淺笑，俯身時耳後的墨髮垂下，幾乎落在了虞靈犀的鼻尖上，就這樣欣賞著虞靈犀優雅躺著的模樣。

而後，寧殷極慢地眨了一下眼，勾著笑意：「避開那些礙事雜魚花了些時間，委屈小姐了。」

「……」

虞靈犀瞪他，真是一點脾氣也沒有了。

她抬手將他那縷漂亮的頭髮拂開，氣呼呼道：「衛七，你到底要作甚？」

「小姐不是答應過，允我從虞府帶走一樣東西麼？」寧殷撫了撫箱中美人的臉頰，帶著珍視的意味，緩聲道：「我想帶走的，唯小姐而已。」

「你當初哄我應允的時候，可沒說要帶走的是個大活人。」

虞靈犀著實揪心了一把，寧殷此舉未免也太狂悖了些。

然而轉念一想，若不狂悖，那便不是寧殷了。

「誰說我掛念的東西，不能是個大活人？」寧殷連眉梢眼角都透著愉悅，輕聲道：「寶貝不帶在身邊，怎能放心呢？」

明知寧殷的這副嗓子哄起人來極具蠱惑，在聽到「寶貝」二字時，虞靈犀的臉還是不可抑制地燥了燥，雪腮透著誘人的淺緋色。

她扶著箱壁坐起身，掩飾般，細細揉了揉脖子：「弄得跟個棺材似的，嚇我一跳。」

寧殷卻道：「若是棺材的話未免太小了，躺不下兩個人。」

虞靈犀疑惑。

寧殷伸手拍了拍她身側的位置，施施然道：「若是棺材，我也應該躺這。」

他神情自然，分不清是在開玩笑還是真的這般打算。

「又說胡話了。」

虞靈犀按捺住突兀狂跳的心，扶著箱沿起身。

這口箱子雖大，但成年女子躺在裡頭到底有些拘束。

虞靈犀感覺腿一麻，又無力地跌了回去，不由眨眨眼，半晌沒動。

寧殷輕笑一聲，彎腰一手扶著她的肩，一手抄過她的膝彎，將她騰空抱起，穩穩朝床榻走去。

虞靈犀被擱在柔軟的榻上，這才有機會打量四周的環境。

這間房很大，裝潢雅致，卻明顯不是上次去過的青樓。樓下隱約能聽到些許人語聲和來往的車馬聲，想必尚在市坊之間。

「這是哪兒？」她手撐著床榻問。

「驛館。」

說話間，寧殷坐在她身側，伸手握住她的一隻腳踝。

溫熱的手掌貼上，虞靈犀下意識一縮。

寧殷乜眼過來，她便乖乖放鬆了身子，朝他眨眼笑了笑。

寧殷這才垂眸，將裙裾往上推了推，抬指輕輕捏了捏她勻稱的小腿，化去那股難捱的痠麻。

「你手怎麼了？」虞靈犀看見他左手指節上纏著的兩圈繃帶。

寧殷瞥了一眼，不甚在意的樣子。

虞靈犀有些心疼，連聲音也低了很多：「以後小心些呀，傷到手可是大事。」

「放心，不妨礙伺候小姐。」寧殷道。

他揉得緩慢且認真，眼睫半垂著，在眸中落下一層極淡的陰影，更顯得鼻挺而唇薄，五官深邃俊美。

寧殷揉完左腿又換右腿，甚至饒有興致地握了握虞靈犀凝雪般纖細的腳踝，掂了掂，似是驚異於一隻手便能輕鬆圈住。

眼見他眸色越發興致晦暗，指節也漸漸上移，虞靈犀微癢，忙縮腳放下裙裾道：「可以了。」

寧殷看著空蕩的掌心，指腹撚了撚殘留的溫軟觸感，不滿地嘖了聲。

虞靈犀裝作沒瞧見他的情緒，稍稍動了動手腳，輕哼一聲：「這等時候你把我弄出來，虞府上下定是急瘋了。」

「不急。」寧殷將手搭在膝上，隨意道：「我已命人留信給令尊，知會了一聲。」

好一個「知會了一聲」。

虞靈犀微微睜大眼睛，深吸一口氣，終是無奈地洩氣喟嘆。

她已能料到父兄見到寧殷的先斬後奏的留信後，是何洶湧而起的複雜心情了。

虞靈犀知曉寧殷必定為她安排好了一切，能護她周全。可是，阿爹和兄長呢？

她不知道寧殷的計畫中，有幾分會顧及她的父兄家人，貿然逃避並不能改變虞家的處境。

可是……

虞靈犀望著下榻悠然沏茶的寧殷，逐漸放軟了目光：可是眼下的一切太過美好，美好到令人心生貪念。

思忖片刻，她淺淺笑道：「寧殷，我給父兄寫封家書吧。」

至少要讓家人知道，她如今平安無事。

她就說是自己心甘情願跟著寧殷出來的，不日必歸。

這樣，父兄便不會埋怨寧殷，能放心繼續兩家暗地裡的計畫了。

虞府的確快翻天了。

聽青霄匆匆來報，二小姐失蹤一個時辰了，虞淵二話不說便跨馬回了家。剛到府門前，便見一個挑著擔子的貨郎冒失撞上來，悄悄塞給他一張密箋。

虞淵回到府中才敢打開密箋，越瞧眉頭皺得越緊。

挑明七皇子身分的那晚，他曾對這個冷靜莫測的年輕人說：「……事到如今，臣是真的扶植殿下還是陰差陽錯收留了殿下，皆已不重要。臣所求唯有自保，若殿下能允諾護虞家安危，除了臣的家人外，臣什麼都能給殿下。」

那時，負手而立的七皇子殿下望著他，只問了一句：「若我想要的，偏生是你的家人之一呢？」

虞淵是震驚的，他想起自己那個明媚無憂的小女兒。

他原以為七皇子看在皇上賜婚的份上，會斷了這份念想，卻不曾想，他竟然先斬後奏，直接將歲歲帶走了。

行事膽大而劍走偏鋒，亦正亦邪，真不知是福是禍。

虞夫人還不知道此事，只以為女兒去西府找兒媳玩耍了。

虞煥臣看出父親深重鬱結的擔憂，便鎮定寬慰道：「父親且寬心，歲歲並非不知輕重之人，她定然知曉該怎麼做。兒子會對外宣稱歲歲在跟著莞兒學為婦之道，潛心修德，不見外客，短時間內不會露出破綻。」

虞淵將紙箋丟入燈罩中點燃，長嘆一聲道：「也只有如此了。」

但他們都很清楚，這也只是「短時間內」的權宜之計而已。等到聖上賜婚的旨意定下，歲歲必須親自露面接旨。

這無疑是一把懸在頭頂的刀刃，不知何時會落下。

虞靈犀寫好親筆家書，剛吹乾墨蹟，便聽到了叩門聲。

一個相貌平平的年輕男子推門進來，穿著不起眼的短褐上衣。他見到窗邊吹墨的美人，眼中掠過明顯的驚豔，方抱拳行禮道：「主子讓我來問二姑娘，信件可寫好了？」

寧殷方才交代過，信寫好了會有人來取。

虞靈犀頷首，折好信箋。

她望了面前的男子一眼，只覺略微眼熟，便問：「你叫什麼名字？我似乎見過你。」

「二姑娘好眼力。」年輕男子向前，雙手接過信箋揣入懷中，笑出一口白牙道：「卑職名叫沉風，先前在貴府門外賣葡萄，有幸與二姑娘擦肩見過一面。」

他這麼一提醒，虞靈犀倒是想起來了。

原來寧殷常吃的那些酸葡萄，竟是出自此人之手。

她說怎麼寧殷的情報這般靈敏迅捷呢！

「寧……你們主子呢？」虞靈犀問。

「在隔壁雅間議事。」沉風道：「主子說了，二小姐若是無聊便可隨處走走，只是須得戴上面紗。」

虞靈犀搖了搖頭：「不必了，我等他。」

沉風笑笑，抱拳退下，掩上房門。

虞靈犀從最開始坐著等，變成了倚在榻上等，連何時睡著的都沒有知覺。

迷迷糊糊間聽到開門聲，繼而寧殷散漫的聲音響起：「那名老宮女，仔細安排妥當。」

「已按照殿下的部署安排妥當，這兩日內定有行動。」另一個忠厚的聲音響起。

悠然的腳步聲靠近，寧殷發現了榻上淺眠的少女。再開口時，他的聲音柔緩了不少：「出去。」

虞靈犀感到榻邊褥子陷落一塊，慢慢睜開了眼。

「可憐見的，等得睡著了。」寧殷望著她笑。

虞靈犀的睡意頓時消散，眨了眨眼睫道：「知道你有要事安排，我自己消遣了會兒。」

她翻了個身起來，壓鬆的一縷鬢髮鬆鬆垮垮地墜落在耳邊。

今日又是躺箱子又是小憩的，鬢髮都亂了，她索性取下珠釵和髮帶，任由三千青絲潑墨般垂下腰間。

寧殷望著她柔順的黑髮，眼裡也暈染了墨色般，伸手撚起她前胸垂下的一縷細軟髮絲，擱在鼻端輕輕一嗅。

然後下移，薄唇碰了碰她的髮梢。

明明吻的是沒有知覺的頭髮，虞靈犀卻像是被攫住了呼吸一般，莫名一熱。

她將頭髮抽了回來，起身道：「我去梳頭。」

虞靈犀極少自己梳頭，又沒有頭油等物，折騰了半天也未綰好一個髮髻。

寧殷拖了條椅子，交疊雙腿坐在窗邊，饒有興致地欣賞她對鏡梳妝的模樣。直至實在看不下去了，方極低地悶笑了聲，起身站在她身後，取走她手中的梳子。

微微泛黃的銅鏡給寧殷的容顏鍍上了一層暖意，顯出從未有過的平靜溫柔來。

他修長白皙的指節穿梭在她的冰涼的髮間，手指的冷白與極致的黑交映，一絲一縷，不緊不慢地梳理到底。

虞靈犀嘴角翹了起來，望著頭髮在他掌心聽話地攏成一束，再紮上飄帶，渾身如同浸泡了熱水般溫暖而又舒坦。

寧殷扶著她的下頷對鏡瞧了瞧，半晌「嘶」了聲，似是不太滿意。

他放下梳子，緩聲道：「待簪子打磨好，再給小姐綰個更好看的髻。」

「什麼簪子？」虞靈犀問。

寧殷並未回答，只是以眼神示意一邊托盤上盛放的面紗、面具等物，道：「出去走走。」

他既然邀約，必定是安全的。

虞靈犀依言拿起一條淺緋色的面紗遮在臉上，想了想，又挑了一個黑色暗紋的半截面具，對寧殷道：「過來。」

寧殷微微挑眸，不過到底彎腰俯首，稍稍湊近了身子。

虞靈犀便踮起腳尖，將那半截面具繫在他臉上。

退開一瞧，只見半截黑色面具遮住他涼薄漆黑的眼眸，只露出嘴唇和乾淨的下頜輪廓，墨髮淺衣，有種說不出的貴氣英挺。

虞靈犀恍了恍神，才彎眸笑道：「走吧。」

出門了才發現，這間驛館很大。

前院住著商客和還未成家的小吏，後院則更為清淨寬敞，一大片山池亭臺將院落分成了無數個互不干擾的小區域。

天邊月明星稀，簷下掛著燈籠，亮如白晝。

虞靈犀與寧殷並肩行過曲折的迴廊，忍不住問道：「此處甚為熱鬧，你為何不選一個更隱蔽的地方？」

住在這兒，和將自己的身分暴露出來有何差別？

寧殷面具孔洞下的眼眸微微瞇著，動了動嘴角：「熱鬧自然有熱鬧的好處。」

「那個背著一把重劍的高個子呢？」虞靈犀又問。

寧殷現在身邊沒有人保護，她實在有些擔心。

寧殷乜了她一眼，淡然道：「他有自己的任務。」

虞靈犀低低「噢」了聲，不知他又在計畫什麼。

寧殷的心思是猜不透的，尋常人或許只提防身分不要過早暴露才好，而他，則必然已經算計到暴露後該如何布局反擊了。

於是便不過多操心。

寧殷停下腳步，伸手勾住虞靈犀風中輕舞的髮帶，撚了撚，揚著唇線問：「怎麼不繼續盤問了？」

虞靈犀也停下腳步，與他同沐燈火、比肩而立。

如過往無數次一般，親密而又信任。

「那……你打算如何安置我呢？」虞靈犀眼睫垂了下去，扶著雕欄輕淺道：「眼下緊張的形勢，總不可能光明正大藏著我。」

寧殷看了她許久，拖長音調恍然：「哦，小姐原來是在向我討名分了。」

虞靈犀在意的，才不是什麼「名分」。

不過既然寧殷開口說了，倒是勾起她的好奇來。

「所以，殿下打算給我什麼名分？」她瞥了無人的長廊一眼，小聲問道。

寧殷半截臉遮著面具，不太正經地思索了片刻。

「歲歲天姿國色，得用疤遮一遮。身分不能太打眼，先委屈從我身邊的寶貝寵婢做起。」他自顧自給虞靈犀按上了新身分，面具孔洞下的眼尾微微上挑，顯出幾分散漫來，「以前是衛七伺候小姐，而今換歲歲服侍本王，豈非甚妙。」

他將「歲歲」二字咬得極輕，頗有些逗弄的意味。

虞靈犀從未聽他喚過自己的小名，認真看了他一會兒，直至臉頰漫上燈火的淺緋。

「這叫『金屋藏嬌』。」

她眼裡彎著一泓縱容的淺笑，猜想寧殷不會說出全部的計畫。

他太溫和了，前世亦是如此：越是危險殺戮的時候，他便越是越是這般悠閒自得。

虞靈犀將下頷抵在雕欄之上，想了想，還是說出了口：「賜婚之事，我與薛……」

話還未說完，便見寧殷隔著面紗按住她的唇。

她詫然抬眼，見寧殷伸指在她唇上碾了碾，湊近些道：「寵婢若是說了不該說的話，會被主子用嘴罰的。」

離得這樣近，他偏執的眼裡全是她。

也只有她。

虞靈犀顫了顫眼睫，張嘴輕咬住他的指尖，孤注一擲道：「那便罰吧。」

寧殷的視線落在她咬著自己指尖的唇上，即便隔著面紗，亦能看出那抹花瓣般柔潤的芳澤。

他的唇線微不可察地揚了揚。

明明被取悅了，他也不主動，只略微張開空閒的那隻手臂，慢聲啞沉道：「過來領罰。」

虞靈犀遲疑了一瞬，而後向前一步，又向前一步。

她將自己的臉頰輕輕貼在寧殷胸口，卻被攬住腰肢貼緊，溫柔地捏起了下頜。

陰影落下時，虞靈犀輕輕閉上了眼睛。

她無比清楚地知道：自己這一輩子，都遇不見寧殷這般能讓她癡狂的人了。

虞府門前燈火通明。

虞家父子來不及換官袍，匆匆出門一看，只見兩隊京畿甲衛按刀而立，氣勢凜凜儼然來者不善。

而甲衛的最前頭立著一紅一黑兩匹駿馬，紅馬背上的年輕太監赭衣玉帶，正是內侍提督崔暗。

而黑馬上的人一身深紅官服，嚴肅清雋，則是戶部侍郎薛嵩——薛岑的兄長。

虞家父子心下一沉。

如今兵權一分為三，今日便來了兩家。而能同時調動太監和戶部的人，只可能是今上。

而且，還是大事。

果然，崔暗慢吞吞亮出腰牌，於馬背上道：「聖上有令，皇嗣流亡在外恐受歹人挾持利用，著虞少將軍領兵配合我等核驗七皇子身分，清查奸人逆黨！」

虞煥臣萬般思緒湧過，略一抱拳道：「臣領旨！還請允臣換上官袍鎧甲，再領兵前行。」

「陛下說了，事出緊急，不必講究這些繁文縟節。」崔暗笑著做了個請的姿勢，「少將軍，請吧。」

宮裡的動作來得太快了，快到不給人反應斡旋的時機。

虞煥臣面色鎮定地接過侍從遞來的馬鞭和佩劍，手指在馬鞭上輕輕點了三下，這才翻身上馬，領兵而去。

虞辛夷將他的動作看在眼裡，不動聲色地朝後退了一步，隱入暗處。

她與虞煥臣雙生同胞，同在軍營長大，自然知道虞煥臣上馬前點的三下馬鞭，是在向她傳遞訊號。

半盞茶後，一騎從虞府後門奔出，抄近道朝驛館的方向疾馳而去。

用過晚膳，喧鬧沉澱，只餘幾點燈火暈染在無盡的夜色中。

虞靈犀披散著潮濕的頭髮推門進來，身上還穿著白天的水碧色襦裙，肩膀和指尖帶著熱水浸泡過的淡粉色。

寧殷倚在窗邊，正拿著羊毛氈給一件小巧的玉器拋光，聞聲轉過臉，視線久久落在她身上。

「沒帶寢衣。」虞靈犀掩上門，只好自己開了口。

寧殷就等著她這句呢。

欣賞出浴美人許久，他才將手中成形的物件連同羊毛氈鎖入屜中，起身走至一旁的漆花高櫃旁，拉開櫃門。

虞靈犀頓時咋舌，只見櫃子裡齊齊整整地掛著十幾套衣物，從裙裳披帛到裡衣裡袴，應有盡有。

「過來。」寧殷神色淡然地喚她。

虞靈犀磨蹭過去，就見寧殷拿起一套杏粉的衣裳在她身上比了比，又放回去，挑了另一套藕荷色的。

虞靈犀靜靜地站著，任由他慢條斯理地挑選比劃著，心中漫出無盡的痠脹。

他連衣裳都準備好了，是真的打算帶她走……

可是，他沒考慮過他自己。

正想著，寧殷總算選定了一身淺雪色的中衣中裙，搭在虞靈犀臂彎上。

見她沒動，寧殷抬起眼眸道：「不必擔心，這些衣裳都是按小姐的尺寸估量的，想來應是合身。」

一句話硬生生把虞靈犀的思緒拽了回來。

她團了團臂彎裡的衣物，環視房中唯一的一張床榻，半晌哼哧道：「我睡哪兒？」

寧殷順著她的視線望去，笑了聲：「這床挺大，我以為小姐看得見。」

「我自然是看見了。」

虞靈犀已經放棄和他爭論「兩個人應有兩張榻」這樣的問題了，反正，自己今日是他的「寵婢」，不是麼？

窗外傳來翅膀掠過的聲響。

一隻不知名的鳥兒在空中盤旋片刻，落在對面屋脊，歪著腦袋打量馬蹄聲傳來的方向。

寧殷的眸色暗沉了些。

他伸手撫了撫虞靈犀潮濕微涼的髮絲，道：「換好衣裳乖乖躺著，莫要亂跑。」

虞靈犀看著他黑冰般的眸子，點了點頭。

寧殷開門出去了，廊下燈籠將他的影子投在門扉上，凌寒冷冽。

隨著腳步遠去，他的影子也消失不見，外頭一片詭譎的靜謐。

虞靈犀想了想，前去落好門栓。

剛換了衣物，便見另一道影子出現在門扉上，輕輕叩了叩：「二小姐。」

虞靈犀認出這個聲音，立即起身：「青嵐？」

「是我。」青嵐的聲音壓得很低，甚為謹慎，「屬下奉大小姐之命，前來帶小姐歸府。」

虞靈犀立即起身，先將門拉開一條小縫，確定沒有可疑之人，方將門閂完全打開，放青嵐進來。

「出什麼事了？」她問。

「方才提督太監和戶部侍郎奉聖上之命，領了甲衛登府，宣少將軍一同核查七皇子身分並捉拿奸人逆黨。」青嵐言簡意賅道：「後面的事屬下也不清楚，大小姐說虞家正在風尖浪口，不知多少雙眼睛盯著，故而不能親自出府，只命屬下定要將二小姐平安帶回去。」

聞言，虞靈犀心臟驟然一沉，未料這一刻來得如此之快。

寧殷身邊哪有什麼奸人逆黨？

除非這只是一個藉口，有人想趁寧殷未成氣候，在認祖歸宗前拔去他的爪牙罷了。特地讓虞家的人領兵，亦是試探虞家的衷心，可謂一石二鳥。

驛館前院傳來的喧鬧打斷了虞靈犀的思緒。

人定時辰，這陣異樣的熱鬧令她感到不安。

她強迫自己穩住心神，問道：「外頭有人麼？」

「屬下來時已經查探過，並無可疑之人。」青嵐道：「請小姐跟著屬下走。」

虞靈犀想了想，拿起案几上那條淺緋色的面紗，五指握緊，將面紗戴在臉上，遮住容顏。

走到長廊一角時，虞靈犀停住了腳步。

一個時辰前，她與寧殷比肩站在此處，眺望亭臺樓閣。

而此時，她卻清晰地看見驛館前院圍滿了軍中甲衛，刀劍在通明的火把中折射出森寒的冷光。

他們抓住了兩個人。

虞靈犀瞪大眼，認出其中一名被捆著壓在地上的血人，是白天給她傳過信的寧殷隨從。

她記得他的名字叫「沉風」，很愛笑。

「殿下流亡這些年，不知多少居心叵測的歹人暗中蟄伏，意圖利用、謀害殿下。這不，今日便抓了兩名賊黨頭目。」一名太監打扮的年輕人按著沉風的腦袋，看向寧殷道：「不知殿下，要如何處置這兩人？梟首，還是分屍？」

虞靈犀心都揪起來了。

她知道，寧殷不能承認沉風是他的人，一旦承認，便坐實了他結黨營私之罪。

寧殷大概在笑，面容隱在遠處的陰影中，晦暗難辨。

下一刻，寒光閃現。

太快了，虞靈犀看不清發生了什麼，只知寧殷的手從沉風胸口鬆開的時候，袖口被染上了大片的紅。

沉風和另一人的身軀相繼朝前撲倒，沒了聲息。

崔暗臉上的假笑僵住了，在場之人無不愕然。

寧殷鬆手，任由沾血的刀刃墜落在地，發出「哐噹」的聲響。

「既是衝著本王來的賊黨，當由本王親自動手才合適。」寧殷語氣無波無瀾，問，「諸位護駕有功，是回去請賞呢，還是要夜審本王？」

崔暗看了地上的兩具屍首一眼，半晌擠出笑來：「豈敢。」

「很好，把這裡清理乾淨，別礙眼。」

寧殷動了動唇角，徑直轉身離去，沒理會身後表情各異崔暗與薛嵩。

「二小姐？」青嵐忍不住出聲提醒，再不走便來不及了。

「青嵐，你先回去。」虞靈犀聽見自己艱澀的聲音這樣說。

「二小姐！」

「放心，我知道該怎麼做。」虞靈犀望著滿手鮮血獨自走來的寧殷，嗓音沉了沉，「回去！」

青嵐看了走近的寧殷一眼，又看了虞靈犀一眼，終是略一抱拳，隱回了陰暗中。

兩具屍首被拖了出來，崔暗正在查驗。

死太監的臉色不太好。

他好不容易抓了七皇子最心腹的兩名下屬，想敲山震虎，誰知偷雞不成蝕把米，想邀功都拿不出證據。

虞煥臣在心裡冷笑，面上維持著平靜，按刀問：「崔提督可驗明白了？」

崔暗這才將手從屍首的頸側收回，拿出帕子慢慢擦了擦手，陰聲笑道：「確實沒氣兒了，辛苦少將軍將他們拖去閻王山腳，埋了吧。」

虞煥臣卻是飛快抬眸，看了這太監一眼。

八、九年前虞家軍還未建立，軍紀渙散，作奸犯科之事常有發生，閻王山腳便是用來處置北境犯事戰俘的溝壑。

也就父親剛接手兵權的時候依律處置過幾個異族人，外人並不知曉，這名太監是如何知道閻王山的存在？

來不及細想，虞煥臣翻身上馬，示意下屬將那兩名「賊黨」抬上板車，朝城門外行去。

夜色深沉，山巒如巨獸蟄伏。

路上停著一輛不起眼的馬車，馬車旁，背負重劍的高大男人默然佇立。

男人朝馬背上的虞煥臣一抱拳。

「人帶到了。」虞煥臣勒韁喝馬，抬手示意。

青霄領命，大步向前，一把掀開草席。

寧殷緩步上了紅漆木製的樓梯，抬起沾了鮮血的手緩緩轉了轉。

將盡的燈火下，鮮血的紅和他指節的白交織，觸目驚心。

他漠然皺了皺眉，一抬頭，望見藏在廊角陰影中的虞靈犀。

寧殷的步履微不可察地一頓，將帶著血腥氣的手背到身後，方繼續緩步上來，拐了個角，站在虞靈犀面前。

「不乖。」

寧殷用溫柔的笑意掩蓋滿身未散的狠戾，以及內心中那一閃而過的、淺淡的慌亂。

他明明囑咐過不許她亂跑，明明不想讓她瞧見方才一幕。

他想伸手捏捏她的耳朵，可瞧見手上的血，便又若無其事地放了下去。

虞靈犀一眨不眨地望著他，直至眼眶發熱，視線模糊。

既是為沉風，也是為寧殷。

她曾心懷僥倖，貪戀眼前的甜蜜。她只記得寧殷權傾天下的輝煌，卻忘記了那俯瞰眾生的位子，是他踏著無數屍骸與鮮血走出來的……

包括堵上他自己的命，他自己的血。

以前的虞靈犀只羨慕寧殷的強悍狠絕，而現在的虞靈犀，卻心疼強悍之下的蟄伏隱忍。

虞靈犀忍住了氾濫的酸澀，垂眸將寧殷的手從身後拉了出來，握住。

她一聲不吭，拉著寧殷大步朝房中走去。滑膩的鮮血染紅了她纖白的指尖，有些噁心，她卻握得更緊了些。

寧殷大概被她難得的強勢驚訝到，竟然忘了抽手，任由她氣沖沖將自己拉入房中，按在榻上。

虞靈犀打了一盆水擱在榻邊的案几上，拉著寧殷修長的手掌，按入清水中。

絲絲嫋嫋的血色暈染開來，水很快變成了猩紅色。

虞靈犀將水倒掉，又打了一盆清水，拿起棉帕，默不作聲地替寧殷將十根手指一點一點擦洗乾淨。

她的眼睫在顫抖，手也是。

寧殷坐著，原本是不在意的，但漸漸的，嘴角不經意的笑沉淡了下來。

「小姐這是在做什麼呢？」他問。

因為傷得太多，所以漸漸忘了疼痛是什麼感覺。

手斷了就接手，胸口破了便堵住血窟窿，這是他一貫的處理方式。但面對虞靈犀顫抖的眼睫，他卻茫然到不知該往何處接，往哪裡堵。

或許，這便是痛。

甘之如飴的痛。

虞靈犀沒有抬眸，壓下哽塞，甕聲道：「寶貝寵婢為主子濯手，是分內之事，不是麼？」

於是，寧殷眼底化開了近乎自虐的愉悅，手搭著膝蓋傾身，挺拔的鼻尖碰了碰虞靈犀兩片蝶翅般的眼睫，而後下移。

「是寶貝。」寧殷低低糾正，重點不在「寵婢」。

他的手染了血，但至少吻是乾淨的。

第二十一章　重逢

一觸即分的吻，像是在描摹什麼易碎的珍品，多了珍愛的意味。

虞靈犀沒有動。

那一句低沉的「寶貝」，使得她呼吸悶在胸腔中，脹得發疼。

前世她沒有家人，也沒有人對她吐露過半句蜜語，孤身一人活，孤身一人死。

這輩子家人俱在，親友健全。有人豁出性命地愛護她，可她依然如此難受。

這一天裡，虞靈犀有好幾次想問寧殷：「你有沒有想過，可以過得不這麼辛苦？」

她沒有問出口，是因為她知曉寧殷沒想過，真的沒想過。

他把自己的命排在最末，認定的東西寧可死也不鬆手……

哪怕，他明知只要虞家順應皇帝的指婚、只要離虞靈犀遠遠的，就能省去許多的麻煩。

察覺到她的走神，寧殷將手從水中抬出，微微張了張臂膀：「過來。」

比起言語，他總是行動更多些。

虞靈犀依言坐在榻上，取了乾淨的帕子，拉下寧殷的手臂，將他割破的手掌包紮起來。

紗罩中的燭火安靜地跳躍著，他們心照不宣的不去提方才發生的事。

「天色已晚，可這床還未暖過。」

許久，寧殷悠然暗示道。

虞靈犀順著他的視線，望向身後那張能容納二三人的寬榻，而後又望了回來。

她壓住鼻根的酸澀，輕聲道：「沐浴的時候，傷口記得別沾水。」

寧殷紮著素白帕子的手擱在膝上，傾身湊近些：「我記性不太好，除非，寶貝寵婢親自服侍監管。」

虞靈犀眸光盈盈地小瞪了他一眼，到底踢了繡鞋，只穿著素白的羅襪縮上榻，背對著寧殷躺在床榻的最裡側。

她怕寧殷瞧見她眼底快要決堤的情緒。

八月的夜晚尚且殘留著暑熱，納涼的玉簟還未撤下，哪裡需要人暖榻？

不過是哄騙她入眠的藉口。

虞靈犀有心縱容，沒有戳破寧殷的這點小心計，乖巧而緩慢地合上了眼睫。

寧殷守著她的睡顏，在床沿坐了很久。

寶貝歲歲膽子小，不該讓髒血汙了她的眼。

寧殷漫不經意點著食指，垂眸愛憐地想。

直至她的呼吸漸漸綿長，寧殷方傾身，撩開床頭的掛畫輕輕一按。

隨著機括轉動的微響，牆面旋轉而開，露出了裡頭一間事先準備好的，極小的密室。

床榻溫柔地藏進密室中，繼而牆面合攏，完好如初。

寧殷拖了條椅子坐下，黑冷的眸子望向夜色融融的窗外，等待什麼似的，悠閒地給自己沏了壺茶。

疾馳的馬車停在郊外的一座破廟前，那裡已有人接應。

折戟撩開車簾，裡頭的兩名漢子赤著上身抱拳，胸前纏著止血的綳帶。

折戟將兩個包袱分別丟給他們，低沉道：「裡頭有你們的新身分和腰牌，路引也在，小心行事。」

兩人道了聲「喏」，麻利換好京師屯所的戎服，先後下了馬車，混入接應的人群中。

折戟目送幾人離去，方解下馬轡繩，取出車中備好的酒罈，將酒水潑在馬車上，點燃火引。

火舌竄起，折戟將燃燒的馬車推入閻王山腳的深溝中，滅了蹤跡。

他牽著馬匹站在夤夜的黑藍霧氣中，目光投向京城的方向，高大沉默。

長夜將盡，但腥風血雨並不會就此停息，一切才剛開始。

虞靈犀太過擔心寧殷的處境，睡得極淺。

是以寧殷剛啟動機關將她藏入密室，她便醒了。

她偽裝得很好，沒有讓寧殷察覺。直至密室的牆再一次合攏，四周悄寂，她才敢於晦昧的昏光中睜眼。

很長一段時間的安靜，她克服對密室的恐懼，強迫自己不要睡去。

而後一聲極輕的嗡聲打破了靜謐，似乎有什麼東西釘在密室與雅間相連的那面牆上。

虞靈犀豎起耳朵，很快聽到了打鬥聲。

她悄然坐起身來，望向牆壁的方向，那陣極輕的劈里啪啦聲讓她覺得心驚肉跳。

寧殷在做什麼？

他在獨自面對什麼啊！

最初的慌亂過後，虞靈犀很快明白了是怎麼一回事。

如果有人要剪斷寧殷的羽翼，拔去他的爪牙，光是逼他殺兩個心腹是不夠的。那些人定然會回來，試探寧殷是不是真的沒有了幕僚黨羽庇護。

而試探的的最好方式，便是出其不意的刺殺。

寧殷只能隱忍，一直忍，直到對方澈底打消疑慮……

黑暗中的無助與心疼如潮水般湧來，虞靈犀的指尖發冷，咬著唇不敢發出一丁點聲音。

不知過了多久，外面隱約的聲響停了，然而密室的牆沒有再次打開。

外面一陣令人悚然的死寂。

虞靈犀又坐了會兒，實在擔心得緊，便赤著腳輕輕下榻，小心翼翼地走到牆邊，摸到最邊上書架後兩個透風的小孔。

她將臉貼在牆上，順著小孔朝外看，只見屋內已是一片狼藉，地上淩亂地插著幾支羽箭。

寧殷背上洇出一大片猩紅色，那鮮血不斷擴散的中心，冒出一點森寒的刀尖。

一把薄如秋水的匕首從前而後貫穿了他的左肩，再往下一寸便到心肺的位置。

虞靈犀的心也像是扎了一刀，汩汩淌著鮮血。

她總算知道，為何前世的寧殷身上有那麼多淺淡的陳年舊傷，隨便拎一條出來，都能要去普通人的大半條命。

外間，寧殷單手握住匕首，於是虞靈犀便眼睜睜看著那抹刀尖從他身體中隱去，抽離，帶出噴薄而出的鮮血，濺在地上像是一束灼然的血梅。

寧殷連哼都沒哼一聲，麻木且熟稔地，以牙咬著繃帶包紮了傷口。

他把髒了的衣物踢至角落藏起來，然後赤著冷白強健的身形走到屏風後，換了件新的衣裳。

轉過身時，虞靈犀看見他的臉，冷漠蒼白，沒有一絲血色。

她喉間一哽，很快咬住了唇，將顫抖的氣息咽了回去。

虞靈犀連出去抱抱寧殷，為他上藥包紮都做不到。

她不知道還有什麼危險在盯著寧殷，虎視眈眈。她唯一能做的便是藏在這方寸之地，不給他添麻煩。

寧殷這條路走得太險、太難了，身邊多一個累贅，便多一分危險。若是再被人發現，他與虞將軍的么女私定終身……

虞靈犀不敢想下去。

暖光從豆大的孔洞中投入，落在她濕紅的眸中。

她怔然抬手，摸到了滿指的濕痕。

外間，寧殷大概簡單洗漱了一番，帶著滿身濕氣推門進來。

髮梢滴著冷水，更顯得他俊美冷淡的面容蒼白得不似凡人。

他打開窗戶，扔了塊香丸在獸爐中，奶白的一縷香煙嫋嫋暈散，覆蓋了滿屋血腥味。

然後他拉開床榻邊的矮櫃屜子，從裡頭拿了毛氈、蠟油等物，坐在香爐旁，專心致志地給一個物件拋光。

孔洞能見的範圍太小了，虞靈犀實在看不清他手裡是什麼物件，只猜想應該是十分重要珍貴的東西。

因為寧殷動作那般輕緩細緻，蒼白的側顏近乎虔誠。

直到獸爐中的香漸漸散了，身上的血腥味也散得差不多，他才滿意地將手中那枚雕琢得精細油亮的物件收起，起身朝密室走來。

虞靈犀忙擦了擦濕紅的眼睛，回到榻上躺好。

幾乎同時，密室門被擰開，光線傾瀉進來，高大的影子將榻上側躺的美人輕輕籠罩。

門又關上，寧殷躺了上來，小心地環住虞靈犀的腰。

如同前世一般強硬的姿勢，將她箍在懷裡。

虞靈犀衣衫單薄的後背貼上寧殷的胸膛，霎時整個人一顫，淚順著緊閉的眼睫滲出，洇入鬢髮中。

寧殷的身體太冷、太冷了，幾乎沒有活人的溫度。

虞靈犀想起前世他腿疾復發時，那牙關咯咯作響的顫慄，凍得她心臟生疼。

寧殷大概真的傷重累極，竟然沒有發現虞靈犀一瞬間僵硬的身軀。

「我似乎有些理解，小姐說的『死了也要繼續在一起』。」他微涼的呼吸拂在耳畔，極低極啞地提及兄長成婚那晚的爭辯，「妳瞧，我們躺在這，像不像死而同穴？」

隨即他又自顧自否認，輕笑道：「小姐不會死的。」

又片刻。

他閉目，鼻尖蹭了蹭虞靈犀柔軟的頭髮，聲音也低了下去：「安歇吧，歲歲。」

虞靈犀睡不著，睜開了眼。

她等耳畔的呼吸沉了下去，方極輕慢地、一點一點轉過身——

這番動作，前世陪腿疾發作的寧殷就寢時已做過太多回，熟悉到能做得又輕又穩。只不過那時她是懼怕，而此時，只有揪疼。

「我不想和你死，我想和你活。」虞靈犀在心裡低低地說：「風光無限地活。」

黑暗中只能看不清寧殷的輪廓，虞靈犀拱了拱，用自己的體溫去溫暖他。

她不知道在那個日子到來之前，寧殷還要被打壓幾次，被傷多少回。

如果今夜不曾淺眠驚醒，寧殷大概永遠不會讓她知曉，這些命懸一線的危險。死都不會讓她知道。

一直以來，虞靈犀都在想寧殷能為虞家做什麼，卻極少想過，她能為寧殷做什麼。

她曾心懷僥倖，期盼能有兩全其美的解決辦法，一邊捨不得寧殷，一邊又放不下親人。

可她很清楚，這無異於飲鴆止渴。

逃避賜婚換來的輕鬆，不過是把壓力與危險，分給父兄和寧殷去承擔罷了。

朝堂之事步步驚心，寧殷前世也是無牽無掛，才能走得那般肆無忌憚。

外間隱約傳來雞鳴，天亮了。

虞靈犀很小心、很小心地抬起寧殷的手臂，將他微涼硬朗的手掌塞入薄被中焐著，替他仔細掖好被角。

而後慢慢坐起，踩著冰涼的地磚下榻。

她在牆上摸索了一番，找到那個不起眼的小方塊，輕輕一按，密室門再次打開。

她回頭看了一眼，晨曦藍白的淺光落在寧殷的睡顏上，安靜又脆弱。

半開的衣櫃中塞滿了漂亮精緻的衣裙，這一日是她偷來的甜蜜。

虞靈犀突然有些傷感，她覺得自己應該給寧殷留封信，可是沒找到紙墨。屋裡桌椅都被毀得差不多了，唯有那枚銅鏡還端正地擱在梳妝檯上，也不知以後還有沒有給寧殷以簪綰髮的機會。

正想著，鏡中出現一張蒼白俊美的臉。

虞靈犀指尖一顫，訝然回頭望去。

只見寧殷不知何時醒了，正披衣倚在密室門口，勾著墨色幽深的眼眸看她。

他的臉那樣白，倒越發顯得瞳仁和髮色是極致的黑。

「歲歲起這麼早，是打算去何處？」寧殷笑著問。

虞靈犀看著寧殷，像是一個做錯事被抓住的孩童。

她未料寧殷會醒得這般快，打好腹稿的話還未說出口，便見寧殷輕咳一聲，從密室的陰暗中慢慢走出。

「昨夜溜進了老鼠，未及清理，當心亂跑扎了腳。」

寧殷隨意抬手一按，床榻移出歸位，厚牆合攏如初。

魚肚白的晨曦如銀似鐵，將寧殷英挺的容顏照得幾近透明，黑冰般的眸中蘊著輕淺的笑意。

虞靈犀移開了視線，啟唇道：「寧殷，我……」

「尚未梳洗，急什麼？」寧殷笑著打斷她，視線從她披散的長髮上收回，拉開抽屜取出一物，「坐下，我給妳綰髮。」

虞靈犀被按在屋中唯一的椅中，正對著妝檯上的銅鏡。

寧殷真的拿起梳子，不緊不慢地撚起她冰涼的髮絲，梳綰起來。

他的動作那樣自然，若非昨晚親眼所見那些驚心動魄，虞靈犀定然以為這只是一個平常得不能再平常的清晨。

寧殷給她挽了個簡單的垂鬟髻，因為手法生疏，髻有些許鬆散，反而讓鏡中的她多了幾分慵懶明麗的春色。

「寧殷。」虞靈犀沒有戳破昨晚那場帶血的「試探」，只略微蜷了蜷手指，儘量柔聲道：「我要回家了。」

她盯著鏡中寧殷的神情。

可寧殷連眼也未抬，手指順著她鬆散的髮髻向下，滑到幼白的頸項，帶起一陣微涼的酥麻。

「今日天氣是很好。」他氣定神閒道：「待用過膳，我帶妳出去走走。」

虞靈犀手指蜷得緊了些，她知道寧殷是在岔開話題。

寧殷那樣聰明，洞悉人心，只要她表現出哪怕一丁點的為難不捨，都騙不過他的眼睛。

虞靈犀輕嘆了聲，按住寧殷的手，起身說得更明白些：「我是說，我必須要回虞府了。」

寧殷依舊是閒淡的神情，看了她片刻，方低低一笑：「我習慣了做小伏低，極少在歲歲面前動怒。故而歲歲大概以為，我的脾氣很好。」

他湊近些，抬起虞靈犀的下頷，溫聲道：「這張嘴，該罰。」

他湊近時，虞靈犀下意識想抵住他的胸腔，又顧及他的傷，最終手足無措地抬指捂在他的唇上。

他的唇也是微涼的，觸之驚人。

虞靈犀咽了咽嗓子，繼續道：「出來玩了兩日，我很開心。可是殿下，如今形勢，我不可能任性跟你走。」

「玩？」

寧殷垂眸品味著這個字，漆黑的眸中似是雲墨翻湧，又似是一片沉寂。

虞靈犀知道自己必須說下去。

她留在寧殷身邊的每一刻，對虞家和寧殷本人來說，都是莫大的累贅和危險。

「自欲界仙都一見，歷經十月，我已給不了你什麼了。你如今文德兼備，快回去做王爺吧。」虞靈犀深吸一口氣，撐起最完美的笑意道：「我也要準備嫁人啦！」

寧殷很久沒有說話。

窗外纖薄的晨曦刺破天際，金紗傾瀉，而屋內卻只剩下沉默相對的影子。

寧殷在盤算什麼呢？

虞靈犀猜想，他大概是想把自己塞入箱子裡，鎖在小黑屋裡。他以目光為牢籠，將自己囚於其中，無從遁形。

寧殷的確是這麼想的。

薛家偽善，博盡虛名，自以為讓皇帝指婚就能吞下虞家僅剩的兵權。只要虞靈犀說個「不」，寧殷有許多種方法讓薛岑消失，毀去這樁婚事。至於虞府上下其他人，能保住性命不死便可，其他的皆不在他的計畫範疇……

可虞靈犀說要回去嫁人。

哈，她甘願回去嫁給薛岑。

溫潤的笑意褪盡，手中還未來得及送出的玉簪扎破了掌心的傷口，鮮血淋漓，恍如一夜黃粱夢醒。

他嗤地一聲，眼底緩緩暈開瑰麗的暗色。

記得他還是衛七時，小姐和他說過：她的心裡裝了許多重要的人，他每殺一個，就無異於往她心上捅上一刀。殺光了，她的心也就死了……

妳看，這些教誨衛七都記著呢。

所以他不殺薛岑，他怎麼忍心往她心上捅刀呢？

寧殷笑著將一支溫涼的物件插在她的髮髻上，順手調整一番角度，啞聲近乎瘋狂道：

「我這條命賀妳新婚，如何？」

虞靈犀怔愣，不敢去摸他插在鬢間的是什麼物件，不敢回應。

「衛七。」她凝眉，喚了他們之間最熟悉的稱呼。

「不可以嗎？」昨天的傷裂開了，他掌心鮮血淋漓，便用乾淨的袖子給虞靈犀擦了擦鬢邊沾染的血色，低聲道：「反正這條命，也是小姐撿回來的。」

「你不會死的，不可以死。」虞靈犀睫毛簌然一顫，隨即更堅定地抬眼，「因為你是寧殷，是我認識的強悍聰明、無堅不摧的寧殷。」

我曾許了你四個願望。

虞靈犀在心裡道：一為待你如客卿，竭盡所能提供藏身庇護；二為七夕祈願，許一個「事事如意，歲歲安寧」；三為許你暫不婚嫁，守著虞府度過餘生；四為……

四為允你從虞府帶走珍愛一物，你帶走了我。

虞靈犀在心裡說了聲「抱歉」，後兩個願望，她要食言了。

她的重生改變了宿命的航道，一切朝著不可預知的方向發展。

大業未成，虞家與寧殷的關係一旦擺在明面上，於兩家而言皆是滅頂之災。

如今她唯一能做的，便是穩住父兄韜光養晦，將寧殷送回他應有的軌跡。

直至他如前世那般無牽無掛，所向披靡，將天下江山踩在腳下。

朝陽自屋脊升起，驅散一室陰暗。

虞靈犀眼中泛著粼粼的光，終是盈盈一福，一禮到底。

再起身時，她眸中一片溫柔的寧靜。

「再見，衛七。」

她告別的笑顏美麗如初，後退一步，朝門外走去。

指尖觸及門扉時，身後驟然傳來低啞的咳嗽聲，像是悶在喉中，要將臟腑咳出來似的。

虞靈犀沒有回頭，她不能回頭。

青嵐已經安排好一切，等候在廊下。

她彷彿用盡了全部力氣，朝青嵐走去，倦怠道：「回去吧。」

門關攏，將房間分成涇渭分明的光與影。

劇烈的咳嗽過後，寧殷才慢慢直起身子，寡淡的唇色染上些許血氣。

「裝可憐已經沒有用了，是嗎？」

他身形浸潤在陰影中，望著門扉外消失的陰影，失望地「嘖」了聲。

若是以往，小姐定會皺著眉跑回來，又心疼又著急地嘟囔一句：「怎麼搞成這樣了啊？」

寧殷扯了扯嘴角，而後忽地皺眉，喉間湧上一股腥甜。

他咽了回去，抬指漠然拭去唇角的嫣紅。

人都不在了，示弱又有誰心疼呢？

大概有了那口血的滋潤，他蒼白的臉色也漸漸有了些許人氣，唇色浮出豔麗的緋紅，整個人俊美昳麗得不像話。

歸鳥倦林，他的靈犀鳥兒還是跑了。

沒關係，他說過的：若鳥兒有朝一日厭倦了他這根枝頭，他便搶一片天空，將她圈養起來——

用鏈子拴著，便是她用溫聲軟語婉轉哀求，也絕不鬆手。

寧殷冷然低笑。

他一點也不會可憐她，誰叫他是天生的壞種呢？

一路上，青嵐都在擔憂虞靈犀的狀態，欲言又止。

初秋的太陽明亮炙熱，虞靈犀卻感覺不到絲毫溫暖光亮。

她不知自己是如何走出驛館的，隱蔽的後門外，虞煥臣幾乎立刻起身，朝妹妹奔赴而來。

「歲歲！」虞煥臣的聲音有擔心，亦有釋然。

他披著滿身冷露，連眼都不敢眨一下，在此處守了整整一夜。

他眼睜睜看著夜裡那批刺客殺回來試探寧殷，可按照約定，卻不能出手暴露。

虞煥臣不知道自己是怎麼熬過那半宿的。

他懊惱煎熬，無數次後悔不該縱容妹妹離府，不該心軟答應許她兩天時間告別。他既擔心歲歲受傷害，又擔心她衝動之下不會回來了，那整個虞府將面臨前所未有的災難。

可歲歲回來了，哭著回來的。

「兄長。」

虞靈犀只叫了兩個字，便哽住了嗓子，忍了一路的眼淚終於淌了出來。

她加快腳步，不管不顧地撲進兄長懷中，像是溺水之人急切地尋找一根浮木。

「兄長，我好難受。」

虞煥臣下意識撫了撫她的髮頂，卻摸到一根陌生的、帶著血漬的簪子。

「歲歲以後還會遇見很多有趣之人，快樂的事。」他自然地別過目光，低聲安慰，「會開開心心，幸福到老。」

「是麼？」虞靈犀艱難地動了動嘴角。

可她總覺得自己的兩輩子，已經像從驛館到後門的這條路一樣，走到頭了。

虞煥臣早準備好一輛低調的馬車，將妹妹送回府邸。

虞靈犀想，自己此時的臉色定然很差，因為嚴厲剛毅的父親一句責備之言都沒有，只溫和喟嘆道：「回來就好。乖女，回房好生歇息。」

沒人知道這兩日裡，虞家頂著怎樣的壓力。

虞靈犀回了自己的廂房，在榻上坐了一會兒。

她想起寧殷插在她髮間的那物件，不由尋來銅鏡，將那東西小心取下來一瞧，才發現是支打磨得水滑的白玉螺紋瑞雲簪。

不，說是白玉簪有些不太準確。

玉身底色的確是上等的極品白玉，卻偏偏在雲紋上暈開一抹紅霧般瑰麗的血色，雅而不素，豔而不俗。

這是千金也買不到的罕見成色，更遑論簪身每一筆雕工都精緻無雙。

不知為何，虞靈犀又想起前世寧殷的那句話：「聽說人血養出來的玉，才算得上真正的稀世極品。」

虞靈犀閉目，將簪子貼在心臟的地方，於榻上緩緩蜷緊身子。

虞靈犀病了，夜裡便起了高燒。

自從去年秋重生而來，她有意調養生息，便極少再生這般來勢凶猛的病。

高燒反反覆覆，連宮裡的太醫都束手無策。只有虞靈犀自己知道，她的病根在心裡。

太累了。

重生一年，她千方百計避開了一個災難，後面卻緊接著有第二個、第三個在等著她……

應付不完的算計，數不盡的危險，令她心力交瘁。

她偶爾想，算了吧。

然而念及好不容易救回來的父兄和家人，想起有個人含笑喚她「寶貝」，終歸是捨不得。

唯一慶幸的是，大病一場，賜婚之事自然暫且擱下。

深夜，服侍湯藥的小婢伏在案几上，累極而眠。

虞靈犀的意識在冰窖和烈焰中反覆煎熬，尋找夾縫中的一絲清明。

身體沉得像是鐵塊，她迷迷糊糊睜開眼，似是看到飄飛的帳外坐著一個人。

一個無比熟悉的身影輪廓。

他一言不發，只是隔著帳紗靜靜地看著她，像是一座浸潤在暗夜中的冰雕。

虞靈犀覺得自己魔怔了，不知為何就想哭，想喚他，可乾燥的喉嚨裡發不出一點聲音。

她支撐不住，又迷迷糊糊昏睡過去。

醒來時帳外空空，一片悵惘。

病情勉強穩定時，已是中秋。

唐不離來虞府看她，總算給被湯藥苦到失去味覺的虞靈犀帶來一絲亮色。

從唐不離的嘴中，虞靈犀零零碎碎知道自己生病的半個月裡，發生了許多事。

比如唐老太君久病纏身，便從世家子中給孫女挑了個夫婿，前些日子已經下了訂親禮。

唐不離對這樁婚事嗤之以鼻，又無可奈何。

唐公府沒有男丁，那些空有虛名的世家子弟肯紆尊降貴百般求娶，不過是想吃絕戶。

譬如寧殷順利通過考驗回宮了，恢復了皇子身分。

又譬如太子多方排擠，七皇子在宮中過得十分低調……

「對了，下個月秋狩，所有文武重臣和世家子弟都在受邀之列。歲歲可要一同去看看？」唐不離一邊給虞靈犀削梨，一邊拿眼睛瞄她，「七皇子也會去哦。」

虞靈犀訝然抬眼。

唐不離切下一塊梨肉塞到她嘴裡，笑道：「從我進門開始，妳不就一直有意無意打聽七皇子的消息麼？當我看不出來呢。」

虞靈犀順嘴問了兩句寧殷的境況，自認為頗克制。

未料連唐不離都察覺到了，這可不是什麼好事。

虞靈犀細細咽下梨塊，湯藥麻痹的舌尖已然嘗不出是甜是酸，淺淺笑道：「朝中突然多出一位皇子，誰不好奇？遑論我這個重疾方癒的病人。」

「也是。不過不知為何，皇上對那失而復得的七皇子並不喜愛，這麼久了連個封號也無，也沒幾個人見過他的樣貌。」唐不離削了塊梨塞入自己嘴中，托腮道：「要我說七皇子還不如做個平頭百姓自由呢！幹嘛要回宮趟這些渾水？」

虞靈犀垂下眼眸。

她知道寧殷為什麼要回去，那裡埋著他的血，他的恨。

心口又開始悶堵，拉扯綿密的疼，虞靈犀忙含了顆椒鹽梅子定神。

過去兩月悠閒甜蜜居多，她已經許久不曾嗜辣了，一時嗆得喉嚨疼，澀聲岔開話題道：「對了阿離，妳方才說妳定親了，定的是誰家呀？」

提及這事，唐不離眉毛耷拉下來，滿不在乎道：「就陳太傅之孫，陳鑑。」

聽到「陳鑑」之名，虞靈犀心中一咯噔。

她記得前世唐不離亦是嫁給了陳鑑，此人金玉其外敗絮其中，婚後好色嘴臉顯露無疑。後來有次陳鑑醉酒失言，背後辱罵攝政王寧殷，被當眾拔了舌頭……

命運兜兜轉轉，莫非又要回到原點？

「阿離定親大喜，我本該高興。」虞靈犀小心措辭，提醒道：「不過聽聞陳鑑此人多情狂妄，聲名不正，還需三思才是。」

「是麼？那為何祖母派去打聽的人，都說陳鑑是個憨厚儒雅的端方君子……」

唐不離料到陳家定是買通了媒人，心中疑竇頓生，對這樁親事更為抵觸。

顧及虞靈犀還在病中，唐不離也不好用這些事煩她的心，便裝作不在意地啃了口梨道：「不說這些了，我昨日給祖母抄經文祈福時，順便也給妳抄了一份。已經找金雲寺的住持開過光啦，歲歲睡時壓在枕頭下，能消災去病的。」

說著，唐不離拿出一個四方金黃的布袋，裡頭厚厚一遝手錄經文。

虞靈犀知曉唐不離平時最討厭讀書寫字，而今卻肯為她抄上厚厚的經文祈福，這份義氣讓她慰藉了不少。

「多謝阿離。」虞靈犀雙手接過那個布袋擱在枕下，笑道：「妳那個抄書的小郎君呢？」

「什麼郎君？」唐不離愣了一會兒，才反應過來她說的是七夕那夜見過的書生，便低落道：「噢，妳說周蘊卿啊！哪還有閒錢養他抄書？七夕後就打發走啦。」

「誰？」虞靈犀懷疑自己聽錯了名字，「妳說他叫什麼名字？」

「周蘊卿呀！蘊藏的蘊，客卿的卿。」唐不離狐疑地端詳虞靈犀的神色，問，「怎麼啦？」

還真是他！

虞靈犀怔怔然半晌，忽而無比鄭重地握住唐不離的手，「阿離，妳還能將周蘊卿找回來麼？找回來，好生供著。」

她隱約記得前世陳鑑醉酒辱罵攝政王，被當眾拔去舌頭問斬。

負責此案的便是寧殷麾下心腹之一——天昭十五年的探花郎，被譽為「冷面判官」的新晉大理寺少卿周蘊卿。

京城總不可能有兩個周蘊卿！

唐不離一臉狀況外的茫然，擱下啃了一半的梨，伸手探了探虞靈犀額頭的溫度道：「沒事吧歲歲？怎麼說話奇奇怪怪的。」

唐不離咕咕咧咧地走後，下人又來稟告，說薛府派人送了人參燕窩等物來。

聽侍婢說，薛岑也來過兩次，每次都是枯坐了很久才紅著眼離去。

那會兒虞靈犀病得神志不清，也不知侍婢有無誇大其詞。

不過她倒是想起有好幾次半夢半醒，總覺得帳簾外遠遠坐著一人打量她。莫非是心病太重，將探病的薛岑認成了寧殷？

虞靈犀重新倒回榻上，摸到頭上的玉簪，只覺心中破了一個窟窿，空蕩蕩漏著風。

也不知寧殷那邊近況如何。

她閉目輕嘆，真是要瘋了。

東宮。

侍從將一個頭髮花白的老宮女押了上來，按住她傴僂的背，強迫她跪在地上。

寧檀掀起醉醺醺的眼皮，打量了那顫巍巍念念有詞的老媪一眼，皺眉問：「就這麼個瘋婆子？」

侍從道：「卑職確認過，當年服侍皇后娘娘的人，就只剩下這個老宮女還活著。」

年滿出宮後逃了二十年的人，前些日子才突然冒出蹤跡。

可若是當年的事沒有隱情，這些宮人為何死的死，逃的逃呢？

寧檀的臉色沉了下來，揮退侍從。

這次調查他借用了禁軍的人馬，沒讓崔暗和皇后知曉。

寧檀踉蹌起身，用腳尖踢了踢受驚的老婦，粗聲粗氣道：「老東西，妳認得孤是誰嗎？孤是東宮太子，有話要問妳……」

他不提還好，一聽到「東宮太子」幾字，老婦忽地彈跳起來。

她瞪大渾濁的眼，彷彿看到什麼驚恐的東西似的，不住揮舞著枯瘦如枝的手道：「奴婢什麼也沒說！奴婢什麼都不知道！別殺我，別殺我……」

寧檀險些被她撓到，頓時沒了耐心：「快說！當年到底怎麼回事！誰要殺妳？」

「去母留子，去母留子……」

不管如何逼問，老婦嘴裡只含混念叨著這一句。

「去母……留子？」寧檀咀嚼著這句話，忽然猛地將婦人狠狠推倒在地，驚慌叱道：「妳這妖婦，胡說八道！孤是皇后娘娘的親兒子！孤是嫡子！」

「娘娘饒命，娘娘息怒……青羅已經沉井了，他們都死了！」老婦哆嗦著豎起一根手指，「噓」了聲，近乎卑微地哄道：「沒人知道二殿下的來歷，沒人知道。奴婢也不會說的……」

太子寧檀排行第二，這個「二殿下」是誰，不言而喻。

他又驚又怒，狠狠地絞住老婦的衣領，扭曲逼問道：「青羅是誰？啊？妳說話！」

老婦被絞得雙目暴睜，斷斷續續道：「青羅是……是娘娘的貼身宮婢，是二殿下的生……生母……娘娘不能生育，所以讓青羅……呃！」

刺激之下，老婦一個抽搐，口流涎水倒在地上，已然再問不出什麼。

寧檀恍若一陣驚雷劈頂，手腳冰涼地跌坐在地。

先前流言傳開時，他一心要弄個明白。而今親耳聽到接生的宮人證詞，卻只餘下無盡的恐慌。

若他不是皇后嫡子，而是卑賤宮女所生，是皇后用來鞏固地位的棋子……

那薛家暗中的支持，他的太子之位，都將化作泡影。

老婦被拖下去了，寧檀狠狠灌了一壺酒，而後將酒壺摜在地上摔碎。

殺了這婦人嗎？

不，不能殺。

母后看似與世無爭，實則心思深沉，他必須為自己留一條後路。若是將來母后想廢他，這個老婦便是最好的談判籌碼。

寧檀露出比哭還難看的扭曲笑容，覺得自己聰明極了。

等到虞靈犀能下地活動時，熱辣的陽光已然變得涼爽溫和，屋簷下的葉片泛起了微微的黃。

藕池棧橋旁幾點枯荷兀立，卻再也沒有人漫不經心地揚手餵著錦鯉，釣她上勾。

皇家秋狩轟轟烈烈拔營而去，虞靈犀到底沒參與。

一是著實沒精力，二是她不知該如何面對寧殷。

近些日子做夢，她總是會夢見她揮手離開時，寧殷那雙黑冰般沉寂的眼睛，視線如刀，刀刀扎在她心裡。

她在府中休息了數日，開始靜心分析如今形勢。

自皇帝三言兩語分了阿爹的軍權，虞家過得甚為艱難謹慎。

皇帝抓不住虞家和皇子勾結的把柄，漸漸便分了心神，開始使用懷柔之策安撫虞家父子。

寧殷那邊……

罷了，還是想法子繼續拖延婚期吧。

正琢磨得入神，未料虞煥臣和虞辛夷卻提前一天歸來了。

「兄長，阿姐。」聽到馬蹄聲歸來，虞靈犀忙不迭迎了出去，問道：「你們不是陪同皇上秋狩去了麼，怎麼提前回來了？」

她擔心是狩獵中出了什麼問題。

畢竟寧殷雖然是個沒有資格奪儲的「汙點」，但他的出現，定然會打亂朝中布局，刺痛一些人的眼睛。

虞辛夷沒有虞煥臣那樣靈敏的腦子，「嘖」了聲，快人快語道：「皇上突發風寒，龍體欠恙，便提前拔營回宮了。」

虞靈犀「噢」了聲，倒是鬆了口氣。

虞煥臣將么妹的小情緒收歸眼底，翻身下馬道：「對了歲歲，皇后娘娘壽辰在即，方才坤寧宮的女官來傳了懿旨，宣妳進宮一同賀壽。」

果然，虞靈犀才鬆開的眉頭，又輕輕蹙了起來。

虞煥臣於心不忍。但相比之下，他更不願妹妹再因寧殷捲入危險的漩渦中，只好狠了狠心嘆道：「妳姐姐會陪妳去。好好準備一下，歲歲。」

十月初九，皇后壽辰，宮中大宴。

天才剛濛濛亮，虞靈犀便下榻梳洗，換上精緻溫雅的大袖禮衣。

離前世的變故還有一段時間，若她沒記錯，此時的寧殷應在韜光養晦，深居簡出，故而極少在朝臣面前露面。

皇后的壽宴，寧殷應該不會參與吧？

記得前世姨父要巴結的宴會權貴中，壓根沒有寧殷其人……虞靈犀一時說不清是喜是憂。

皇后壽宴，每位命婦、貴女的釵飾服飾皆有品級，為了避免節外生枝，虞靈犀想了想，還是取下了髮髻上的螺紋瑞雲簪，小心地收入匣中。

巳時，宮門外熙熙攘攘停滿了香車寶馬。

虞靈犀隨著姐姐下了車，便見一抹儒雅清俊的身影走來，環佩叮咚，朝她清朗喚道：「二妹妹。」

薛岑會等候在這，虞靈犀一點也不驚訝。

畢竟兩家結親之事人盡皆知，又是陛下與皇后有意撮合，性質大不相同，故而這樣的場合，為表皇恩浩蕩，她與薛岑應該一同赴宴叩謝才對。

虞靈犀便露出得體的淺笑，回了一禮：「久等。」

面前的少女今日綰了飛仙髻，露出修長白皙的頸項，一襲淺緋的禮衣隨著輕風飄飄，映得陽光都黯然失色。

薛岑眼裡充斥著得償所願的驚豔與滿足，哪怕虞靈犀此時眼底平如秋水，沒有半點旖旎波瀾。

他笑了笑，溫聲道：「二妹妹請，虞大姑娘請。」

虞靈犀與薛岑一入場，便引起小小的躁動。

不知禮部是得了皇上授意還是如何，虞家與薛家明明是涇渭分明的文武兩家，宴席的案几卻被安排在一處。

好吧。

虞靈犀蹙蹙眉，只得毗鄰薛岑就座。

剛入座，便聽見宴席上傳來一陣更大的喧鬧。

有人竊竊道：「快看，是七皇子來了！」

虞靈犀斟茶的手一顫，濺出了兩滴。

他怎麼來了？

莫非是記憶出了錯？

恍惚間，太監尖聲唱喏：「七皇子到——」

宮牆朱殿，衣香鬢影之中，一道手握摺扇、紫袍玉冠的熟悉身影緩步而來。

剎那間，虞靈犀呼吸一窒，彷若看到了前世。

第二十二章　獻舞

寧殷年少顛沛，在眾人的想像中應是個木訥寒酸之人。是以看到這道紫袍玉帶、蒼白英俊的高大身影，一時間眾人眼中的驚訝大過輕蔑，磨蹭了好一會兒，陸陸續續有人起身行禮。

一旁的薛岑起身欲拱手，卻在見到七皇子容貌的那刻，倏地一僵。

七皇子的容貌，為何與那曾引誘二妹妹逾矩的侍衛一模一樣？

衛七、衛七……

薛岑喉結微動，緩緩攏袖，下意識望了身側的虞靈犀一眼。

虞靈犀斂目，隨女眷一同屈膝福禮，纖長的睫毛微微顫動，鬢釵的光澤映在她的眼中，漾開淺淡瀲灩的光澤。

那是面對薛岑時，不曾起過的波瀾。

她幾乎要用盡力氣，才能控制住自己不去抬眼看他。

視線中，一片深紫的下裳從面前行過，黑色的官靴沒有片刻停留。

風停，清冷的檀香消散，了然無痕。

「二妹妹？」

身側傳來薛岑壓低的聲音，虞靈犀這才大夢初醒般，緩緩起身歸位。

寧殷在上方落座，執著酒盞淺酌，紫袍墨髮襯得他的面容越發英俊蒼冷，散漫的視線不曾在薛、虞兩家的位置上停留片刻，好像真的只是赴宴討酒喝的陌生人。

他來做什麼呢？

按照前世的記憶，此時他斷不會這般引人注意才對。

虞靈犀心中波瀾不息，儘管控制著不看不想，可身邊有關七皇子的議論聲卻不曾停歇，蚊蟲般往她耳朵裡鑽。

她輕吸一口氣，拿起案几上的糕點和果脯，一樣又一樣地塞入嘴中，以此分神定心。心裡像是破了一個大洞，彷彿只有不斷地塞入吃食，才能填補那陣空落。

一旁，薛岑不動聲色地給虞靈犀遞了杯茶水，眼裡含著毫不掩飾的凝重擔憂。

又一聲唱喏，太子入場，有關七皇子的議論才漸漸平歇。

見到寧殷，寧檀眼底明顯劃過一絲冷笑。

「七弟好興致啊，孤幾次三番以禮相邀都不見你人影，今日竟肯賞臉赴宴。」

寧檀夾槍帶棒，給了一個眼神，立即有一名綠袍文官會意起身，端著酒盞道：「太子殿下禮賢下士，厚待手足，有明主之風！臣深以為感，敬太子殿下與七殿下一杯！」

太子瞥了寧殷一眼，扯出興味的笑來：「雖有美酒，卻無人執盞。久聞七弟流亡在外，想必對伺候人的手段頗為瞭解，不知能否請七弟為孤斟酒，好讓咱們兄弟把酒言歡？」

太子與麾下黨羽一唱一和，儼然是奚落寧殷曾淪落為奴，等著看他笑話。

宴上眾人作壁上觀，無人為寧殷辯駁，虞靈犀不由握指蹙眉。

一旁的虞辛夷按住她的手背，朝她輕輕搖了搖頭。

虞家剛從風口浪尖退下，七皇子又尚未站穩腳跟，此時出頭只會授人以把柄，牽連寧殷。

虞靈犀明白阿姐的顧慮，可還是覺得心堵。

正想著，這陣沉寂中傳來玉壺斟酒的淙淙聲響。

只見寧殷親自斟了一杯酒，呈到寧檀面前，緩聲笑道：「皇兄英明神武，深得民心，這杯酒理應愚弟敬皇兄。還望皇兄不吝珠玉，多多賜教！」

寧檀沒想到他這般順從，不由哈哈大笑起來，得意地接過酒盞一飲而盡。

這酒不知什麼品種，烈得很，一入腹中便如火遇熱油般騰得燒了起來，醺得寧檀神志恍惚。

他臉頰緋紅，眼神渙散，拍著寧殷的手臂道：「七弟這般識趣，將來孤定然要將你封王留在身側好生照顧！就封……封你為『昏王』如何？哈哈哈哈哈！」

宴上眾人一凜，頓時悄寂。

今上健在，太子便越俎代庖計畫「繼位」以後的事了，這可不妙啊！

通傳的小黃門看著門外站著的帝后二人，頓時如掐住脖子的公鴨，嚇得閉了聲。

皇帝本就風寒未癒，聽了太子這句僭越的混帳話，頓時氣得面色青黑。

東宮的內侍面無人色，連滾帶爬地攙扶住胡言亂語的太子道：「我的爺！您快少說兩句吧，陛下來了！」

寧檀這才看到門口站著的帝后，七分酒意驚醒了三分，忙東倒西歪站起來行禮：「兒臣叩見父……父皇萬歲！母后千歲！」

誰知暈乎乎找不到平衡，身子一歪便倒在內侍懷中，醜態百出。

眾人跟著行禮迎接聖駕，想笑又不能笑，一旁的虞辛夷嘴角都快憋得抽搐了。

虞靈犀心中解氣，暗道一聲：該！

皇帝黑著臉入座，看在皇后壽辰的面上留了幾分顏面，沉聲道：「眾卿平身。」

皇后坐於皇帝身側，不動聲色道：「虞二姑娘與薛二郎果真是郎才女貌的一雙璧人，本宮見之心喜。不知虞二姑娘的身體，可大好了？」

虞靈犀心裡明鏡似的清楚，皇后突然將話茬引到她身上，可不是在關心她，而是為方才太子的失態轉移注意力。

果然，眾人的目光追隨皇后，紛紛落在虞靈犀和薛岑身上。

虞靈犀出列，盈盈跪拜道：「托娘娘洪福，臣女沉屙病體，本不該來此叨擾娘娘壽宴。」說罷以袖掩唇，輕咳一聲，全然弱不勝衣之態。

「無妨。」皇后虛目一笑，「二姑娘的身體薄弱，需要一樁喜事沖一沖病氣才好。依本宮看，何不趁今日良辰美景，為二姑娘定下婚期沖喜，也好給夙興夜寐的虞將軍一個交代。」

虞靈犀雙肩一顫。

都說馮皇后禮佛寬厚，虞靈犀卻看她深藏不露，絕非善類！

太子寧檀今日近距離見到虞靈犀，只覺明珠耀世，萬千姝麗都失了顏色。不由暗罵便宜了薛岑那書呆子！

雖是不甘，但此時為了保全自己也只得頷首附和，順帶踩寧殷一腳道：「七弟，你以為呢？」

賜婚大事，本輪不到一個不受寵的皇子置喙，寧檀此舉純粹是為了噁心寧殷罷了，畢竟傳聞中虞家與流亡的七皇子有過牽扯。

虞靈犀垂著頭，看不清寧殷的神情。

只聞他清冷散漫的聲音從前方傳來，陌生的音調，沒有絲毫遲疑：「得償所願，自是皆大歡喜。」

明明做好了準備，虞靈犀仍是被那句輕描淡寫的「得償所願」刺得心尖兒一疼。

她許久沒有抬起頭，彷彿咽下鋒利的冰塊，忘了該如何辯駁。

她抿了抿唇，聽皇帝道：「可。」

於是眾人起身賀喜，薛岑端莊儒雅地笑著，耐心同每一位道賀的命婦、世子回禮。

虞靈犀置身虛與委蛇的熱鬧中，目光越過歌舞水袖望向前方，一片沉靜。

寧殷擱下未飲完的酒盞，起身離席，自始至終不曾往她的方向望上一眼。

壽宴結束，坤寧宮。

皇后站在殿前，望著搖搖晃晃站不穩的太子，平靜地問：「太子可知錯？」

「兒臣險些壞了母后壽宴，兒子知錯！」寧檀醉眼醺醺，踉蹌揮了揮手道：「不過母后放心，待兒子以後掌權了，定會給母后操辦一場更風光的壽宴盡孝！」

此言一出，連一旁的崔暗都露出幾分譏誚。

爛泥扶不上牆的東西，白瞎了皇后娘娘一手栽培。

馮皇后蛾眉微蹙，冷聲道：「崔暗，給太子醒醒酒。」

「是。」崔暗會意，走到寧檀面前，歉意道：「殿下，得罪了。」

寧檀遲鈍，還未明白是怎麼回事，便聽「噗通」一聲水響，他整個人宛若沙袋飛出，栽入了殿前的佛蓮池中。

「救……救……」

寧檀撲騰著划動手腳，可沒人敢來拉他。

他尊貴的母后就站在階前，鳳袍貴氣，無悲無喜，只有澈底的冷漠。

沒錯，是冷漠，就像是看一顆隨時可以丟棄的廢子。

寧檀總算抱住池邊吐水的石雕，身上掛滿水藻，狼狽地瑟瑟發抖。

他澈底酒醒了，無比清醒。

「本宮護得了你一次兩次，護不了十次百次。」皇后道：「太子就在此好生冷靜反省。」

殿門在眼前無情合上，寧檀抹了把水，目光瞪向一旁垂首躬身的內侍。

一時間，內侍低眉順眼的臉都彷彿飛揚跋扈起來，咧著譏誚的笑，嘲弄他的愚昧和狼狽。

他雙目赤紅，恐懼之中終究夾雜了幾分怨恨，恨自己身體裡流著骯髒賤婢的血，恨母后將他扶上太子之位，卻不肯施捨哪怕是一丁點的親情親近……

等著瞧吧！

寧檀牙關顫顫地想，他會證明給所有人看，他才是唯一的真龍血脈！

坤寧宮毗鄰的指月樓上，寧殷一襲紫袍挺立，將太子泡在池中的狼狽蠢樣盡收眼底。

他身後，一名禁軍侍衛打扮的年輕男子道：「殿下，可要製造點意外，讓太子順勢溺斃池中？」

「不必。」寧殷手中的摺扇有一搭沒一搭搖著，唇線一勾，蒼白的面容便顯出幾分溫柔的瘋狂來，「死是一件簡單的事，哪能這般便宜皇兄。」

殺人必先誅心。他要將當年承受的一切，百般奉還給這對母子。

目光越過巍峨的瓊樓殿宇，落在遠處的宮道上。

寧殷視力極佳，哪怕只是遙遠如螻蟻的幾道人影，亦能清晰地辨出那抹窈窕明麗的身形。

嘴角的笑到底沉了下去，他將摺扇一收，轉身下了樓。

宮門外，虞辛夷快步追了上來。

「歲歲。」她握住虞靈犀的手，眼裡的擔心不言而喻，「妳沒事吧？」

虞靈犀飄散的思緒這才收攏，反應過來自己不和薛岑一起叩拜皇后就快步離席，未免有些失態。

好在皇后顧著太子，不曾留意她的動靜。

虞靈犀輕輕搖頭，努力露出輕鬆的笑來：「我沒事的，阿姐。」

虞辛夷拉著虞靈犀上了自家的馬車，放下簾子。

她伸手捧住妹妹的臉，直將她那張美麗小巧的臉揉得皺起變形，方捏了捏她的腮幫道：

「不開心就要說出來，歲歲。」

虞靈犀怔神。

「當阿姐看不出來呢？妳對薛岑，已經沒有兒時那般的濡慕了，對麼？」虞辛夷嘆了聲，「皇后今日以沖喜為藉口堵死了我們所有的退路，裝病都裝不成了，的確不厚道。不過歲歲，若這樁婚事只給妳帶來痛苦，我寧願妳不要應允，哪怕是抗旨不遵、抄家入獄，我也……」

「阿姐！」虞靈犀擁住虞辛夷，輕聲道：「不要說這種話。」

去年北征之事，她好不容易才扭轉宿命，讓這些可愛可敬的親人能繼續長留身邊，怎麼忍心因一時的委屈而功敗垂成呢？

何況自離開寧殷的那日起，她便知道不管將來發生什麼，她都沒有資格難受。

這條路是她自己選的，唯有一條黑走到底。

虞辛夷大刀闊斧地坐著，將妹妹的頭按入懷中。

她想起了虞煥臣的那句話：虞辛夷，是我們無能，給不了歲歲更多的選擇。

皇權壓迫，君命如天，一切功勳皆是泡影。

想改變，唯有換一片天。

因是打著沖喜的名號，禮部的動作很快，將虞靈犀與薛岑的婚期定在年關。

虞靈犀沒有露面，開始加快步伐搜查趙玉茗之死的幕後真凶。

她需要事情來分散自己過於紊亂的思緒，亦怕真的成婚後，再也沒機會幫寧殷什麼。

至少在那之前，她得知道蟄伏在暗處謀害虞家，以及意圖刺殺寧殷的真凶是誰。

沒想到查了半年沒有音訊的趙家侍婢，今日卻突然有了線索。

「你說趙玉茗的侍婢紅珠，藏在青樓裡？」虞靈犀倏地從鞦韆上跳下，訝異道。

「接到線人消息後，屬下親自拿著畫像潛入青樓確認，看相貌的確十分相似。」青霄稟告道：「且那女子額角有疤痕，與紅珠曾撞柱一事吻合。」

紅珠是奴籍，沒有賣身契是不可能跑遠的。虞靈犀只料想她還藏在京城，卻未曾想過就躲在青樓中。

「為何不將她帶回？」虞靈犀問。

青霄露出為難的神色：「小姐不知，那青樓並非一般的銷金窟，而是有前庭後院之分。前庭供普通人消遣，而後院則專門接待身分顯貴的達官貴胄，需要專門的身分權杖才能進去，戒備極為森嚴……屬下怕打草驚蛇，故而不敢靠近。」

這倒是和欲界仙都的規矩有些相似……

想到什麼，虞靈犀眼睛一亮：「有一人絕對有門路，你備禮隨我去見清平鄉君，就說有急事煩請她幫忙！」

青霄領命，抱拳告退。

宮門。

薛岑從禮部出來，正好瞧見寧殷自宮門處上了馬車，朝市坊行去。

薛岑想起這位七皇子的容貌，不由又聯想七夕那夜撞見他宣誓主權般親吻虞靈犀的畫面，不由心下一沉，勒韁回馬，暗自追蹤七皇子的方向而去。

他倒要看看這七皇子處心積慮接近二妹妹，到底意欲何為。

跟了一路，七皇子的馬車拐了個彎，消失在街口。

薛岑下馬，追隨馬車消失的方向望去，只見街道盡頭是一處脂粉濃豔的秦樓楚館。

七皇子狎妓？

也難怪，只有這般心術不正之人，才會將單純的虞二姑娘哄得團團轉。

薛岑頓時為二妹妹感到不值，可憐壽宴上相見，她仍記掛著這個朝秦暮楚的負心之人。

只有自己，才是一心一意愛著她的人。

薛岑哂然轉身，正欲將此事告知二妹妹，卻忽而察覺後頸一陣劇痛，便倒了下去。

有人接住他倒下的身形，拖入巷中隱蔽的青樓側門。

而巷子盡頭，那輛消失的馬車正靜靜地停在側門，將一切盡收眼底。

「殿下，人已經順利帶進去了。」下屬來報。

風撩起車簾，一線光灑入，照亮了車中倚窗而坐的華貴青年。

驚鴻一瞥，姿容絕世。

笑意。

「很好。」

他一手撐著太陽穴，冷白的指節仔細把玩著一方玲瓏妙曼的墨色玉雕，眼底漾開冰冷的笑意。

酉時，京城的燈火次第燃起，正是花樓開門迎客的時辰。

馬車裡，虞靈犀依照唐不離的計畫，換了身淺金色的紗衣長裙。菱花鏡中的美人長髮綰做朝雲髻，額間一點花鈿，櫻唇杏腮，豔麗無雙。

唐不離不知使了什麼手段，很快就弄到了青樓內院的通牌。

青樓只接男客，虞靈犀本打算讓青霄執通牌混入其中，將紅珠帶出來。

不料內院藏得極深，一張牌一位客，只進不出，更遑論要帶走一個大活人。

有些話旁人無法代傳，虞靈犀必須當面問紅珠，故而再三思索，只能親自前去一探究竟。

正想著，馬車停了。

穿著淺杏色男裝的唐不離撩開車簾上來。

她唇上裝模作樣地貼著兩撇短髭，隨身的長鞭綰成幾圈掛在腰間，儼然就是一個清秀風流的紈褲公子。

見到妝扮好的虞靈犀，「唐公子」不由瞋目道：「我的歲歲，妳今日真是、真是……」

厭惡讀書的清平鄉君詞窮，「真是」了半天，也找不出合適的辭藻形容，咋舌道：「而今我才真切感受到，妳這『京城第一美』的稱號並非虛傳。」

此番少女抹上花娘的妝扮，金紗華美，更添幾分勾人的柔媚，不像寵妾，倒更像是神妃仙子。

虞靈犀本人倒是不太適應。

她臉上脂粉太厚，衣裳又太薄，蹙蹙眉道：「這妝扮輕佻穠麗，實在難受。」

如此大膽的妝容服飾，她也只有在前世服侍寧殷時，被逼著穿過一次。

不過那是在寢房之中，倒也無所謂丟臉不丟臉，比不得今日要招搖過市。

若非通牌只有一張，而她的樣貌身形實在與男人挨不上邊，穿男裝一眼就能被識破，她才不想多此一舉扮成「唐公子」的寵妾。

「攬春閣雖不接女客，卻允許男客帶自己的姬妾前去調教學習。歲歲且扮作我的寵妾，隨我混進內院，再尋機會去找妳想找的人。」唐不離又將計畫細細複述了一遍，而後看向馬車外候著的青霄、青嵐兩兄弟，「你們麼，就在前院接應，別打草驚蛇。」

安排好一切，虞靈犀遮上面紗，跟隨「唐公子」下車。

燈火的喧囂立即撲面而來，鶯歌燕語環繞四周，極盡奢靡。

入了攬春閣的門，虞靈犀方覺出此處略微熟悉。

越往裡走，這股熟悉之感便越發深重。直至沿著脂粉輕浮的九曲畫廊走向內院，遠遠瞥見西邊茶室翹起的簷角，她才篤定來過此處。

當初她遇刺手臂中毒受傷，寧殷便是將她帶來此處內院的雅間療傷。

啊，攬春閣裡有他的內應麼？

思緒略微飄飛了一瞬，便見身旁的唐不離攬住她的肩，嘻嘻笑道：「聽聞素琴姑娘一曲西域舞舉世無雙，特地帶愛妾前來學習，回府也好跳給本公子消遣。」

原是護院上來查驗通牌。

「公子和夫人請進，不過……」護院將通牌還給唐不離，看了她身後的青霄與青嵐一眼，「侍衛僕從一律不得入內。」

虞靈犀略微回首，以眼神示意。

青霄、青嵐二人領命，退後一步，各自分頭前往約定的接應之處。

內院的樓閣不似前院那般浮華豔麗，反而分外雅致，可聞琵琶琴音叮咚。

龜奴引著唐不離二人去素心姑娘的小樓，在迴廊裡遠遠看著一群富貴公子迎面而來。

為首的那個油頭粉面，攬著身側之人的肩淫笑道：「陳兄，那紅蕊姑娘的三寸丁香舌，到底滋味如何啊？」

叫「陳兄」的是個弱冠之齡的年輕人，看上去濃眉大眼頗為正派，可惜一開口就露了底，瞇著眼輕佻道：「銷魂蝕骨，不虛此行。」

「難怪陳兄與她纏綿那般久！哈哈哈哈……」

後面那些淫詞豔語，不堪入耳。

一旁沉默的唐不離忽然停了腳步。

虞靈犀回眸，疑惑低喚道：「阿離？」

唐不離彷若不聞，死死盯著對面正在結伴狎妓的狐朋狗友，英麗的面容唰地沉了下來。

虞靈犀看了看她，又看了看迎面緩步而來的幾人，忽然明白了：那個「陳兄」，估摸著就是唐不離的未婚夫——太傅之孫陳鑑。

來不及安撫，唐不離已有了動作。

她解下腰間懸掛的長鞭，大步朝陳鑑走去，手腕一抖，鞭影如蛇甩出。

廊下琉璃燈滅，驚呼四起，陳鑑「嗷」的一聲朝後摔去，臉上出現一道紅腫的鞭痕。

陳鑑捂著臉驚怒道：「你是何人？為何打人！」

唐不離本就不滿這樁婚事，此時怒上心頭，握著鞭子冷笑：「我是你唐祖宗！打的就是你這個人模狗樣的大淫賊！」

陳鑑的慘叫和同伴的呼救驚動了樓下護衛，此時再阻止已經來不及了。

虞靈犀只好趁亂退下，轉身朝青霄踩點過的雜房小跑而去，據說紅珠就在那裡。

剛下樓，便險些與一人迎面撞上。

定睛一看，原是個熟人——曾向她提過親，後又與一狐媚外室苟且的成安伯世子。

難怪攬春閣的內院戒備如此森嚴，真是藏龍臥虎，隨便走三步都能撞見一位前來消遣的達官顯貴。

兩人曾見過面，虞靈犀忙不迭垂首斂目，卻被成安伯世子一把拉住：「站住。」

虞靈犀心下一緊：莫不是被認出來了？

她將頭垂得更低些，唯有兩扇鴉羽般的眼睫在面紗外撲簌抖動。

卻見成安伯世子「咦」了聲，繞著她上下打量了一眼：「妳叫什麼名字？怎麼之前不曾見過。」

說著，便要上手扯她遮面的輕紗。

虞靈犀才放下的心又提了起來，忙捂著面紗後退一步，撞入一個硬實的懷抱。

世界陷入一瞬沉寂。

熟悉清冷的檀香縈繞，令她下意識想起壽宴上那片毫不停留的紫色衣擺。

虞靈犀僵立著，心臟驟然一縮，而後漫出無限的痠疼來。

薛岑醒來的時候，天已經黑了。

「這是……哪兒？」

揉著鈍痛的後頸起身，才發現他僅穿著鬆散的褻服躺在垂紗軟榻上，而身側，一名香肌玉骨的女子緊貼著他而睡，發出綿軟的嚶嚀。

薛岑頓時大駭，從榻上跌了下來，帶起案几上一堆器具稀里嘩啦倒下。

「幹嘛呀？」

那女子澈底被吵醒了，不滿地打著哈欠起身，釵墮鬢鬆，滑下的被褥露出大片旖旎風光。

可薛岑著實沒有欣賞的勇氣，紅著臉別過頭道：「姑娘快將衣裳穿上，這……這成何體統！」

「公子莫不是在說笑？來我們這兒的都是脫衣服的，沒見過穿衣服的。」女子毫無羞恥之心，軟若無骨地往薛岑身上靠，嘻嘻調笑，「何況，公子方才不是脫得挺歡心的嗎？」

薛岑只覺腦中「嗡」的一聲，什麼禮教規矩都忘了，起身推開女子道：「妳胡說！我……我……」

他背過身，慌忙地檢查自己的衣物。

他沒有過女人，說不出眼前情況到底是失身了還是不曾。他心亂如麻，卻在見到胸腹處幾個鮮紅的口脂印時，忽地冰冷了手腳。

花娘眼睜睜看著這玉面郎君的臉從緋紅褪為慘白，不由嚇了一跳，伸出丹蔻豔紅的手指戳了戳他：「公子，沒事吧？」

薛岑哆嗦地合攏衣襟，因為手抖得太厲害，衣帶繫了好幾次都不曾繫好。

他赤紅的眼中洇出淚來，半晌沙啞道：「出去。」

看到他哽咽的喉結，花娘嘴角一番抽搐。

來這都是找快活的，何至於哭啊？

「公子……」

「出去！」

於是花娘便將那句「昏得跟死人似的，沒來得及」給咽了回去，白眼翻到後腦勺，哼了聲披衣走了。

薛岑仍怔怔坐在地上，清俊的面容滿是灰敗。

到底是這青樓的人刻意宰客陷害，還是七皇子……

他握緊雙拳，撐著榻緩緩起身，將地上散落的衣袍玉帶一件件拾起。

彷彿是要拼命攏起破碎的尊嚴，越撿眼睛越紅。

「吱呀」，門再次開了。

薛岑慌亂抬頭，可進來的不是花娘，而是個額角有疤的送茶小婢。

「公子，請用茶……」

侍婢抬起頭，卻在見到薛岑樣貌時驚顫，手中杯盞摔落，發出刺耳的碎裂聲。

薛岑也認出了她，不由將衣裳攏在胸前護住：「紅珠？」

眼前之人，不就是趙家小姐那名失蹤的貼身婢女嗎？

相顧無言，紅珠瞳仁抖動，轉身就跑。

她的表現實在太過反常了，又撞見自己這番狼狽的模樣，薛岑不禁羞憤交加，上前解釋：「紅珠姑娘，不是妳想的那樣……」

紅珠卻如見索命鬼，驚得大叫起來。

她哭著去拽門扉，發現拽不動，便縮在牆角哀求道：「我什麼都沒看見！那天撞見你們密談的是小姐，我真的什麼都沒聽到！薛公子放過我吧！」

「什麼密談……」薛岑意識到不對勁，怔怔地看著紅珠，「妳在說什麼？」

內院廊下。

虞靈犀感覺腰上一緊，後背立即貼上一片硬實的胸膛。

「新來的？」她聽到頭頂傳來一聲極輕的嗤笑，熟悉的嗓音散漫而又低沉，「怎麼，成安伯世子也對這美人有興趣？」

這個聲音虞靈犀聽過千萬次，從來沒有哪一次如今夜般，令她心悸難安。

她記得壽宴上，寧殷那雙陌生而冰冷的眼睛。

她和寧殷都做出了自己的選擇，在這樣的境地相遇，實在是尷尬至極。

同樣尷尬的，還有成安伯世子。

他去過皇后壽宴，自然認出了面前這位紫袍華服的俊美青年是誰。

雖無權無勢，但到底是個皇子，成安伯世子好美卻不溺色，只得鬆手賠笑道：「殿下喜歡，怎敢橫刀奪愛？」

「很好。」寧殷似是沒認出懷中的女子是誰，淡然道：「今晚就她了，諸位大人請。」

虞靈犀這才留意到他身後還站了兩位中年男子，看服飾打扮，應是著常服夜遊的文臣。

此時騎虎難下，虞靈犀還未想好怎麼脫身，便被強行攬著上了樓，進入一間雕金畫壁的雅房。

華貴的花枝燭臺落地，明燈如晝，照得滿屋珠簾璀璨無比。

屏風後，已有琴娘奏樂，琴音如流水鳳鳴，高雅無雙。

寧殷與那兩位文臣落座，自顧自斟了杯酒，乜眼看向金紗明麗的美人：「叫什麼名字？」

他好像真的沒認出自己來。

也是，自己穿成這般模樣，濃妝豔抹還蒙著臉，誰能認出來？

虞靈犀第一次嘗到了拘束的滋味，在寧殷的審視中抬不起頭來，只想快些脫身去找紅珠的下落。

可她走不動，也不敢出聲回應。

寧殷冷淡陌生的眼神像是沉重的枷鎖，將她釘在原地。

心亂如麻，真是沒有比現在更糟糕的地步了。

寧殷卻是恍然一笑：「原來是啞女。」

兩名文臣相視一眼，其中一名年紀稍輕的頷首，率先開口道：「臣……我等冒險前來，是與閣下有要事商議，而非貪戀聲色……」

「跳個舞。」寧殷充耳不聞，只瞇眼看著燈火下輕紗覆面的窈窕美人。

虞靈犀僵住了。

她不擅跳舞，可偏偏聽從唐不離的計畫，做舞姬寵妾打扮。

「七殿……」那文臣苦口婆心，還欲試探。

寧殷卻是擱盞，沉聲道：「跳。」

一字之重，如有千鈞。

虞靈犀只好僵硬著身子，踩著琴聲音律，慢慢地舒展手臂。

她出身將軍府，學的是琴棋書畫，無需學那下等的姬妾以聲色娛人。

是以兩輩子，她只會跳一支舞，還是上輩子寧殷逼她學的，因為他說想看金鈴在她白皙起伏的身形上叮噹跳躍的樣子。

那時的她有點害怕，亦有點委屈，學得不怎麼認真，動作已忘得差不多了。何況那樣的舞需要專門的曲子來配，與這輕緩的琴音套不上，故而跳得十分生疏磕絆。

她全程盯著腳尖和飄飛的裙裾，不敢看寧殷的眼睛。

從兩位文臣一片死寂的態度來看，大約，是不忍直視的。

酷刑也不過如此。

一曲畢，屋內靜得只聽得見虞靈犀略顯急促的呼吸。

她一刻也待不下去了，福禮欲退，卻聽這片死寂中忽地傳來突兀的掌聲。

「甚妙。」

寧殷像是看到什麼絕妙的表演般，撫掌大笑起來，笑得雙肩都在抖動。

他這麼一笑，虞靈犀便不好退場，僵在原地。

那兩名文臣也不明所以，面面相覷。

寧殷收了笑，乜眼道：「跳得不好看嗎？」

「好看，好看……」

兩人只好跟著抬手，敷衍地鼓起掌來。

「過來。」寧殷顯出愉悅的樣子。

虞靈犀走不成了，便小步挪著靠近，依舊低著頭。

「坐。」寧殷又道。

虞靈犀面紗外的杏眸抬起，飛快環視四周一眼。

屋內一共才三把椅子，並無多餘的位子。

見她遲疑，寧殷交疊的腿倒是放了下來，屈指有一搭沒一搭地叩著膝頭，暗示得不能再明顯。

該不會是，讓她坐在他腿上？

在兩位來意不明的文臣面前，這未免也太……

這人做衛七時處處乖順，做攝政王時又沉迷殺戮，表現得不近女色。

未料做七皇子時，卻是這般葷素不忌……

罷了，如今的自己，沒有資格說他。

虞靈犀咬唇，小心地藏著情緒。

未及多想，她抬手撐著八仙桌輕盈一跳，姿態優雅地坐在桌面上。

酒盞傾倒，淅淅瀝瀝的水打濕了她葳蕤垂下的金紗舞裙，一滴滴，在燭火下折射出清冷耀眼的光。

那兩名文臣愣住了，寧殷也怔了怔神。

片刻，他眼底綻開興味的笑來，屈指叩著膝頭的手緩緩抬起，落在虞靈犀的背脊處。

而後隔著薄薄的布料，沿著她背脊的妙曼曲線往下，若有似無地停留在腰窩的凹陷處。

虞靈犀頓時渾身一緊，像是被人捏住命門般，下意識要打顫。

若非寧殷此時的神情太過佻薄，一副置身局外的散漫，她幾乎以為，寧殷認出她來了。

那兩名文臣見他真的沉迷女色消遣，無心奪權。

眼見七皇子正在興頭上，兩人交換了一個眼神，作揖告退。

那兩人一走，虞靈犀便見他眼底的笑意淡了下來，化作一片熟悉的黑沉冷寂。

搭在虞靈犀背上的手，也緩緩撤下，重新擱回膝上。

這樣的變化，令虞靈犀急促的心跳也平靜下來。

她知道，方才寧殷不過是做戲。

戲演完了，她也該走了。

虞靈犀腳尖點地，趁機離席。

腰帶被勾住，寧殷悠悠開口，用的是與方才截然不同的冷沉語氣：「打翻了我的酒，不補償一杯就走？」

虞靈犀認命，只好重新斟了杯酒，垂首斂目遞到寧殷面前。

寧殷不接。

他抬起黑冰似的眼來，緩聲笑道：「以前我餵小姐吃東西，可不是這樣餵的。」

寧殷叫她「小姐」。

果然這傢伙一開始就認出她來了，卻故意裝作不識，看她像跳梁小丑般遮掩起舞。

真是……

像是被戳破最後一層窗紙，虞靈犀的臉上升起燥熱，手中穩穩執著的茶盞也起了波瀾，連眼尾都被染成了淺淡豔麗的桃紅。

過往以唇含藥的畫面，如同壓抑到極致噴薄而出的洪流，頃刻間塞滿了她的腦海。

寧殷欣賞著她不自在的模樣，眸中透著淡漠的壞性。

他緩緩抬手，要取她遮臉的面紗。

戴著面紗又如何餵酒呢？

虞靈犀卻像是驚醒般退後一步，面紗從他指尖拂過，飄然無痕。

那兩名文臣剛走，花樓魚龍混雜，她不確定暗處有沒有人盯著寧殷。若此時露出容顏暴露身分，恐節外生枝。

她連福禮都忘了，匆匆轉身就跑。

寧殷嘴角微不可察地動了動，沒有阻攔。

屈指叩到第七下的時候，虞靈犀停住腳步，站在廊下。

庭中忽地湧入一批禁軍和大理寺吏員。為首的禁軍手拿文書，喝令道：「例行檢查，所有人即刻出門站好！違令不出者，以阻礙公務罪就地論處！」

驚叫聲四起，紙醉金迷的花樓頓時一片雞飛狗跳。

虞靈犀心下奇怪，這群禁軍來得太過巧合了。

雖然每月亦有吏員定期來花樓收稅檢查，在前院走個過場即可，卻並不會搜查到內院來。畢竟內院裡消遣的，可都是沾親帶故的朝中貴胄，誰都得罪不起……

禁軍出面，除非是皇帝下令嚴查官吏狎妓，否則絕非例行檢查這般簡單。

虞靈犀定神，在禁軍前方看到一張眼熟的臉。

薛嵩？他來作甚？

此時下樓會與禁軍撞上，虞靈犀索性隱在廊柱後觀摩。

樓下，禁軍挨間踹門搜查，將一對對衣衫不整的男女趕了出來，集中在庭院中。

這陣仗，是在搜查什麼人？

虞靈犀心頭一跳，下意識地回頭望了一眼。

只見寧殷端著她先前所斟的酒盞輕嗅，一派清冷淡然，彷彿樓下的熱鬧與他無關。

奇怪，不是衝著寧殷來的？

直到禁軍粗糲的吆喝聲戛然而止，薛岑迎著眾人詫異的目光走了出來。

他雖勉強穿戴齊整，但髮冠仍是歪斜的，鬢角髮絲散亂，一看就是在此處美美地「睡」了一覺。

一時間，那些或愁眉苦臉、或破口大罵的權貴公子都安靜下來。

他們面色古怪地盯了薛岑許久，眼神如刀，恨不得將他光鮮的外表凌遲剖解，忽而爆發出一陣哄笑。

薛嵩領著禁軍前來檢查，卻查到自家親弟弟「狎妓」，簡直是「大水沖了龍王廟」。

「沒想到端方君子薛二郎，也流連這等風月場所。」

「看不出來啊，嘖！」

薛岑充耳不聞。

他眼睛紅著，失魂落魄地站在薛嵩面前，像是確認什麼般，好半晌才神情複雜地喚了聲：「兄長……」

薛嵩的表情一時精彩極了。

虞靈犀看著薛岑僵硬難堪的背影，也有些驚訝。

在她印象中，薛岑雖單純又傻，還有點文人骨子裡自帶的清高，卻並非好色之人。

「誰家朗風霽月的未婚夫，竟是花娘的床上恩客。」身後傳來寧殷低沉的嗓音。

他不知何時走到虞靈犀身後，高大的影子將她籠罩，「嘖」了聲道：「真可憐啊。」

虞靈犀不用回頭也能聽出，他定然是在笑，笑得極其惡劣的那種。

沒什麼可憐不可憐的，虞靈犀想：她本就不在意他。

寧殷原在觀察她的反應，試圖從她面紗外的眼睛中瞧出一絲一毫的後悔或是憤怒。

可虞靈犀的眼睛明淨依舊，沒有絲毫怨懟陰霾，於是他眼底戲謔的嘲弄淡了下去，整個個人顯得陰沉而凌寒。

他對虞靈犀的表現相當不滿意。

可虞靈犀已然沒時間同他或是薛岑周旋，這一切都與她無關，她只想快些找到紅珠。

而此時攬春閣一片混亂，護院都被禁軍控制住，最適合渾水摸魚。

虞靈犀走了兩步，頓住，終是深吸一口氣下了樓梯，朝前院花樓上守候的青霄點了點頭。

青霄會意，趁亂隨著人群潛入後院中，與她會合。

寧殷冷冷地站了會兒，回房關上門。

琴女早就不在了，取而代之的是一位身穿勁裝的年輕人，是張不起眼的生面孔。

那人稟告道：「如殿下計畫的那般，那婢女已經和薛岑見面。」

「很好。」寧殷負手。

他說過，比起要薛岑的命，他更想誅他的心。

「方才那位姑娘……」

「溜進來一隻貓，我陪她玩玩。」見寧殷鬆口，那人便不多問什麼，只道：「方才我見那姑娘往柴房而去，想必也是為那婢女而來。可要屬下將其攔下追回？」

寧殷神色微凝。

原來她藏著這手段呢，嗤，真是長本事了。

「不必。」

非但不阻攔，寧殷還要促成此事。

讓虞靈犀親眼看見薛二郎被拉下神、跌落泥濘還不夠，他還要剖開薛家道貌岸然的皮囊，將她所保護的、所信仰的青梅竹馬情義，一點一點推翻，踩做齏粉。

毀滅總是一件令人愉悅的事。

虞靈犀找到了躲在雜房的紅珠。

原想當面求問，誰知紅珠不知先前受了什麼刺激，一直大哭著不肯配合。

沒辦法，為了不引來護院，虞靈犀只好讓青霄將她打暈，趁亂將人從側門偷了出來，竟然也沒被人察覺。

不多時，青嵐將唐不離帶了出來。

唐不離剛將陳鑑揍了一頓，兩撇小鬍子都氣掉了，沒坐虞靈犀的馬車，而是自己策馬回府。

虞靈犀不放心，讓青嵐遠遠跟著，送她平安歸府。

馬車還未到虞府，昏迷的紅珠便醒來了。

睜眼瞧見自己在虞靈犀車上，愣了會兒，爬起來就要跳馬車。

「放我回去！放我回去……」

那些人說了，她乖乖聽話才能活，若是想跑，便只有死路一條。

紅珠磕磕巴巴念叨著什麼，虞靈犀聽不清，只好讓青霄按住她。

「妳別怕，既然將妳帶出來，我定當竭盡將軍府所能，護妳周全。」虞靈犀放緩聲音安撫，認真道：「我只想知道，趙玉茗死的前一天，到底發生了什麼。」

紅珠只是搖頭：「二姑娘也是為薛家來的對不對？奴婢知道的，妳和薛二公子被指婚了，妳和薛家一條道上的。」

「也？」虞靈犀遲疑，「還有誰也問過妳？」

紅珠吸著鼻子不肯說。

虞靈犀了然，直身靠在車壁上，換了個姿勢道：「既然已有其他人找過妳，說明這個祕密已經不安全了，妳也就沒有了利用價值。若連我們虞府這根最後的稻草都不抓緊，信不信我現在將妳放在路邊，下一刻妳就會被真凶抹殺掉。」

她這麼一分析，紅珠立刻顫了顫。

「我說我說！求二姑娘莫要拋下奴婢！」紅珠忙不迭跪下，「二姑娘來之前，奴婢奉命去給雅間送茶水，撞見了薛二公子。奴婢以為他是……是為那事而來，所以情急之下，什麼都對他說了。」

她反覆提起薛家，虞靈犀心生不好的預感，不動聲色問：「妳對他說了什麼？」

「說了小姐死……死前的事。」紅珠絞著粗布袖子，抽噎道：「那天小姐返回水榭，看見二姑娘和一個侍衛舉止親近，便想……想去薛府，向薛二公子揭發二姑娘與下人苟……苟且之事，好讓他死了求娶二姑娘的心思。但是薛府門第森嚴，小姐根本進不去，只能和奴婢在門外守著，等薛二公子出門時再跟上去，藉機揭發此事。」

「後來呢？」

「後來等了近兩個時辰，薛府才有馬車出來。小姐聽見僕從喚馬車中的人『薛公子』，便不管不顧地跟了上去。我們的馬車慢了一步，等追上薛公子的車馬時，他人已經上了醉仙樓的雅間，小姐便也跟上了上去……」

回想起那天的一切，紅珠仍是止不住發抖。

「可是，薛府有兩位公子，我們跟錯了人。雅間裡是薛大公子和一個白淨溫吞的年輕人在議事，薛大公子畢恭畢敬喚那人『崔提督』，還提到什麼『災糧』之事，奴婢站得遠，沒聽清，只看見小姐的臉色變了……」紅珠淌下淚來，「然後，小姐就被發現了。」

聞言，虞靈犀心中恍若重錘落下。

薛大公子自然是薛嵩，而「崔提督」，想必就是分了阿爹軍權的提督太監，崔暗。

趙玉茗死的時候，災糧並未出事，那麼他們提前商量此事，只有可能是在密謀如何坑害虞煥臣。

也只有戶部出手，才能將災糧偷換得神不知鬼不覺。

可憐虞靈犀當初憑著前世記憶，只揪出一個戶部右侍郎王令青，卻不料連左侍郎薛嵩也是崔暗同黨。

這麼說來，薛家並非傳聞中那般忠正中立？

「所以，薛大公子便殺了妳家小姐？」虞靈犀聲音沉了下來。

「奴婢不知道。當時薛大公子發現偷聽的小姐，一點兒也沒生氣，還客客氣氣地將小姐請進門飲茶。」紅珠道：「奴婢不知道他們在裡面說了什麼，小姐出來後便心事重重，後、後來……」

後來的事，大家都知道了。

趙玉茗毒發而亡，死於奪走虞靈犀前世性命的「百花殺」。

所以，前世要借她的身體毒殺寧殷的人……其實是薛嵩？

為何？

兩輩子，薛家一邊利用與虞府世交的情分，一邊暗中坑害兄長和寧殷，到底是在維護所謂的正統道義，還是另有所圖？

前世薛家的覆滅亦有了緣由，一條條線索串聯起來，交織成可怕的真相。

虞靈犀將紅珠悄悄安頓在別院中，沒有讓人察覺。

她亟需親自確認一事，故而想了想，備了厚禮登門看望薛岑。

薛岑去攬春閣的事已在京中傳開了，若是平常男子風流些，倒也無礙，可他生在禮教森嚴的百年世家，損了家族名譽，是要按家規受罰的。

是以虞靈犀登門拜謁時，薛岑正挺身跪在宗祠之中，面對列祖列宗悔過。

從他蒼白的臉色不難看出，應是跪了極長一段時辰了。

見到虞靈犀，薛岑原本就沒有血色的臉更白了幾分，平靜的臉也浮現出自責愧疚之色。

他身子晃了晃，虞靈犀立即道：「你別動。」

薛岑搖了搖頭，依舊忍著膝蓋近乎麻木的劇痛，緩緩朝著虞靈犀的方向攏袖，一揖到底。

「抱歉，二妹妹。」他的聲音儼然沒有了平日的清朗，而是如砂紙般嘶啞沉重，「是我一時不察，對不起妳……」

「沒事的，你不必歉疚。」虞靈犀給他倒了杯茶，溫聲道：「我一直拿你當兄長敬愛，若是以後奉旨成親，我亦不會阻止你納妾。」

薛岑雙肩一顫。

她說「若是成親」，她說不阻止他納妾。

這樣溫柔的寬容，卻像是一把鋒利的匕首捅向他心間。

只有不愛，才能不在意啊！

再抬首時，薛岑竟是紅了眼眶。

他有很多話想傾訴、想辯駁，可他喉結動了動，卻只來得及吐出暗啞的一字：「……好。」

他已經不乾淨了，沒有資格請求二妹妹的垂憐。

若非賜婚關乎兩個家族的存亡，他昨晚便該一尺白綾懸身，帶著對二妹妹的愛乾乾淨淨地走。

「以後，二妹妹也可做自己想做之事，我……不會阻攔。」薛岑別過臉，艱澀道。

虞靈犀著實驚訝了一把，薛岑這話什麼意思？

還沒琢磨透，身後傳來一聲刻意的低咳。

轉頭一看，虞靈犀沉了目光：是薛嵩。

還沒想好怎麼不動聲色地接近他，他倒是自己送上門來了。

單論樣貌和才華，薛嵩處處都不如薛岑優秀，沉默清雋，丟在人群裡都找不出來，實在不像是大奸大惡之徒。

「大公子。」

「二姑娘。」

二人互相見了禮，薛嵩便轉向薛岑：「祖父命我來問，昨晚到底怎麼回事，你有沒有……」

顧及虞靈犀在場，薛嵩沒有說得太明白。

「我不知。」薛岑以餘光注視著一旁安靜柔美的少女，似是在權衡什麼，半晌道：「阿兄應該去查查別的皇子。」

聞言，虞靈犀心臟一緊。

如今僅剩的幾位皇子，太子自然無人敢查，而三皇子癡傻，小皇子才幾個月大，能查的……不就只有寧殷麼？

薛岑這話，是在暗示什麼？

「自己犯的錯自己扛，莫要轉移話茬。」薛嵩說話也是一本正經的，面不改色道：「皇子畢竟是皇子，有縱情聲色的資本，出入風月場所也無人敢管。不比阿岑你，是祖父寄予厚望的嫡孫。」

薛嵩看似平常的一句話，卻讓薛岑和虞靈犀同時一沉。

虞靈犀不傻，短短數言便揣度出：薛嵩的確在盯著寧殷。

否則，他怎會對寧殷出入風月的動靜瞭若指掌？

她還未來得及套出的話，卻讓薛岑套出來了。

果然，薛岑也對薛嵩起疑了。

但他不知道紅珠已經落到虞靈犀手中，故而沒有避諱，以為虞靈犀聽不出這其中奧祕。

虞靈犀一臉複雜，尋了個理由告退，快馬加鞭地趕回了府。

她沒有遲疑，篤定之後便將紅珠的話原封不動地告知兄長。

虞煥臣面色凝重，又親自去審問紅珠一番。

長久以來的猜測終於得到證實，他英氣的劍眉擰成疙瘩，複雜道：「我說怎麼虞家暗查七皇子下落的事，這麼快就捅到皇上面前。不是沒有懷疑過，只是不願相信兩家幾十年的世交，竟是被利用的把柄……」

如此看來，兩家結親賜婚之事，也是個蠶食虞家的陷阱。

虞煥臣越說臉色越沉，抹了把臉對虞靈犀道：「歲歲別怕，我這去稟告父親，商議對策。」

有了兄長的話，虞靈犀心中壓著的巨石總算落下了一半。

她並未停下腳步，和虞家一樣身陷漩渦的，還有寧殷。

虞靈犀猜測過，紅珠藏在攬春閣，或許是寧殷的手筆。

但寧殷沒有前世的記憶。

他不知道，趙玉茗和虞家都只是擋在薛嵩面前的石子，而威脅薛家主子地位的寧殷，才是薛嵩真正忌憚、想要剷除的目標。

前世的結局決不能重演，得想辦法告訴寧殷。

虞靈犀思忖片刻，去街上買了一盞祈願燈。

她在燈紙上仔細畫了一幅《小兒戲藏圖》，寫上兩句應景的話：抱首蕉北聞南語，僻處無人花下藏。

兩句按照方位拆解，便能合成二字：警、薛。

警惕薛家。

為了安全起見晦澀了些，不過以寧殷的聰慧，能猜出來吧？

做好這一切，虞靈犀才讓車夫調轉馬車，順道去了唐公府一趟。

唐公府外烏泱泱圍了一圈人，虞靈犀從正門進去，才聽唐不離哼道：「也沒什麼，我被人退親了而已。」

「退親？」虞靈犀皺眉。

唐不離解釋：因為她昨夜撞見陳鑑狎妓，一時氣不過，當眾鞭笞陳鑑十幾鞭。

陳家面上掛不住，又欺她家沒有男人撐腰，便以她「嬌蠻無理，有失婦德」唯由，退了親事。

這種事明明錯在男方，但只要被退親，毀的便是女孩兒的名譽。

虞靈犀沉默，既替唐不離不值，又懊惱在這種時候還要麻煩她幫忙。

「不就是替妳送一張拜帖給七皇子麼？」唐不離聽了她的來意，大度地擺擺手，「舉手之勞。」

虞靈犀知道，清平鄉君這個人最是要強，心裡再苦也不會擺在明面上。

她將給唐老太君的血參和延年丸奉上，低聲道：「我不能和七皇子見面，也不能讓別人知道我與他有牽扯，所以這拜帖，只能借唐公府的名義送出。」

唐公府沒有實權，即便和寧殷聯繫，也不會有人起疑。

「沒問題啊。」唐不離道：「可是那七皇子孤僻得很，深居簡出的，不一定會看我家帖子呢。」

虞靈犀想起七夕那夜的高樓明燈，垂眸笑了笑：「賭一把吧。」

除了厚著臉皮以往事相提，她也沒有別的法子了。

虞靈犀將拜帖並祈願燈遞出，鄭重地交給唐不離。

現在並非七夕和上元節，唐不離對她贈燈的舉措十分不解，不過到底沒有多問，立刻叫管事下去安排了。

「多謝。」虞靈犀給她行了一禮。

唐不離反被她逗笑了，捏了捏她的臉頰道：「傻歲歲！妳我姐妹之間，還講什麼客氣。」

虞靈犀也淺淺一笑。

許久，認真道：「阿離，妳值得更好的人。」

回府的路上，虞靈犀撩開車簾對青霄道：「你幫我查一個人，叫周蘊卿。蘊藏的蘊，客卿的卿，應是準備來年科考的清貧儒生。」

她補充道：「找到他，以清平鄉君的名義資助，務必誠心善待。」

按照前世的記憶，周蘊卿身為大理寺少卿，是朝堂新貴中的翹楚，亦是寧殷的左臂右膀。

這樣的人大有前途，且不曾聽聞他有過什麼品行不良的嗜好，比陳鑑那廝可靠得多。

但願他能念著唐不離的好，以後扶搖直上，能幫襯她些。

入夜，深秋朔風凜冽，星月無光。

寧殷一襲紫袍立於廊下，欣賞籠中宛轉啼鳴的漂亮鳥兒。

鳥足上拴著細細的金鏈子，墨髮披肩的俊美皇子撚著一根草，逗著鳥兒撲騰飛起，又被鏈子無情拽回原處，樂此不疲。

內侍稟告道：「殿下，下午唐公府差人送來拜帖，還有一盞祈願燈。」

寧殷懶得和人打交道，平日不看拜帖。

不過侍從既然稟告到眼前來了，就必定有特殊之處。

「謁言如何？」寧殷沒有回頭，聲音也是慵懶無害的。

內侍道：「只有一句：事事皆如願，歲歲常安寧。」

寧殷不動聲色，撚著手中的草杆道：「拿過來瞧瞧。」

內侍便將那帖子和祈願燈一併送來。

帖子上的字跡清秀漂亮，眼熟得很，且筆鋒枯白，顯然所用之筆韌勁大不吸墨，並非用羊毫或狼毫寫成。

寧殷倒是辨得這筆，畢竟每一絲一毫，都是他從剪下的頭髮中一根根挑出來的。

他垂眸嗤笑，合攏帖子丟到一旁。

「啪」的一聲，嚇得那內侍縮縮脖子，退下了。

那盞沒被展開的祈願燈躺在案几上，看上去有幾分諷刺，提醒著往事種種。

寧殷站了會兒，終是沒心情逗鳥了，走過去將祈願燈拿了起來。

燈紙上畫了插圖，是一個總角孩童抱著頭藏在花樹下，神情小心，似是在與玩伴捉迷藏。

旁邊寫著兩句：抱首蕉北聞南語，僻處無人花下藏。

琢磨著這兩句，寧殷瞇了瞇眼。

就這？

七皇子殿下頗為不滿，大費周折就為了提醒他這事？

少說也得寫上洋洋灑灑千字的罪己書，他才可勉強考慮一下，將來要不要溫柔些待她。

畢竟他這人一向睚眥必報，記仇得很。

他取來燭盞，將祈願燈點燃，火光映得他的黑眸明滅不定。

燈籠脫手，緩緩自簷下升起。一陣疾風吹來，那盞燈掙扎片刻，終是被風吹得燒破了窟窿，頃刻間化作黑灰墜落，連竹骨都不曾剩下。

「好風。」

寧殷讚嘆，眼底蘊著優雅的瘋狂。

等不及了。

他要借這場風，送太子一份大禮。

紅珠的出現，讓虞家父子看清了許多事，不得不重新審視與薛家的關係。

連著好幾天，虞淵與長子、長女在書房一談就是大半夜。

「若薛家真的兩面三刀，歲歲嫁過去便成了人質，不行！」說話的是虞辛夷。

虞煥臣面色凝重：「皇上賜婚，沒妳想的那般簡單。」

虞辛夷急道：「這也不行那也不行，那你說如何？」

還未商議出對策，卻見青霄快步而來，叩門道：「少將軍，宮中急報！」

宮中急報，東宮出事了。

寅時走水燒了庫房，並因西北風的緣故，大有往皇宮蔓延的趨勢。

皇帝命虞煥臣與崔暗領禁軍合力救火，卻不料這一救，救出了了不得的東西——

太子庫房裡藏著良弓和鎧甲，還有一套明晃晃的龍袍冕服。

第二十三章　宮變

東宮，庫房半塌，濃煙滾滾。

正殿，一陣玉瓷碎裂的聲音刺耳傳來，太子寧檀顫抖著伏在地上，額角湧出一片黏稠的鮮紅。

皇后剛聞訊趕來，皇帝便怒道：「瞧瞧妳養的好兒子！」

皇后道了聲：「陛下息怒，龍體為重。」

黏稠的血糊住他的眼睛，他不敢用袖子去擦，只能膝行著以頭搶地道：「兒臣冤枉！定是有人在構陷兒臣！萬望父皇明察啊！」

「豎子還敢狡辯！」皇帝喉嚨裡發出渾濁的嗆咳，指著他道：「你母后壽宴上，你當著百官與命婦的面大放僭越之詞。平日在東宮亦不思進取，反而和內侍宮婢夜宴行歡，封了好幾個『皇妃』、『總管』……就這一條，朕便可治你犯上死罪！」

寧檀嚇得脖子一縮，辯駁的哭嚎頓時堵在嗓子眼。

先前父皇秋狩歸來，龍體欠恙，寧檀幫著批了兩日奏摺，嘗到了皇權至上的滋味，便有些沾沾自喜起來。他以為神不知鬼不覺，卻不料父皇竟是一清二楚。

見太子六神無主，皇帝便知那些荒唐行徑都是真的，怒意更甚。

「記住，你的一切都是朕給的！朕能立你，也能廢你！」

說罷，皇帝拂袖而去。

「父皇……母后、母后！」

寧檀拼命拉住皇后的鳳袍，彷彿抱住最後一根浮木。

皇后虛目，立刻有宮人向前，將太子的手指一根根掰開。

鳳袍毫不留情地從自己面前掠過時，寧檀終於塌下了雙肩。

「右相，薛右相！」寧檀有望向門外拄拐站著的老人，涕泗橫流道：「孤是唯一的嫡子！您會幫我的對不對？」

薛右相白鬚微動，從鼻腔中嘆息，在薛嵩的攙扶下緩緩轉身離去。

北風嗚咽，皇帝疲憊的嗓音隱隱傳來：「薛老，依你之見，這廢立之事……」

「立儲關乎社稷禮法，不能操之過急。」薛右相蒼老道：「待皇長孫出生，陛下再做定奪也不遲。」

「既如此，那就再等兩個月。」皇帝喟然，「歲末多憂，馬上就是冬節，朕累了……」

偌大的殿堂，只剩寧檀爛泥般癱軟在地，影子如同鬼魅在牆上跳躍。

漸漸的，那絕望肆意蔓延，滋生出張揚的恨意。

年關宴飲酬酢頗多。

本朝百年前於冬至建國，故而這日是僅次於上元的大節，素有「亞歲」之稱。

今年冬節和往常一樣，皇帝命禮部主持盛大宮宴，祭天饗食，以犒勞文武百官一年來的忠誠辛勞。

因賜婚的緣故，虞靈犀今年亦在受邀之列。

朔風凜凜，烏雲低低壓在天邊，似有大雪之兆。

虞煥臣公務在外，虞辛夷亦率百騎司值守內宮。馬車中，由虞淵親自陪女兒赴宴。

街道寬敞熱鬧，馬車行得很慢，虞靈犀裹著嫣紅的斗篷，兔毛領子襯得她的面容精緻無雙。

馬車忽然咯噔一歪，虞靈犀撞在車壁上，胳膊生疼。

「怎麼回事？」虞淵問。

侍衛檢查了一番，答道：「回大將軍，是車輞崩壞了。」

中途壞車，乃是不祥之兆。

虞靈犀蹙眉，心中莫名不安。

她想起前世記憶中，這個年底會發生的巨大變故，每一日都如履薄冰。

虞淵的面色亦凝重起來，見車輞遲遲修不好，便抓起披風道：「宮宴不可誤了時辰，我先行入宮，若車輪修不好，便讓青霄送妳回去。皇后和薛家那邊，我替妳告個假。」

虞靈犀想了想，提醒道：「近來恐有變故，萬望阿爹小心。」

「爹知道。」

虞淵棄車上馬，揚著披風獵獵朝宮門趕去。

修車的叮噹聲響起，虞靈犀獨自在車內坐了會兒。

她先前托唐不離送出的請帖和燈籠，卻並未收到半點回音，也不知寧殷看出她的暗示不曾。

按照前世的記憶推演，寧殷血洗金鑾殿、殺兄弒父亦是這年歲末的事，距離如今不過一月之遙。

可惜，她等不到那個時候了。

七日之後，便是她的婚期。

若是幸運，在塵埃落定之後，興許虞家能為她換來一紙和離。

或許這便是篡改命運的代價，未必事事都能如意。

正想著，忽聞馬車又是一陣「哐噹」傾斜。

沉默了片刻，外頭傳來侍從小心翼翼的聲音：「小姐，另、另一邊車輞也壞了。」

「……」

虞靈犀今日的妝扮不適合騎馬，現在再去尋車轎已是來不及。

何況她正好懶得入宮虛與委蛇，便道：「歸府吧。」

宮中。

帝王祭天，冗長的祝詞祭文過後，百官及命婦貴女、世子王孫等分成兩列，於紫英殿入座酬樂。

虞淵看了一眼，薛家的人也沒來。

據說薛右相因為薛岑被抓狎妓之事動了肝火，告假在家養病，不曾赴宴。

再回想起最近的動靜，虞淵思慮頗沉。

殿前，虞辛夷一身百騎司的戎服，背負良弓箭矢，護衛一眾內宮妃嬪的安危。

見到虞淵闊步入席，她朝後頭看了一眼，問道：「父親，歲歲呢？」

「馬車壞了，許是趕不及宴飲。」虞淵三言兩句解釋清楚，又告誡道：「今日值守宮門的禁軍有些眼生，妳當眼觀六路，切不可馬虎大意。」

「女兒省得。」虞辛夷道。

虞淵一走，便聽一個清爽的少年音傳來：「虞司使！」

虞辛夷一聽這個聲音就忍不住想翻白眼，轉身一看，果真是南陽小郡王寧子濯。

「小郡王。」

虞辛夷只好抱拳行了個禮，這少年素愛招貓逗狗，這樣熱鬧的宮宴定然是不會錯過的。

寧子濯穿著一身淺金白的郡王袍子，馬尾高束，笑吟吟跑過來道：「虞司使，本王方才嘗了一塊透花糍，滋味甚佳，妳也嘗嘗！」

說罷當著眾人的面，大咧咧把從宴會上順來的漂亮糕點塞到虞辛夷手裡，十分高調且順理成章。

虞辛夷覺得，這小子身後就差豎一條尾巴狂搖了。

身後的百騎司下屬目不斜視，想笑又不敢，憋得臉紅脖子粗。

「諸君不必拘謹，請開懷暢飲！」

皇帝舉杯，群臣起身回敬，宴會便正式開始，一時歌舞絲竹嫋嫋，編鐘齊鳴，靡麗無雙。

殿門外忽然走進來一個人。

太子寧檀一身素衣，被髮跣足，與衣著華麗的百官命婦格格不入。

絲竹編鐘聲戛然而止，互相祝賀的百官漸漸安靜了下來，皇帝的臉色瞬間沉得宛如鍋底。

私藏龍袍之事雖然壓下來了，但天下沒有不透風的牆，何況寧檀蠢得那般高調，大家多少能猜到一點。

「你應在東宮修身自省，來此處作甚？」皇帝板著臉問。

「兒臣有愧父皇、母后教誨，夙夜難安，值此冬節大典，特來向父皇和天下人叩首請罪。」寧檀赤足踩在地磚上，整個人凍得哆哆嗦嗦，神情哀戚道：「求父皇給兒臣一個當面悔過的機會！若百官依舊覺得兒臣德不配位，兒臣……甘願將儲君之位讓賢！」

虞辛夷極輕地嗤了聲。

她看著以額觸地，涕泗橫流的太子，心道：他這是唱哪一出？

席上的虞淵亦是面色凝重，遠遠觀望。

皇帝面色緩和了些，道：「知錯能改，罪不至死。有什麼話，你便說吧。」

寧檀從宮婢托盤中取了一杯酒，起身道：「天昭七年，父皇立孤為太子。為儲君六年，毫無建樹，不曾碰過一次奏摺，不曾理過一次政務……」

這番話，實在不像是昏庸好色的太子能說出口的。

虞辛夷皺眉，她感覺不太對勁。

果然，下一刻，寧檀抬手轉身，指尖直指座上天子，哀戚的面容呈現出壓抑到極致的扭曲：「……那是因為，孤的父皇——當今天子，將他兒子防賊一樣防著！他需要的不是一個太子，而是一個傀儡，一具言聽計從的雕塑！」

太子瘋了，竟敢當眾辱罵皇帝！

滿座譁然色變。

「您為什麼不聽兒子解釋？為什麼？」寧檀面色通紅，攥著杯子怒吼，「為什麼啊！」

皇帝剛緩和的臉色又倏地繃緊，額角青筋突起道：「太子，你魔怔了！」

「是，是！那也是被您逼的！您不許兒子染指皇權，又不許兒子無能好色，太子之位說給就給說奪就奪，做您的兒子真的好難、好難啊！」寧檀笑了起來，嘶聲道：「在您眼裡，我不是太子。我就是一條你高興時施捨，不高興時一腳踢開的狗！」

「嘩啦」一聲玉器碎裂的聲響，寧檀狠狠摔碎了手中的酒盞。

離皇帝最近的王令青率先發難，繼而是雲麾將軍李冒與兵部侍郎劉烽領著甲衛一擁而進！

利益之下，沒有絕對的忠誠。

對於貪心不足之人來說，助太子繼位後「封王封侯」的承諾，足以驅使他們做任何事。

碎玉飛濺，映著滿殿寒冷的刀光劍影。

七皇子府。

地上橫七豎八躺了六七具屍首，有宦官，亦有宮婢，都是東宮或是宮裡安插進來的細作。

此時俱是身體扭曲地躺在血泊中，被滅了個乾淨。

他們背後的主子都活不過今日了，這些礙事的老鼠自然也不能留。

寧殷吩咐：「清理乾淨。」

屍體被拖走，幾盆水潑下，不稍片刻，階前鋥亮如新。

侍從接了密信，快步穿庭而來，稟告道：「殿下，東宮已有動作，沉風等人亦準備妥當，咱們是否……」

寧殷坐在獸爐邊，仔細將手擦乾淨。

直至冷白的指節都擦到發紅，薰去滿身血腥味，方倚在窗邊書案上，把玩著手中玲瓏妙曼的黑色玉雕，一寸一寸，輕輕摩挲。

「收網不可操之過急，等著。」寧殷道。

他剛在宮中站穩腳跟，麾下除了假死混入禁軍中的沉風和李九，能用的人十分有限。

何況既然是回來復仇，自然要等裡面君臣反目、父子相殘，慘慘烈烈死得差不多了再登場。

「殿下，還有一事。」

「說。」

「屬下依照計畫讓虞府的馬車壞在半路，且命人堵了街道，可還是未能阻止虞大將軍……」侍從躬身，滾了滾喉結，方低聲道：「他孤身策馬，進宮去了。」

摩挲玉雕的手一頓。

寧殷睥目，俊美蒼白的臉逆著冷光，重複道：「哦，進宮去了？」

他明明是輕描淡寫的語氣，那侍從卻背脊生寒，忙跪伏道：「屬下失職！可否要將計就計脅迫虞將軍，讓他裡應外合……」

「不必。」

虞淵是個一根筋的武將，雖然迫於皇帝的打壓猜忌，不得已暗中給了自己些許便利，但並不代表他會認同自己那些瘋狂血腥的想法。

除非……

寧殷望著掌心的美人玉雕，指腹碾過纖毫畢現的眉眼。

虞靈犀坐在花廳中，眼皮直跳，總覺得心神不寧。

「歲歲？」虞夫人連喚了好幾聲，虞靈犀才回過神來，笑笑道：「阿娘，什麼事？」

蘇莞有些擔心，拉住她的手道：「阿娘是問妳，陪嫁過去的禮單可有要修改之處？」

虞靈犀掃了那燙金的冗長紅禮單一眼，眼睫垂了下去：「都聽阿娘的。」

虞夫人何嘗看不出女兒的心事？

女兒與薛二郎兩小無猜，可到底只有兄妹間的濡慕，並無男女之情，卻偏偏被一道賜婚的旨意綁在一起。

聽丈夫說，歲歲原有機會逃走的。但為了顧全大局，亦是為了這一大家子人的安危，她依舊選擇了乖乖回家。

她這個做阿娘的，如何不心疼呢？

嘆了聲，便聽門外傳來了急促的馬蹄聲。

和平日父子歸府的動靜不同，這陣馬蹄凌亂且倉促，來來往往紛雜得很。

虞煥臣已經換上了甲冑，風塵僕僕地推門進來，帶起一陣冷冽的寒風。

「歲歲，妳和母親還有阿莞待在家中，無論是何動靜都不要出門。」

他的語氣前所未有的啞沉，全然沒有了平日的爽朗。

虞靈犀安撫好阿娘和嫂子，剛追出去，便見虞家軍麾下的幾名心腹將領已整裝待發，正在商議著什麼。

「……皇上將軍權一分為三，現在咱們想搬兵勤王，還需要聽戶部和太監的指令，這如何來得及！」其中一人氣笑了，憤然道：「若私自調兵，又要扣咱們一頂謀逆的帽子！真真是豬八戒照鏡子，裡外不是人。」

「父親和虞辛夷還困在宮中，不能不管。」虞煥臣當機立斷，「你們先去調動所有能調動的禁軍，玄武門聽令。即便不能貿然行動，也能震懾逆黨……」

隨即，虞煥臣扭頭看到了庭中站立的妹妹，不由一怔。

「歲歲。」

虞煥臣揮手示意下屬前去安排，自己則按刀朝妹妹走來。

虞靈犀看著兄長身上的銀鱗鎧甲，蹙眉問道：「宮裡出什麼事？」

虞煥臣看著妹妹通透的眼眸，想起她先前說過的年底會有大亂的預言，還是說了實話：「太子趁冬節宮宴造反，將赴宴大臣命婦等三百餘人囚於紫英殿，脅迫天子退位。」

虞靈犀腦中一空，所有缺失的記憶都在此刻連接成環。

她終於明白，自己前世重病臥榻時錯過了什麼——

是一場宮變，一場足夠讓寧殷坐收漁利、血洗朝堂的動亂。

太子和皇帝自相殘殺，總會敗一人，而剩下的苟延殘喘之輩，便如甕中之鼈，根本阻攔不了寧殷的腳步……

但是前世的動亂中，沒有兄長和阿爹的存在，這是寧殷復仇計畫中唯一的變故。

一個，非常危險的變故。

「兄長，你能不能再信我一次。」虞靈犀認真道。

「當然！」虞煥臣點頭。

從災糧的幕後真凶到衛七的真實身分，從薛家的兩面三刀到她說過的年底必有大亂，妹妹預料的太多事都變成了現實，虞煥臣沒有理由不信她。

「不管這場宮變中發生了什麼，請兄長救出阿爹和阿姐，也保護好七皇子。」虞靈犀深吸一口氣，朝哥哥行了大禮，「求兄長幫幫他！」

前世，寧殷殺光了所有人，用近乎自毀的方式站在天下至高的位置，卻也承受著最惡毒的謾罵和反噬。

如果可以，這輩子她要讓寧殷得天下權勢，還要得眾人敬重。讓他從前世那個倒行逆施的瘋子，變成名正言順的英雄。

紫英殿已淪為人間煉獄。

幾十具宮婢和內侍的屍首橫亙在地上，美酒傾倒，混著血水淅淅瀝瀝倒下。一片「護駕」的喊聲中，慘叫連連。眾人擁著皇帝且戰且退，卻退無可退。

紫英殿已經被太子的烏合之眾包圍了。

虞淵官袍染血，領著僅剩的禁衛擋在最前，大有一夫當關萬夫莫開的凜然氣勢。

虞辛夷和寧子濯則護著女眷在後，除此之外，文武百官竟沒有幾個人敢站出來阻攔逼宮叛軍。

虞辛夷手持捲刃的刀抵著殿柱，而寧子濯氣喘吁吁，手裡拿著從叛黨手中搶來的弓矢，腰間箭筒已經見了底。

皇帝大概沒有想到，最後拼死護在他面前的除了幾個親衛，就只有一個紈褲少年，與被他猜忌打壓過的虞家父女。

直到這種時候，他才意識到誰才是值得信任的坦蕩之人。

他們抵抗了兩刻鐘，也，只是兩刻鐘。

一陣廝殺過後，死傷遍地。

親衛們都死光了，虞辛夷和寧子濯亦身負重傷，被叛軍繳了器械。

「妳……哼！」太子抓起虞辛夷高束的馬尾，望著她那雙英氣不甘的眼睛，惡狠狠道：「等我登上皇位，再好好處置妳！」

皇帝冠髮凌亂地坐在龍案後，花白的頭髮從鬢邊散亂，彷彿頃刻間年老了十歲。

殿中的數百名臣子親眷，皆淪為了寧檀手中的人質。

這些人各個家世煊赫，其中不乏有武將親眷。這些人落在寧檀手中，極有可能成為他威脅策反武將的把柄。

情勢極為不利。

寧檀從人質中抓了一男一女兩名親眷，朝皇帝道：「父皇大勢已去，何必負隅頑抗？傳位於兒子，兒子自會讓你頤養天年……如若不從，有如此人！」

說罷拔刀一砍，將那兩名衣著華貴的人質就地斬殺。

殿中瑟縮的人哭嚎更甚，虞辛夷眼睜睜看著那兩人被斬殺，不由咬牙：「畜生！」

寧子濯拖著斷腿悄悄挪了過去，握住虞辛夷的手給她止血。

寧檀暴躁地在殿中走來走去，散亂的頭髮在北風中亂舞，將他整個人吹得如鬼魅般可怖。

「父皇，你這般英明神武、仁德寬善，就不願意救救你的臣民嗎？」他「哈」了聲，幾乎聲嘶力竭，「為什麼不像個君王一樣，挺身出來保護你的臣民！他們都快被我殺光了啊！」

龍案後，皇帝腮幫幾番鼓動，終是選擇沉默。

在退位和臣民面前，他依舊選擇了前者。

絕望籠罩著殿中的所有人，他們神情枯槁，還在等禁軍勤王。

可虞辛夷知道，禁軍沒有三方軍符，即便屯守在宮門外也無法行動。

何況禁軍統領的親眷都困在寧殷手中為質，又摸不清人質關押的方向，投鼠忌器，是不敢輕舉妄動的。

時間一刻一刻過去，鏖戰之下，追隨太子的叛黨折損了近半。

虞淵等人也沒討到好處，已然力竭。

天色漸漸晦暗，殿中充斥著難以言喻的血腥味。

太子出去了一趟，再歸來時又連殺了數人。

刀架在脖子上，皇帝依舊不肯退位。

他像是一隻年邁的狼，死死地咬著嘴裡的肉，以維持他身為帝王最後的威嚴。

寧檀不住拉扯著頭髮，聲嘶力竭地對兵部侍郎道：「找出玉璽，逼他寫退位詔書！」

「陛下，得罪了。」

兵部侍郎舉起手中的長劍，劍尖映著森寒的光。

千鈞一髮之際，一柄刀尖噗嗤從兵部侍郎的後胸入，前胸出。長劍脫手，叛軍口吐鮮血栽倒，露出殿門處那紫衣貴氣的俊美青年。

寧殷甚至沒有穿鎧甲，依舊是常服打扮，墨色的長髮半披半束，若非他臉上飛濺的鮮血和染成暗色的袖袍，寧檀定會以為他只是臨時起意散步至此。

「你……你怎麼進來的？」寧檀睜大雙眼，隨即暴喝道：「來人！給我殺了他！」

殿外屯守的叛軍毫無反應。

寧檀不知道自己的兵力怎麼突然沒有動靜了，一邊後退一邊暴喝道：「弓弩手呢？李冒何在？」

沒人回應他。

「殿外的那一千叛軍，皇兄恐怕是等不到了。」

寧殷僅帶了數名下屬，踩著滿地蜿蜒的血河而來，屍首一具具在他面前倒下，綻開鮮紅的花。

「兒臣救駕來遲，請父皇恕罪。」

他不卑不亢地說著，黑潭般的眸子沒有半點波瀾。

皇帝神色極其複雜。

他大半輩子用盡心機手段，到頭來救他的，卻是那個他視為恥辱的兒子。

是來救他的嗎？皇帝不確定。

但眼下困境，老七的確是他能抓到的最後稻草。

皇帝胸膛起伏，嘶啞道：「吾兒助朕捉拿逆黨，朕封你為靜王，食邑一萬！」

寧殷嘴角動了動。

這個時候，他倒是願意認這個兒子了。

可惜，太晚了。

守在後殿門口的王令青見太子大勢將去，嚇得屁滾尿流，忙不迭丟了刀撒腿就逃。

太子睚眥欲裂，被幾名親衛護著且戰且退，尤在絕望嘶吼：「母后！母后妳來幫幫兒臣啊！妳忘了妳這個兒子是怎麼來的嗎？」

他渴望有奇跡出現，期盼皇后哪怕看在利益的份上幫他一把：「母后！兒子若是敗了，妳的祕密也守不住了！我們是同一條船上的人啊……呃！」

一柄短刃飛來，貫穿了寧檀的胸膛。

他睜大眼，僵硬低頭，不敢置信地看向心口的一線血色。

寧檀沉重的身軀朝前撲去，一灘暗紅色在他身下緩緩暈染開來。

他的眼睛猶自睜大，嘴中溢出血沫，呵呵道：「母……為、為什麼……」

他顫巍巍朝角落中的人影伸出手，似乎想要抓住什麼，可終究只是徒勞。

皇帝看著猝然死去的太子，乾枯的嘴唇蠕動半晌，終是頹然地倒回龍椅中，任由潰散的叛軍從太子屍首上踐踏而過。

寧殷笑了起來。

染血的笑容襯著他冷白的膚色，有種綺麗瘋狂的俊美。

六年前母子相殘的遊戲，他總算一筆一筆地討了回來。

真是美妙啊。

「折戟、沉風。」寧殷喚來安插在禁軍中的下屬，抬眸道：「還不快替陛下，把『叛黨』殺光。」

紫英殿外。

虞煥臣率著親衛圍住寧檀那一千投誠的叛軍，繳了武器，又命青霄、青嵐等人，將殿中受困的父親和虞辛夷等人救了出來。

剛救出人，便聽殿中傳來一陣高於一陣的慘叫聲。

虞淵露出驚訝的眼神，下意識要往回走，卻被虞煥臣一把按住。

軍旗颯颯，寒風一捲，落下年關的第一場碎雪來。

「下雪了，好冷！」

胡桃搓著手關上門，轉身見鳳冠喜服都原封不動地擱在案几上，便暗自嘆了聲。

胡桃取了小暖爐塞到虞靈犀微涼的手中，哄道：「京中最手巧的繡娘趕工了三個月，才做好這婚服呢！可漂亮啦，小姐不試一試嗎？」

「不必了。」虞靈犀還在等宮裡的消息，便淡淡道。

「試試吧，小姐穿這衣裳定然美極！若是不合身，奴婢再讓繡娘去改。」

胡桃的想法很簡單，她想讓小姐稍稍開懷些。而女孩子見到漂亮衣服和首飾，一般都會很高興。

虞靈犀拗不過她，只好道：「妳先出去，我自己試。」

胡桃脆生生應了聲，去屋外等著了。

虞靈犀坐了會兒才起身，解下狐裘披帛和外衣，披髮走到疊放整齊的婚服前，伸指摸了摸。

虞靈犀站在落地銅鏡面前，看著裡頭紅衣似火的自己，一時恍惚。

婚服很美，珠光華美，金線秀麗，層層綻放的裙裾葳蕤垂地，鮮妍得彷彿將世間璀璨集於一身，她卻只感到沉重和陌生。

穿了不到半盞茶的時間，她便迫不及待想要脫下，丟在一旁。

手指剛觸及腰封，忽聞門外守候的胡桃一聲驚叫。

虞靈犀轉身，便見有人破門而入。

繼而她頸側劇痛，眼前一黑，沒了意識。

兩刻鐘後。

虞靈犀是被說話聲吵醒的。

她被縛住手腳丟在冰冷的地面上，眼前罩著一個黑布袋，只留出一個透氣的小孔。

身邊，一個油滑的聲音悲悲戚戚道：「罪臣王令青，因受太子脅迫，不得已做出冒犯天威之事，臣悔不當初，特來向殿下請罪！」

王令青？

黑布袋下，虞靈犀微微一怔。

她原以為有人指使王令青綁走自己，是為了脅迫阿爹屈服。現在看來，並非如此。

太子出了事，能讓王令青低聲下氣懇求的「殿下」，只有可能是……

虞靈犀停止掙動，突然變得安靜起來。

王令青將虞靈犀推了出來，繼續諂媚道：「這個，是微臣的一點心意。」

虞靈犀被推得跌在地上，在心裡將王令青罵了個狗血淋頭。

請罪就請罪，關她何事？

王令青道：「聽聞殿下流亡在外時，曾落難成為此女的奴僕，受盡屈辱。今吾將此女當做投誠的禮物，獻給殿下。」

「……」好吧。

兩輩子了，終是逃不過「禮物」的宿命。

面前沉默的人總算有了動靜，虞靈犀聽到沉穩靠近的腳步聲，風吹動他厚重的衣袍窸窣作響，夾雜著清冷如雪的熟悉木香。

繼而眼前一陣刺亮，有人取走她蒙面的黑布袋。

天邊晦暗如墨，庭中火把通明，鋪天蓋地的碎雪席捲飄下，被庭院的火光鍍成漂亮的淺金色。

洋洋灑灑回雪如花，落在寧殷玄黑的大氅上，落入虞靈犀琉璃般通透的眼眸中，轉瞬融化成瀲灩的水光。

院中烏泱泱跪了一片人，俱是朝著寧殷的方向，跪拜俯首。

他摸著下頜俯身，看著烏髮披散的紅衣美人。

視線一寸寸掃過虞靈犀柔美嬌豔的臉龐，落在她身上織金繡珠的婚服上。

寧殷漆黑的眸中也像是隱隱燃起了火焰的紅，瑰麗而又涼薄。

他半虛著眼眸，忽地輕笑一聲。

虞靈犀毫不懷疑，睚眥必報的小瘋子見到她這副倒楣樣，定是開心解氣極了。

「怎麼把自己搞得這樣狼狽，嗯？」

寧殷低嗤了聲，視線再往下，停在她的手腕上。

少女的皮膚白皙嬌嫩，粗繩綁得緊，已經勒出幾圈破皮的紅腫，看上去頗為可憐。

他恣意的目光沉寂下去，看著那抹紅腫的傷痕許久。

短刃的寒光閃過，虞靈犀腕上的粗繩應聲而斷。

王令青見寧殷不排斥這份「禮物」，不由喜上眉梢，忙不迭表忠心道：「臣王令青願棄暗投明，為殿下肝腦塗地！」

聽到這句熟悉的話，虞靈犀嘴角動了動。

哎，神仙也救不了你啦。

「哦？」寧殷瞇了瞇眼，輕飄飄笑道：「那便成全你吧。」

下一刻，虞靈犀被攬入清冷寬闊的懷抱。

「都殺光。」

寧殷淡然說著，抬手揚起大氅邊緣，為她擋住飛濺的血花。

禁軍清理紫英殿內外，屍首堆滿了十多輛牛車。

死者大部分是受利益驅使的叛軍，也有許多不是。

不過那又有什麼關係呢？

「叛軍」知道沒有活路了，狗急跳牆時「誤傷」了幾個皇后或是皇帝的親信，亦是說得過去的。

皇帝元氣大傷，受驚臥榻，於皇城以北的長陽宮休養。

說是休養，實則無異於倉皇而逃。

再凶狠的狼也終究是老了，獠牙殘斷，這局父子相殘，他付出的代價太大太大。

殿中，虞煥臣抱拳道：「臣未得三方符令領兵入宮，有違軍紀，請陛下責罰。」

「小將軍一心護駕，情有可原，朕赦你無罪。」簾後的皇帝坐起身來，聲音沙啞疲憊：「今日那逆子許以王侯爵位，拉攏李冒的北衙禁軍於冬節逼宮，幸得大將軍父女二人捨命相護，朕才能平安渡過此劫。朕都記在心裡，必將重賞爾等忠正良將！」

虞煥臣知道這是一個極佳的機會，他悄悄看了一旁的父親一眼。

虞淵忍著身上的傷痛，一撩下裳跪拜：「盡忠職守乃臣之本分，何況陛下仁厚英明，自有天佑，臣不敢居功求賞。只是臣年邁體衰，拙荊又體弱多病，若陛下能允許臣之小女承歡膝下共用天倫，臣感激涕零。」

皇帝何嘗不知，虞淵是想讓他撤回賜婚旨意。

但君無戲言，此時收回成命無異於承認自己錯了。

皇帝沉吟片刻，道：「虞卿過謙了！古有上將軍七十披甲而戰，虞卿忠肝義膽正值壯年，現在談論天倫為時過早。夜深雪寒，虞卿也早些回去歇息，朕明日與禮部商議後，再論功重賞！」

竟是裝作聽不懂，將此事推諉過去。

出了長陽宮，虞淵心思沉重。

他沿著天梯般的白玉階往下，問兒子：「今日七皇子紫英殿內救駕，到底怎麼回事？」

虞煥臣明白，父親是在問那些被「捐軀」的近侍和大臣。

他們有的是帝后親信，有的……是參與或是接手過六年前「麗妃潛逃」一案的官員。

而虞煥臣控制著叛黨餘孽，與紫英殿只有數丈之遙，本來是有機會制止的。

可他沒有。

經此宮變，朝堂恐怕，不再是今上的朝堂了。

虞煥臣選擇相信妹妹，便道：「一兩句話說不清楚，父親不妨回去問歲歲。」

父子倆萬萬沒想到，歲歲失蹤了。

胡桃跪在廳中，脖子後紫了一大塊，已然哭成了淚人。

「歹徒是趁我們傾巢而出、虞府防衛鬆減潛入的，先是打暈了侍婢，再擄走了歲歲。」

虞辛夷眼裡熬得滿是血絲，憤然道：「讓我查到是哪個混蛋，非要將他千刀萬剮！」

虞煥臣冷靜些，上前查看胡桃頸後的瘀傷，而後問：「可有留下字據？」

胡桃抽噎道：「奴婢到處找過了，沒有留下綁票。」

「觀胡桃傷處，歹人應是擊打了好幾下才將人擊暈，可見是個上不得檯面的急躁生手，又不為錢財。」虞煥臣了然，「敢潛入將軍府劫人，絕非普通盜寇。且趁著虞府上下困在宮中下手，說明對方知曉宮中發現的事……」

虞辛夷瞪大眼：「是宮裡的人？」

莫非是太子走狗見事情敗露，綁走妹妹以換取保命籌碼？

虞淵顧不得喝一口熱茶，握拳沉聲道：「即刻去查，今日亂黨中有誰趁亂潛逃出宮！」

虞辛夷帶著傷，要跟著出門，被虞煥臣制止道：「妳照顧好家裡人，封鎖消息。尤其是這幾日薛家往來頻繁，切莫讓他們聽到風聲，以免拿此大做文章。」

虞辛夷這才勉強作罷。

風雪肆掠，吹落滿樹冰霜瓊花。

七皇子府邸，飄飄灑灑的大雪頃刻間覆蓋了一地血紅。

虞靈犀被罩在厚實的黑色大氅下，撐起一片乾淨的小天地，鼻端全是寧殷身上薰染的淺淡木香。

風雪混著薰香，掩蓋住庭中濃重的血腥氣。

「把王令青的腦子和肝挖出來，餵狗。」寧殷說話時，胸腔內也跟著微微震動。

不知為何，虞靈犀卻覺出他的語氣不似前世那次般散漫玩味，反而帶了點不易察覺的冷冽戾氣。

他在生王令青的氣，為何？

還未想明白寧殷這點微妙的情緒變化從何而來，便見遮擋血漬的大氅鬆開垂下，光線重新傾瀉下來。

虞靈犀抵著他的胸膛抬首，沿著乾淨蒼冷的下頜往上，撞見那雙無比熟悉的墨黑色眼眸。

於是她眨了下眼睫，朝他露出久別重逢的淺笑。

這樣的處境，她竟然還有心思笑。

寧殷眉梢微動，下意識攥住她的手腕。

抓到了被粗繩捆綁擦破的傷處，虞靈犀抿唇，輕輕地蹙了蹙眉。

寧殷忽地鬆了手，看了她紅腫的手腕一會兒，而後改為拎著她婚服的衣領，跨過庭院，轉過迴廊，拎雞崽似的拎去一間寢殿。

然後，毫不留情地踹開門。

刺目的暖光撲面而來。

這間寢殿的方位布局十分眼熟，和前世的王府寢殿頗為類似，竟然人生出一股莫名的歸屬感。

不過現在可不是想這些的時候，因為寧殷看上去心情略微不佳。

「慢、慢點！」虞靈犀踉蹌道。

寧殷的步伐看上去不快，可因腿長，她跟得頗為艱難。

寧殷置若罔聞，反手將門關上，拎著虞靈犀來到內間的雕花寬榻前。

落地的花枝燈盞如星辰明亮，炭盆生暖，獸爐焚香，寧殷身上卻只蒙著霜雪千年不化的孤寒。

他解下大氅隨意丟在地上，旋身坐在榻上看虞靈犀，似是思索如何處置這個讓他曾「受盡屈辱」的禮物。

不得不承認，虞靈犀很適合穿嬌豔的紅色，雪膚墨髮，紅裙美得彷彿能將視線灼燒，可他卻只覺礙事又刺眼。

非常刺眼。

虞靈犀眼見著他緩緩瞇起眸子，便知算總帳的時候來了。

也沒見他怎麼動作，便見一片薄如秋水的匕首出現在他的指間，漫不經心地轉動著。

「過來。」他道。

虞靈犀想了想，朝他走了兩步。

寧殷眼也不抬，於是她又慢吞吞挪了兩步，裙擺幾乎貼上他的膝蓋。

寧殷這才慢慢抬眼看她，指間的刃尖沿著她下垂的袖子一點點往上，橫過手肘處，落在她盈盈一握的腰肢上。

匕首壓在衣料上的觸感很特別，彷彿隔著幾層衣裳，也能感覺到來自冷刃的鋒利與森寒。

繼而刀尖一挑，只聽聞「吧嗒」一聲布帛斷裂的細響，虞靈犀束腰的腰帶應聲而落。

她顫了顫，站著沒動。

寧殷的匕首再往上，落在她胸側起伏的輪廓上，又一挑，衣帶崩開，質地精美的婚服鬆垮至臂彎，露出裡頭純白的中衣。

再往下，便是裙帶。

華貴的婚服在他的刀刃下一件件劃開，剝離，變成一堆精美的破布，火焰荼蘼般層層堆疊在虞靈犀腳下。

直至只剩下純白的中衣中裙，聖潔如雪。

怕嗎？當然不。

若是前世被送進王府的虞靈犀，定然是怕極的。但現在的虞靈犀，甚至來不及可惜這件費時三個月的華美衣裳。

誰會怕自己喜歡的人呢？

塵埃落定，寧殷也如願以償。

積壓在心頭的陰雲正在逐漸消散，繁複的嫁衣件件從身上滑落的這一刻，亦是她這幾個月來最輕鬆、自由的一刻。

劃破的嫣紅上衣還將落不落地掛在臂彎上，頗有妖妃之態，虞靈犀清了清嗓子，主動將它脫了下來，如一片瑰麗的晚霞落在腳下。

她看出來寧殷討厭她這身衣裳，儘管單薄裡衣和中裙並不保暖，即便在炭盆旁也有些畏寒。

寧殷對她的懂事甚為滿意，總算收起指間的短刃。

虞靈犀撿起他丟下的大氅，將自己裹了起來，黑狐毛領襯得她臉龐嬌小而又瑩白。

寧殷挑了挑眼尾，到底沒說什麼。

於是虞靈犀便順杆而上，小聲問道：「家人不知我在衛……殿下府邸做客，恐會擔心，我能給他們送封家書嗎？」

寧殷交疊雙腿倚在榻上，嗤笑道：「妳說呢？」

這便是不行了。

幾個月前她也是借著送家書報平安的當口，與虞煥臣定了兩日之約。天亮過後，走得決絕。

果然，寧殷慢聲道：「靈犀似乎搞錯了自己的處境，一個禮物，恐怕沒有提要求的資格。」

他叫自己靈犀。

不是「小姐」，也非「歲歲」。

虞靈犀對這個稱號感到熟悉又悵然。

但她依舊是輕鬆的，有了前世的經驗，又加上幾分情難自禁的真心，哄人的話順口而出。

「那，如何才能有資格？」

她笑得明麗，放軟了聲音問。

「不急，」寧殷意味深長道：「我喜歡慢慢玩。」

那個「玩」字，他咬得格外重，倒像是在品嘗什麼。

虞靈犀不知他在計畫什麼壞主意，想了想，還是決定再爭取一把：「禮物也需要綰髮，出門急，忘了帶貼身的髮簪。」

她望著寧殷的眼睛，補充道：「就是那支夾血絲的，螺紋瑞雲白玉簪。」

寧殷屈指的手一頓。

而後他起身，高大的身形瞬間將虞靈犀籠罩。

「靈犀不必耍花招了，沒用的。」他俯身，伸指玩了玩虞靈犀冰涼順滑的髮絲，哼笑道：「我這樣謹慎又記仇的性子，絕不會在同一個地方跌倒兩次。」

說完這句，寧殷果真不再理她。

有人叩門，呈了一份名冊給他。

寧殷便倚在榻上慢悠悠看了起來，時不時用朱筆劃個圈。

屋內安靜得只有炭火嗶剝的輕響。

虞靈犀並不拘束，自己站了會兒，察覺累了，便在一旁的腳榻上尋了個位置坐下。

她抱著雙膝，將下頜抵在膝蓋上，墨髮自頸側分散，露出細嫩脖子後的一小片瘀青。

應是王令青的人擄她時，下手不知輕重弄的。

寧殷墨色的眸子沉寂片刻，忽而輕輕一咳。

虞靈犀回過頭來，以眼神疑惑地看他。

「上來。」寧殷合攏名冊，指了指暖和的床榻裡側，「暖榻。」

第二十四章 香囊

暖榻？

虞靈犀極慢地眨了眨眼睫，這事她熟。

何況，她的確累了。

虞靈犀起身，解下斗篷仔細掛在一旁的木架上，任由烏髮蜿蜒垂下腰際，從另一側爬上了榻。

寧殷的視線掃過她下塌的腰窩，還未品嘗夠，便見她翻身一滾，便輕巧地滾入被褥中，只留出鼻尖和澄澈的眼睛。

動作竟是一氣呵成，連頭髮都規矩地攏在枕頭兩側。

寧殷半晌無言。

有那麼一瞬，他竟是覺得眼前畫面似是很早以前就見過，無比熟悉。

殿內暖意充盈，身上沾染的血腥味也一絲一縷滲了出來，和少女身上淺淡的花香形成鮮明對比。

寧殷有些嫌惡地皺了皺眉，起身去隔壁淨室沐浴。

門開，雪光清冷鋪地。

門闔，風雪聲停息。

寧殷行至廊下，喚來折戟。

「將王令青鞭屍三百，戮屍示眾。」他冷沉道。

折戟有些意外，讓王令青「肝腦塗地」已是重罰，未料連屍首都不放過，說明主子是真的動了怒。

折戟抱拳疑惑：王令青到底犯了什麼蠢，惹著殿下了？

寢殿中，虞靈犀一動也不動地躺著。

寧殷一走，整座大殿都空靜下來。

她放軟身子，打了個哈欠。

這輩子的小瘋子終究有幾分人性，沒有前世那麼多磨人的癖好，竟然不知正經的「暖榻」是不能穿衣裳的，得實實在在用嬌嫩的肌膚去暖。

自己穿得齊齊整整的，他也沒說什麼，好哄得很。

虞靈犀嘴角翹了翹，朝裡側了側身子，鼓噪的心終於安定下來。

因宮變之事提心吊膽許久，已是累極。

她合上眼睫，不稍片刻，便糊里糊塗地墜入了夢鄉。

寧殷帶著一身清爽濕氣入殿時，虞靈犀已經睡著了。

他站在榻邊，墨髮披散，大片結實冷白的胸膛露在外頭，也不覺得冷。

虞靈犀總喜歡朝著裡邊側睡，微微蜷著身子，肩頭纖弱單薄，安靜得像是一朵含羞的花。

寧殷俯身，扳過虞靈犀的肩頭，盯著她的臉看了很久。

她睡得沉，竟然沒醒過來。

嘖，真是心大。

寧殷吹了吹她的眼睫，見毫無動靜，才索然無味地拿起一旁的藥膏，捂化了抹在她的傷處。

而後他掀開被褥上榻，調整姿勢，將溫軟的身軀箍在懷中。

抬袖滅了燭盞，他面無表情地收攏手臂，與她一起疊成兩張契合的弓。

虞靈犀感覺自己要窒息了。

腰上彷若被一條鐵鉗箍住，掙不脫逃不掉，害她做了一晚的噩夢。

醒來時天已大亮，榻邊被褥冰涼，已經沒有了寧殷的身影。

她揉了揉眼睫，卻發現腕上的傷痕消腫了不少，也不疼了，聞之還有一股淡淡的藥香。

虞靈犀醒了會神，破碎的婚服還躺在地上，提醒她昨天那場血雨腥風的動亂和闖入府邸的賊人，一切都彷若在夢中。

自己一晚上沒見人影，不知家裡人急成什麼樣子。

虞靈犀起身，便有幾個低調內斂的宮婢端了銅盆、衣裳等物陸續入殿，一字排開。

為首的大宮女福了一禮道：「姑娘，請下榻梳洗用膳。」

虞靈犀下榻看了一眼，只見托盤中衣裳裙裾還有披風一應俱全，唯獨少了綰髮的釵飾。

「是不是少了什麼？」她問。

「回姑娘，沒有少。」為首的宮女道：「殿下吩咐的就是這些。」

寧殷的意思？

這是昨日提及的玉簪之事，戳他痛處了，所以小小「懲戒」一番麼？

可他分明又不許她回家去取，虞靈犀不太明白。

宮婢放下東西便走了，態度恭敬有餘，卻並不熱絡，想必是真將她當成了以色侍人的寵婢。

虞靈犀只好拿起案几上的一根象牙筷子，簡單地挽了個低髻，搭配杏紅的冬衣襦裙，倒別有一番嬌柔之態。

用過膳，她試著從寢殿探出頭去。

青簷藏雪，冷霧氤氳，內侍躬身立在廊下，沒人阻攔她。

於是她膽子更大了些，提裙跨門出去，在府邸中四處轉悠起來。

積雪甚厚，目之所及皆是一片蒼茫的白，但依舊能辨出些許熟悉的輪廓。

虞靈犀喚住一個端著空食盒路過的內侍，問道：「你們殿下呢？」

內侍退至一旁，恭敬道：「殿下在偏殿處理事務。」

虞靈犀道了聲謝，朝偏殿行去，一路暢行無阻。

奇怪，自己明明是第一次來寧殷的這座府邸，為何對這裡的一磚一瓦如此熟悉？

走到偏殿，虞靈犀才明白這股熟悉之感從何而來。

這座府邸，赫然就是前世攝政王府的雛形，就連偏殿的擺設都幾乎與前世一模一樣。

寧殷一身深紫錦袍，墨髮以玉冠束了一半，正拿著一份奏摺倚在坐榻上觀摩，質感極佳的袖袍便順著榻沿垂下，不見一絲褶皺。

瞥見門口悄悄探首的美人，寧殷淡薄的唇線扯了扯，喚道：「過來。」

虞靈犀便大大方方地走了進來，行動間裙裾擺動，耳畔兩縷碎髮垂下，給她平添了幾分溫柔明媚。

她竟是別出心裁，用象牙箸綰了髮髻。

小小的刁難，倒讓她玩出了花。

美人已行至面前，見沒有多餘的椅凳，便自然地坐在憑几的另一邊。

寧殷面前擺著一碟金黃甜香的糖蒸栗粉糕，一盞嫣紅剔透的山楂果醬。

她杏眸一彎，如同在虞府時那般乾淨明麗，主動搭話道：「殿下用膳了不曾？」

寧殷並不作答，收回膠著的視線，將密折丟至炭盆中。

眼見著火苗竄起，將那玩意燒成了黑灰，方順手將案几上的栗粉糕推至虞靈犀面前。

虞靈犀以為寧殷是將栗粉糕給自己，雖然剛剛用過早膳，並不餓，但她還是客氣地拿起一塊，蘸上酸甜的山楂果醬，送入嘴中輕輕咬了一口。

寧殷睨視她，神情變得微妙起來。

他挑起好看的眼尾，問：「妳被人送到本王府上，到底是來作甚的？」

虞靈犀一怔，而後反應過來，自己這會兒是個被獻來討好的「禮物」。

做小姐太久了，都快忘了伺候人是何滋味。

虞靈犀綻開毫不吝嗇的淺笑來，沒有一點做「禮物」的自覺。

反正只有這幾天自由日子能過了，不如及時行樂。

「好啦。」她擱下吃了一半的糕點，重新撚了一塊遞到寧殷嘴邊，「殿下請。」

寧殷換了個姿勢，挑剔道：「沒有蘸醬。」

虞靈犀只好仔細地蘸了果醬，剛送過去，就被寧殷捉住了腕子。

沒用勁，溫熱的掌心熨帖在她的瘀傷處，有點酥癢。

「不是這樣蘸的。」

寧殷笑了聲，用另一隻手挑了一食指的山楂醬，慢慢地塗滿虞靈犀柔軟的唇瓣。

虞靈犀的唇形飽滿好看，塗了嫣紅的果醬，宛若上了一層瑩潤的口脂般，襯得皮膚雪白，更是嬌豔誘人。

寧殷湊過來時，虞靈犀一時忘了呼吸，眼睫微微顫動。

只見他傾身側首，先是嘴唇碰了碰那兩片誘人的香甜，然後再以舌尖描摹，一點一點將山楂醬慢慢地舔食乾淨。

寧殷半垂著眼睫，刻意放緩了動作，細膩綿長，彷彿品嘗的不只是果醬。

「殿下，薛侍郎、薛二郎求見。」侍從的聲音遠遠從階前傳來。

虞靈犀從旖旎中驚醒，忙要退開，卻被寧殷一把按住，順勢摟入懷中。

寧殷睜眼，眸色變得幽深起來。

換氣的間隙，虞靈犀聽見他喑啞低沉道：「宣。」

宣？

虞靈犀可不想在這種情況下見到薛岑——準確來說，並不想面對那樁她好不容易短暫逃離的婚事。

殿門大開，廊下已經傳來了腳步聲，可寧殷依然沒有停下的跡象。

和方才的和風細雨不同，這次儼然已超出了品嘗山楂醬的範疇，炙熱的呼吸如同漩渦般，拉著虞靈犀往下墜。

「寧……」

虞靈犀伸手抵在寧殷厚實的胸膛上，推了推，卻紋絲不動。

寧殷想做什麼？

她睜大眼，心臟突地狂跳，血液脹疼。

腳步聲如同踩在心臟上，一聲比一聲近。

寧殷的手卻往上，強勢地扣住她的後腦，彷彿連她的靈魂都蠶食殆盡。

他瘋了，他要拉著她一起瘋。

虞靈犀繃緊了身子，整個人都快燒起來了。

她心跳如鼓，無法呼吸。

腳步聲已經到了殿門口，她腦中一空，攥緊了寧殷的衣襟。

寧殷一揚手，面前半捲的紗簾應聲而落，格擋住外頭的視線。

幾乎同時，薛家兄弟一前一後踏了進來。

紗簾晃晃蕩蕩垂下，庭外清冷的雪光透過簾上玉片的縫隙投入。

窄窄的一線浮光，落在寧殷深幽的眸中，躍動著禁忌的瘋狂。

虞靈犀感覺自己像是被拋到高處，又猛然墜落，心臟快要裂開。

「臣戶部侍郎薛嵩，拜見七皇子殿下。」

「草民薛岑，拜見七皇子殿下。」

一嚴謹、一明朗的薛家兄弟入殿，朝簾後之人攏袖行禮。

一想到薛岑就在一簾之隔的地方，虞靈犀就禁不住心緊，雪腮浮現淺淺的緋紅。

她呼吸凌亂隱忍，綰髮的象牙箸不知何時掉落在地，長髮傾瀉垂下腰際，嘴角還染著山楂醬的殘紅，看上去當真是可憐得不行。

質感極佳的華貴紫袍被揪得起了皺，寧殷也不在意。

他一手抵著太陽穴，一手沿著虞靈犀的纖腰往上，慢慢悠悠輕撫她的背脊，像是安撫一隻受驚的貓。

薛嵩和薛岑亦是有些意外。

隔著朦朧晃動的織雲紗簾，明顯可見寧殷的懷中坐著一個女人。女人看不清面容，但影綽的身形極為妙曼窈窕，紗簾的流蘇下，露出一截葳蕤的裙裾和鬆散垂下的墨髮，裙裾下一點簇新的鞋尖隱現，端的是媚態無雙。

兄弟倆心照不宣，當做沒看見。

薛嵩等了片刻，見簾後之人沒有回應，便又稍稍提高聲音謁見。

「有事就說。」

寧殷淡然道，眼睛卻定定地望著虞靈犀，將她的緊張與忍耐盡收眼底。

「臣奉陛下之命，賞賜七皇子殿下永樂門外良宅一所，婢十人，舞姬一對，另有黃金千兩，珍玩寶馬若干。」薛嵩呈上賞賜禮單，道：「請殿下過目。」

聽到皇帝賞賜了美婢與舞姬，虞靈犀抬眼，抿了抿紅潤的唇。

她唇線抿緊，嘴角那抹暈染的山楂紅便格外顯眼。

寧殷神色悠閒，湊上去品嘗她嘴角的殘留。

還來？

虞靈犀氣呼呼，欲要別開，卻被寧殷輕而易舉地捏住下頜，躲無可躲。

溫熱挑弄的氣息再次鋪灑過來，她索性磨尖了牙齒，在他過於放肆的舌尖上一咬。

寧殷果不其然輕哼一聲。

這番動靜，簾外的人自然聽見了。

荒唐。

薛岑皺眉，移開視線。

寧殷張了張嘴，露出一點被咬破的殷紅舌尖。

細微的疼痛使得他眼底的興味更濃，不退反進，換氣的間隙穩聲道：「薛侍郎忙點，本王尚能理解。只是薛二郎無官無職，怎麼也跑本王這兒來了？」

薛岑一時無言。

簾後的人從衛七到七皇子，不過短短數月，便從身分卑微的家僕搖身一變，變成了宮亂之中的最大贏家。寧殷唯一栽的跟頭，恐怕就是在二妹妹身上。

婚期將近，薛岑怕他會針對虞靈犀，故而才借祝賀之由登門。

薛岑朗聲道：「殿下乃英雄翹楚，捨身救國於危難，薛岑為人臣子，理應拜謁。」

好個冠冕堂皇的藉口。

寧殷捉住虞靈犀亂動的腕子，低啞問道：「那愣著作甚，趕緊拜完走吧。」

薛岑一怔。

寧殷卻是將虞靈犀的臉轉向紗簾，讓她隔著黃暈如霧的簾子直面薛岑，漫不經心道：「拜啊。」

薛岑只好攏袖躬身，一揖到底，朝著簾後恭敬再行大禮。

薛嵩以眼角餘光瞥向胞弟，也拱手道：「臣見叛黨餘孽王令青之流的屍首……」

「薛侍郎既要掌管戶部財力，又要管百官言行，如今連叛黨的處置手法也要過問，當真是公務繁忙。」寧殷甚至帶著笑意，「知道王令青因何事而死嗎？」

薛嵩問：「何事？」

寧殷道：「多管閒事。」

一語雙關，譏諷得極妙。

明明隔著一道簾子，薛嵩卻彷彿被一眼看穿了靈魂。

他下意識拱手道：「臣奉陛下之命，與提督、大將軍分管軍務，尸位素餐，實乃慚愧。」

薛嵩已得到寧殷的態度，心思轉動，說了幾句自謙之言，便欲退下。

「慢著。」寧殷喚住他們。

他箍著虞靈犀，於她耳畔一字一句啞沉道：「替本王向你的未婚妻問好，薛二郎。」

這句話無疑是威脅挑釁，薛岑渾身一震，白淨的臉浮現出薄怒的微紅。

他不知道，自己的未婚妻已經成為了寧殷懷中禁錮的鳥兒。

薛嵩倒是不動聲色，回了句：「臣替弟妹，謝殿下關懷。」

兄弟倆不再言語，各懷心思出了偏殿。

簾子後，虞靈犀憋在心間的那口氣總算紓解出來。

方才的畫面比她任何時候都驚險刺激，那種刺激並未源於行為本身的放縱，而是精神道德的崩塌。

他竟然當著薛岑的面……

虞靈犀耳尖都燒紅了，一半是惱的，便推開寧殷的鉗制，倏地站起身。

因為腿軟慌亂，落地時一個踉蹌，撐著寧殷的肩才勉強站穩。

那手掌軟弱無骨，推起人來貓撓似的，寧殷紋絲不動地笑了聲：「靈犀還真是一如既往的過河拆橋，翻臉不認人。明明方才還纏我纏得極緊，妳瞧，衣裳都被抓皺了。」

「欺負人還要倒打一耙。」虞靈犀抹了把紅腫的嘴唇，「你太過分了。」

她想了想，還是覺得後怕，便又加重語氣惱道：「太過分了！」

她這般鮮活的神態，顯然取悅了寧殷。

「這就過分了？」寧殷嘴角微動，拾起地上掉落的鑲金象牙箸，掬起她的長髮綰了個鬆散的髻，淡然道：「我生來心狠涼薄，只是以前，捨不得太過分。」

「你的過分之處並非什麼陰狠涼薄。」虞靈犀實在忍不住了，蹙著眉道：「明明是兩個人間的雅事，為何非得在薛家人面前敗興？」

寧殷抬眸，半晌道：「哦，敗興？」

「不是麼？」虞靈犀吹了吹散亂的鬢髮，惱他，「小瘋子。」

寧殷喜歡聽她喚「小瘋子」，他也的確挺瘋的。

「別急，我還有好多法子與妳玩。」他笑得肆無忌憚，「等我『玩』夠了再將妳趕出府，若是靈犀聽話配合，興許還能趕上與薛岑拜堂呢。」

提及「與薛岑拜堂」，還未刺到虞靈犀，他自己倒是咬牙切齒起來。

虞靈犀索性拿了塊栗粉糕，堵住他那張可惡的嘴。

見她真生氣了，寧殷這才垂眸，稍稍安分下來。

泥雪滿地，天地寂寥，皇城一片巍峨靜謐。

街道上，薛家兄弟馭馬信步。

「阿兄還不收手？」薛岑控制著踱步的馬，眼中有掙扎之色。

薛嵩道：「你生性純淨未經磨難，不知朝局這張網進得去，未必能出得來。」

「自古奸宦狡詐，阿兄與崔暗來往無異於自毀前程。」薛岑凝神，月白的披風與馬背獵獵，「我去向祖父坦白一切，他老人家自有辦法。」

薛嵩捏韁勒馬，陰沉道：「已經晚了，王令青手裡有東宮和祖父往來的證據，他折在七皇子手裡，有多危險想必不用我來說。牽一髮而動全身，你此時自亂陣腳，無異於將薛家上下百餘口人推入萬劫不復。」

薛岑看著兄長，覺得陌生。

先是祖父、父親，現在連阿兄也……

薛岑苦笑了聲，質問道：「為什麼為官非要依附黨派，這世間就不能有獨善其身之人嗎？」

「虞家先前不依附黨派，你看他們如今混成了什麼樣？若非運氣好，他們家去年秋就該滅滿門了。而你，之所以能穿著錦衣華服乾乾淨淨長大，然後再自詡正義地質問我，不過是……有人替你承擔了所有的風雨和泥濘罷了。」薛嵩望著眼睛通紅的弟弟，終年溫和沉默的臉上總算露出譏誚，「要去揭發，我不攔你。大不了薛家三代人，為你的清高陪葬。」

說罷，他調轉馬頭離去。

薛岑一人一馬站在街道中心，被風吹紅了眼睛。

他一揚馬鞭，策馬在街道中狂奔起來，彷彿只有這樣才能讓那些積壓在心頭的彷徨痛苦宣洩出來。

良知如尖銳的刀刃，攪得薛岑日夜不寧。

他沒有臉去見虞家人，天地這麼大，他卻如孤舟苦渡，找不到自己的方向。

薛家兄弟走後，寧殷也領著人出去了。

虞靈犀獨自在王府裡轉悠，大概是寧殷吩咐過的緣故，她在此間暢通無阻，唯有接近府門時才會被擋回來。

她循著前世的記憶摸去書房，尋了兩本書看，不覺天色漸暗，揉揉脖子起身，才發現一旁的案几上已經燃了紗燈，並備好了熱騰騰的飯菜。

府中的侍從婢子也和前世一般，來去無聲，安靜得彷若提線木偶。

虞靈犀用過晚膳，忽然有了個主意。

她喚來廊下值守的宮婢，讓其送針線綢布等物來寢殿，便藉著星辰般繁多的燭火，親手描了個香囊花樣。

許久不曾做針線活，有些手生，拆拆補補繡了半宿，才勉強繡了個最拿手的壺形瑞兔香囊。

因她屬兔，從小只擅長繡這個。

塞入事先備好的香料和紅豆，再打上墨綠的穗子，紗燈裡的燭盞已經快燃到盡頭。

夤夜了，寧殷竟還未歸來。

莫不是去新賜的宅邸裡，找那十幾個新賜的「禮物」去了？

不至於，寧殷並非耽於女色之人。

虞靈犀很快否認了這個想法。

她打了個哈欠，不再等候，梳洗完畢便蹬了鞋襪，滾入那張寬敞的大榻上，蓋上被子沉沉睡去。

醒來時天已大亮。

虞靈犀抻了抻身子，扭頭一看，榻邊交椅上交疊雙腿坐著一人。

玄色大氅上凝著雪化後的水珠，襯得寧殷的臉俊美冷白，垂眸靜思時眼底有淺淡的陰翳，顯得格外陰沉淩寒。

虞靈犀眨了下眼睛，又眨了下，遲鈍的思緒清醒起來，帶著睡後的鼻音問：「你一夜未歸？」

寧殷抬眸，慢悠悠道：「皇上新賜了宅邸和美人，我總得過去瞧瞧。」

虞靈犀一頓。

寧殷嘴角輕輕一動，又道：「擔心有人獨守空房太過寂寞，匆匆趕回，未料妳倒睡得香甜。」

這語氣，虞靈犀便知他定然是在騙自己了。

她哼了聲，掀開被褥起身，便見一個墨綠色的東西從她懷中掉了出來。

是昨晚臨時趕工繡好的香囊。

寧殷的視線也落在那枚香囊上，帶著幾分探究。

虞靈犀清了清嗓子，將香囊抓在手裡，披衣踩著柔軟溫暖的地毯下榻道：「我見殿下不曾佩戴過香囊，昨日無事，便試著做了個。」

她走了過去，而後聞到了經久不消的血腥味。

虞靈犀在心裡輕嘆一聲，裝作沒聞見，蹲身笑道：「我給你佩戴上了哦。」

寧殷盯著她手裡那只心思明顯的香囊。

許久，抬抬袖子，露出了空蕩的墨玉腰帶。

虞靈犀蹲身，指尖觸上他的腰帶，那股血腥氣便越發明顯。

仔細一看，連墨玉腰帶上亦有飛濺的細小血漬。

虞靈犀才略一遲疑，寧殷便按住她的手。

她抬頭，聽見寧殷若無其事道：「陪我沐浴更衣。」

虞靈犀一愣。

陪……陪？

淨室中有一片白玉砌的人工湯池，雖不似前世那般雕金流丹、奢華靡麗，但甫一推門，虞靈犀還是被層層疊疊的垂紗水霧迷晃了眼。

侍從送了乾淨的衣裳、沐巾等物進來，又悄然掩門退下。

寧殷隨意解了大氅丟在榻上，朝著虞靈犀張開雙臂。

好吧。虞靈犀認命地走過去，替他解了腰帶和外袍。

深暗色的外袍不顯顏色，褪去後才發現他裡衣下擺處暈染了一片鮮血。

虞靈犀的心提了起來。

她定了定神，再挑指解開裡衣繫帶，露出他精壯冷白的上身。

半披半束的墨色長髮垂下他寬闊肩頭，於是白的越發蒼白，黑的越發墨黑，呈現出一種凌寒而又壓迫的矯健。

萬幸他身上雖沾著血，卻並未見到什麼猙獰的新傷。

虞靈犀借著寬衣的間隙悄悄觀察了一番，終於確定，那些血腥味想必是他處理別人時留下的。

她剛放下心來，便聽寧殷問：「好看嗎？」

虞靈犀回神，自己方才的眼神的確太過放肆了。

她淺淺一笑，坦然道：「殿下英姿無雙，自然好看。」

這些話，他做衛七時可不曾聽過。

「那便過來，看仔細些。」

寧殷哂笑一聲，自己解了褲帶，腰窄腿長，行動間暗色的陰影一晃而過。

虞靈犀指尖一抖，下意識調開了視線。

時隔兩輩子，再見到那片陰暗，仍是止不住心驚。

寧殷像是當她這個人不存在似的，神色悠閒地邁動長腿，迎著水光朝湯池中走去。

「嘩啦」的水響，水霧如漣漪般層層蕩開，他坐入其中，線條有力的手臂搭著白玉池沿，微微仰起下頜。

乾涸的血漬碰了水，絲絲縷縷暈開些許淺紅，轉瞬消失不見。

水霧溫柔地從四面八方包裹而來，時不時有一滴水從寧殷過白的指尖滴落，蕩開些許細碎的漣漪，他整個人像是誤入人間的俊美妖邪。

見身後久久沒有動靜，他睜開了眼，側首問：「這湯池大否？」

這問題著實來得莫名。

虞靈犀摸不準他的意思，看了偌大的湯池一眼，眨眨眼道：「很大。」

「既然大，還怕容不下一個妳？」寧殷手臂搭著池子邊沿，屈指叩了叩，「還是說，讓我教靈犀如何『陪』？」

「……」拐彎抹角，原來為了這個。

虞靈犀咽了咽嗓子，婉拒道：「不必，我沒有清晨沐浴的習慣。」

她道了聲「殿下自用」，便低頭去了外間，反正寧殷也不可能赤身來追。

一口氣衝到外間才發現，香囊還攥在自己手裡，忘了擱在盛放衣裳的托盤裡。

罷了，等他沐浴完再親手給他吧。

虞靈犀坐在外間休息的小榻上，將香囊貼在心口，慢慢抬手覆住被熱氣蒸得發燙的臉頰。

奇怪，方才心慌什麼？

上輩子能坦然相見的人，這輩子再見卻莫名有些侷促，大概是安穩日子過久了，臉皮也越來越薄了。

虞靈犀自省了一番，起身打了乾淨的水，簡單的梳洗齊整。

今日無風，唯有雪簌簌落下，柳絮般紛紛揚揚。

外間與湯池相連，因燒有地熱且鋪了柔軟毛毯的緣故，即便門扇大開亦不覺寒冷。

侍婢送了茶盞點心過來，虞靈犀便倚在正對雕花月門的軟榻上，一邊飲茶等待，一邊欣賞庭中的雪景。

寧殷沐浴更衣出來，所見便是如此之景。

外間溫暖如春，姿容姝麗的少女披著素衣倚在軟榻上，手執一盞清茶，蜿蜒柔軟的長髮順著腰線淌下，在榻上積成墨色的一灘，不用開口說話，便已是占盡風華。

總覺得眼前之景有些熟悉，熟悉到似乎很久以前，她便屬於這裡。

寧殷繫好腰帶走過去，伸指撚了撚她冰涼的髮絲。

虞靈犀回過頭，嘴角翹了翹：「洗好了？」

寧殷在她身旁的空位坐下，半濕的頭髮披散，更顯得面容英挺瘦削，倒有幾分前世的病態張揚。

「沒見過把主子丟在浴池，自己跑出來消遣的『禮物』。」

他的聲音低且沉，帶著幾分半真半假的陰涼不滿。

虞靈犀毫不懷疑，他下一句定然就是千奇百怪的恐嚇方式，然後再居高臨下地欣賞她受驚的樣子。

於是她笑著沏了一盞茶，推過去哄道：「這麼冷的天，濕著頭髮吹風容易著涼，我給殿下擦擦吧？」

寧殷皮瞥了殷勤的她一眼，鬆開了指間輕撚的頭髮。

虞靈犀取了柔軟的布巾，於榻上跪坐而起，將他潮濕的髮絲擦乾，梳理齊整。

寧殷的頭髮手感極佳，連髮根都是極致的黑，虞靈犀情不自禁多梳了會兒，直至全乾了，方戀戀不捨地鬆手。

寧殷看著她搗鼓，而後取了一把三寸長的短刃，丟在她的手邊。

那短刃一看就很鋒利，薄薄的泛著冷光。

虞靈犀下意識一緊，問道：「作甚？」

寧殷掀起眼皮，指了指自己的下頷。

虞靈犀這才發現，他一天一夜忙碌未歸，下頜處已冒出了極淺的淡青色胡渣。

這人真是越發刁難了，不只寬衣暖榻，連梳髮剃鬚這等小事也要她動手。

王府裡其他侍從都不管事麼？

腹誹歸腹誹，可虞靈犀還是好脾氣地拿起短刃，挪身湊近了些。

太近了，有些無從下手。

「怎麼做？」她誠心求問。

上輩子，也沒替他做過這般親密瑣事。

寧殷「嘖」了聲，指了指一旁托盤裡備好的白玉盒，「抹上潤滑的香膏，再下手，不容易受傷。」

這步驟怎麼和……

都怪這座府邸與前世太相似了，觸景生情，總讓她想起一些不該想起的旖旎。

虞靈犀抿了抿唇，依言取了香膏捂化，擦在他略微粗糲的下頜上，而後用小刀謹慎地一寸寸刮著。

她做得十分細緻認真，刮了一半，冷不防對上寧殷深幽的視線，虞不由微怔。

她被寧殷看得有些手抖，便放下刀子無奈道：「殿下總盯著我，我不敢下手。」

「靈犀若想逃回去，此時便是最佳的時機。」

寧殷忽然開口。

虞靈犀沒反應過來：「什麼？」

「現在四周無人，妳若出其不意用刀刃劃破我的喉管，取勝的幾率甚大。」寧殷握著她的手，引著她將刀刃抵在自己的喉結上，慢悠悠道：「就像這樣，鮮血像花一樣噴湧而出，我連叫都沒法叫一聲。」

明白他的意思，虞靈犀的神情由茫然變得驚愕。片刻，她眼尾漸漸浮現惱怒的微紅。

「你在說什麼？」她試圖抽手，「你在說什麼呢，寧殷？」

寧殷卻是笑了起來，低低的，沉悶的，透著優雅的瘋性。

「就事論事，教妳如何逃走。」他道。

這個玩笑，一點也不好笑。

虞靈犀皺起了眉，可抽不回刀刃，又怕傷著寧殷，她心下一橫，索性抬起另一隻手去握刀刃，企圖包住那片鋒利。

寧殷下意識鬆了手。

原來，他也有怕的時候啊。

虞靈犀哼了聲，趁機捧住寧殷的臉頰，將他張揚恣睢的臉牢牢固定。

「不許亂來，聽見沒？」她杏眸瞪著，沒什麼威懾力地警告，「當心真傷著你。」

溫軟的手掌貼在側臉，足以暖化所有的陰暗不堪。

寧殷的眼睛幽深而亮，他瘋起來的時候眼睛總是很亮。

「怕嗎？」他看了虞靈犀許久，近乎溫柔道：「如果是靈犀的話，我不會還手的。」

虞靈犀已經連生氣的力氣都沒了。

「如果是殿下的話，我亦捨不得下手。」虞靈犀順手拿起桌上的點心堵在他嘴裡，無力道：「安分點吧，別發瘋。」

於是寧殷屈腿倚在榻上，總算安靜下來了。

嘴巴雖然安靜，可目光卻不甚老實，依舊落在虞靈犀身上，隨著她的動作微微轉動。

虞靈犀給他將下頜擦乾淨，側身將小刀擱回案几上，便覺腿上一沉。

寧殷大概累極，倚著的身子漸漸鬆緩下來，換了個仰躺的姿勢，以她的雙腿為枕。

虞靈犀怔神，心中湧起一股奇異的暖意。

大概是他此刻的行徑乖順而又安寧，像是露出肚皮的野獸，透出以前不曾有過信任親近。

她積攢的那點慍惱也消散殆盡，撐著榻沿傾身摸到他的腰帶，輕手輕腳地努力許久，終於將香囊順遂地掛在他的白玉腰帶上。

「別動。」寧殷捉住虞靈犀的手，貼在臉旁閉目道：「讓我睡會。」

一天一夜奔波不息，明刀暗箭，亂局如流。

他大概真的累了，眼睫下投著一圈陰翳，越發顯得鼻梁挺直而眉目深邃，唇薄得彷彿兩片折劍。

虞靈犀的目光柔軟起來，以膝為枕，有一搭沒一搭地輕撫著他後梳的墨髮。

大雪飄飄灑灑，時間彷若慢了下來。

寧殷只睡了半個時辰便醒了。

下屬的腳步聲尚在十丈開外，他便驟然睜眼，眸黑如墨，一點疲色也無。

待到下屬隔著月門稟告事宜時，他已起身束髮齊整，道了聲：「按計劃行事。」

便又是大半日不見人影，簡直是個不知疲倦的怪物。

虞靈犀倒是腿痠麻得不行，宛若萬蟻啃噬，緩了許久才緩過來。

那個香囊，寧殷會戴著去上朝吧？

虞靈犀不太確定。

這個答案，第二日一早便有了。

虞靈犀照樣是被悶醒的。

回過頭來一看，便見寧殷側躺在榻上，將她整個攔腰箍在懷裡，溫熱的鼻息綿長地噴灑在她頸窩中。

他應是忙了徹夜後，直接從宮裡歸來的，身上的王袍還未來得及換。

虞靈犀知道，昨日吉時是他的封王大典，如今的寧殷，是貨真價實的靜王殿下。

離前世的巔峰，僅有一步之遙。

虞靈犀剛動了動身子，寧殷便醒了。

他將虞靈犀的身子硬生生拗過來，變成面對面的姿勢，端詳著虞靈犀惺忪柔媚的睡顏。

方才拗過來的姿勢幅度太大，虞靈犀的衣襟繫帶鬆了，露出一片雪白起伏的肌膚，精緻的鎖骨隨著呼吸微微起伏。

「什麼時候回來的？」她渾然不覺，惺忪問道：「要睡會嗎？」

寧殷視線往下，駐留許久，輕啞道：「哪種睡？」

虞靈犀順著他的視線往下，頓時大窘，忙縮入被中合攏衣襟，卻被寧殷單手按住。

他審視著虞靈犀微顫的眼睫，素來並不主動，卻擅長讓獵物自投羅網。

哪怕只是一個眼神，亦是壓迫十足。

虞靈犀睜著眼，忍不住想要打顫。

寢殿蒙昧，銀炭生香。

正此時，門外傳來了侍衛的聲音：「殿下，虞家小將軍求見。」

兄長？

虞靈犀下意識挺身，手腕卻被輕而易舉被壓在枕邊。

寧殷翻身覆上，指腹沿著她的耳垂與頸側往下，目光幽沉道：「不見。」

「殿下？」虞靈犀小聲懇求。

寧殷指腹徘徊，不為所動。

不稍片刻，侍衛去而復返，腳步明顯匆忙許多：「殿下，小將軍打進來了。」

寧般眉頭一皺。

現在這情景儼然不適合繼續，虞靈犀忙道：「讓我去見他一面，好嗎？」

寧殷看了她半晌，鬆開了手。

「去吧。」他淡然道。

他這麼好說話，虞靈犀反倒遲疑了。

見她不動，寧殷輕笑了聲：「妳費盡心思做了個香囊，讓本王隨身攜帶，不就是為了這一刻嗎？」

虞靈犀張了張嘴，蹙眉道：「也不全是為了這個。」

「給妳兩刻鐘。」寧殷伸手將她的鬢髮別至耳後，「趁我未反悔。」

「其實那個香囊是……」

「一刻鐘。」

時間怎麼越談越短了。

虞靈犀只好悻悻住了嘴，用平生最快的速度飛快穿衣下榻，連斗篷也忘了繫，小跑著朝前庭奔去。

她一走，寧殷眼底的笑意便淡了下來。

「叫李九過來。」他赤足踩在冰冷的地磚上，喚來侍衛，「帶上他的弓。」

第二十五章　紅豆

虞家出過不少武將。

但稱得上真正天賦異稟少年將才的，非虞煥臣莫屬。

此時他背映青簷蒼雪，白色武袍無風自動，以一人之力突破王府親衛的攔截，已經闖到了中庭。

因是不請自來，他甚至沒有拔劍。

虞靈犀跑得氣喘吁吁，於廊下喚了聲：「兄長！」

虞煥臣停了腳步，目光朝她望來。

虞靈犀提裙下了石階，紅著臉肅然道：「都住手！」

侍衛們下意識朝旁邊某處看了一眼，不知得了誰的命令，都乖乖收攏了兵刃，立侍一旁。

虞靈犀鬆了口氣，忽而腕上一緊，被虞煥臣大步領至一旁。

「妳怎麼樣？有沒有受傷？」虞煥臣看到她披頭散髮、衣裳單薄的模樣，英氣的劍眉擰得更緊了些，「大雪天連件禦寒的厚衣裳都沒有，是他故意苛待妳了？」

「不是。」虞靈犀搖了搖頭，「是我聽聞兄長來了，心中歡喜，來不及穿戴齊整。」

虞煥臣解下罩袍裹在妹妹身上，擔憂道：「他……欺負妳了？」

虞靈犀愣了會兒，才反應過來這句「欺負」的意思。

畢竟她這副睡意初醒的模樣，明顯是從榻上匆匆趕來的。

她露出乾淨的笑顏，溫聲道：「沒有欺負，我在這一切都好。」

此言也不算是假話。

雖然寧殷偶爾使壞嚇她，但始終不曾越過底線。真正瘋起來時，他也只敢握著虞靈犀手裡的刀刃，往自己喉結上送。

虞煥臣將信將疑地看著她。

「那日宮變，府中防備鬆懈牽連歲歲，是哥哥不好。回來後不見妳，我們都快急瘋了。」他繃著嗓音，「直到早朝之上見到了靜王腰間的香囊，認出是妳所繡，這才篤定妳確然在靜王府中。」

妹妹唯一擅長繡的便是瑞兔花樣，虞家人人皆有一只，對她的針法十分熟悉。

虞煥臣的那只兔子香囊佩戴了三四年，直到今年成婚後，才換成蘇莞送的葡萄紋鏤銀香囊。

「我就知道兄長能認出來。不過，此事真的與寧殷無關，寧殷知道那個香囊是給你傳信用的，可他依然選擇佩戴，這已然能表明他的態度。」虞靈犀怕誤會加深，便解釋道：「是王令青事敗後狗急跳牆，聽聞七皇子曾淪落為奴，便將我擄來這送給他，以此換取生機。」

王令青？

虞煥臣沉思：七皇子流亡的內情並未擺在明面上，一個小小的東宮走狗是如何知曉的？

未等他想明白，便聽妹妹問：「而今朝堂局勢如何？」

「一灘渾水。」提及這事，虞煥臣的神色便更凝重了些，「舊黨新貴蠢蠢欲動，總有不怕死的想趁亂分一杯羹。」

難怪這幾日寧殷身上總有許多未乾的血跡，虞靈犀輕輕蹙眉。

「這些暫且不提，前日我與父親欲以功勞換取皇上收回賜婚成命，皇上卻只是裝糊塗，想必不能來明的了。」虞煥臣道：「大婚之前還不知會有什麼變故，妳先跟哥哥回家。」

虞靈犀攏著兄長寬大的外袍，沒有動。

虞煥臣回過頭，喚道：「歲歲？」

「我不想回去。」虞靈犀深吸一口氣，抬首道：「我要留在寧殷身邊。」

「歲歲不回去？」虞煥臣有些訝然，隨即沉下目光，「靜王威脅妳，讓妳留下來做人質？」

「我說了，是我要留下。」虞靈犀呼出一口白氣，垂眸柔聲道：「上一次，我沒有選擇的餘地；這一次，我不想再拋下他。」

如今朝局雖然動亂，但至少，寧殷不再是那個需要忍辱負重、命懸一線的衛七。

虞煥臣還是不放心。

朝中小亂不斷，寧殷又鋒芒太過，他怎麼可能放心將妹妹獨留在此間？

「不行……」

「我想賭一把，兄長。」虞靈犀眸光堅定，思緒清明道：「若大婚當日還沒有最後的結果，才是我認命的時候。」

「離大婚不過四日，如何來得及？」虞煥臣正色道：「妳這是拿自己的命做賭，歲歲。」

「可不選擇他，我這輩子都會後悔。」

見虞煥臣不肯鬆口，虞靈犀便抿唇笑了笑。

「告訴兄長一個祕密。」她眼裡盛著通透的光，上前一步道：「你以為就我們在為賜婚的事著急，寧殷不急嗎？」

那個人，可是光提到她與薛家的婚事，都會咬牙切齒地撚酸呢。

於是虞靈犀想賭一把，就賭她在寧殷心中的那點地位。

虞煥臣沒有說話，目光中略有掙扎之色。

虞靈犀輕輕拉了拉虞煥臣的袖邊，哄道：「我送兄長出府，好不好？」

虞煥臣看了妹妹許久，終是長長嘆出鼻息。

虞靈犀掛著明淨通透的笑，親自送哥哥至府門前。

「不成，還是太冒險了！」虞煥臣出了府門又折回，一把拉住妹妹的手腕道：「哥哥不放心！」

他才剛觸及虞靈犀的腕子，便聞一陣破空之聲咻咻而來。

常年疆場練出的反應能力使得虞煥臣第一時間鬆手，繼而一支羽箭擦著他的護腕飛過，釘入身後凝冰的地磚之中。

地磚裂開蛛網般的紋路，力度大到入地兩寸，箭尾仍嗡嗡不止。

虞煥臣瞥了劃破的袖子一眼，臉色一沉。方才若不是他反應迅速收回手，這支箭刺破的便不只是他的袖子了。

「歲歲，哥哥希望妳想清楚。」虞煥臣指著地上那支羽箭，「妳要留在這樣危險的人身邊？」

虞靈犀知道，一刻鐘的時間到了。

「他只是怕你帶走我，像上回一樣。」虞靈犀壓了壓唇線，解下虞煥臣的外袍遞還過去，「我會每日給家中寫信報平安的。再縱容歲歲一次，可好？」

虞煥臣心情無比複雜，接過外袍往外走了幾步，停住。

他又回頭看著妹妹許久，直至她笑著揮手，才沉重邁下石階，翻身上馬。

屋簷上的雪塊墜落，吧嗒一聲輕響。

兄長走後，虞靈犀垂眸看著釘在磚縫中的羽箭，輕嘆一口氣。

她雙手並用，將羽箭拔了出來，握在手中掂了掂，然後轉身去了寢殿。

現在，該關起門來找小瘋子算帳了。

寢殿裡沒有一個侍從，寧殷赤足坐在榻上，仍保持著她離去時的姿勢，手中把玩著一塊黑色的玉雕，不知在想什麼。

虞靈犀極少見他這般岑寂的模樣。

見到虞靈犀面色沉靜地進門，他明顯怔了怔神，才極慢地綻開一抹笑來。

「妳回來了。」他若無其事地直身，將玉雕鎖回榻頭的暗格中，「遲了兩息。」

「這個，是怎麼回事？」

虞靈犀擰著眉，氣呼呼將那支羽箭拍在他面前的案几上。

「這個啊。」寧殷拿起那支羽箭，屈指彈了彈冰冷的箭尖，發出「叮」的一聲，「本王素來記仇，所以告訴李九，若是虞煥臣敢帶妳走，便廢他一隻手。」

見虞靈犀瞋目，他不在意道：「廢一隻手而已，又不曾殺他。」

「那是我兄長。」虞靈犀站在他對面，神情認真端肅，「你要傷他，還不如傷我來得痛快。」

「我怎麼捨得傷靈犀呢？」寧殷笑了聲，緩聲道：「靈犀永遠不會犯錯的，錯的都是別人。」

「那真是抱歉，我沒有跟兄長走，殿下的計畫落空了。」虞靈犀抱臂，捨下臉往他身邊一坐，「殿下如今扶雲直上，既然甘願放下身分做我的姘夫，我為何要走？」

寧殷抬眸，端詳她的神色半晌，問道：「妳說什麼？」

「我說，我要賴、在、這！」虞靈犀一字一句說得清楚，「哪怕我有皇帝的賜婚在身，哪怕四日後花轎無人、婚宴大亂，也與我沒有關係！反正是靜王殿下將我留下的，是殿下捨不得我……」

「放肆。」寧殷瞇了瞇眼。

「難道不是？兄長被我氣走了，爹娘也不會再管我，我沒有家了。」虞靈犀竟然越說越動情，忍不住酸了鼻根，別過臉道：「殿下若不管，大不了四天後我們一起死。」

寧殷許久沒有答話。

一向譏嘲善辯的靜王殿下，此時變得格外乖順，清冷的眸色定定地看著虞靈犀，翻湧著未知的暗色。

片刻，那暗色平息，凝成深不見底的潭。

「靈犀又騙我了。」他像是說給自己聽，掃了自己腰間掛著的那只針腳雜亂的香囊一眼，慢悠悠嗤道：「畢竟連親手做的香囊，都只是為了向虞家傳遞消息。」

虞靈犀不敢置信地看著他。

有時候，她真是恨不得將寧殷的腦袋打開，瞧瞧那裡面都裝了什麼彎彎繞繞。

她索性伸手，將香囊一把拽了下來。

「吧嗒」一聲輕響，寧殷眼底的淺笑一凝。

他抓住她的腕子，拉近些，望著她的眼睛溫聲道：「趁我沒生氣，還回來。乖。」

「既是知道我的用意，為何你還心甘情願佩戴這物？」虞靈犀忍不住問，「你這麼聰明，怎麼就不曾想過打開香囊看看呢？」

她氣得將香囊扔回寧殷身上，然後扭身坐在床榻盡頭，背對著不理他。

寧殷狐疑，捏了捏那只墨綠色的壺形香囊。

手感的確有些不對勁。

他昨日拿到這物後忙於公務，只在疲憊時解下來嗅了嗅其中香味。

如同飲鴆止渴，帶著近乎自虐的清醒與甘於墮落的沉迷，並未對裡頭的填充物起疑。

寧殷遲疑了片刻，終是將香囊收緊的細繩拉開，倒出裡頭的香料和棉花。

除了薄荷、丁香等常見的香料外，裡頭還有兩顆指尖大小的相思紅豆。

紅豆上刻了字，一顆刻著「歲」，一顆刻著「七」。

寧殷忽然安靜下來，垂下眼瞼，指腹來回撫摸著那兩顆刻著拙劣字跡的相思豆。

再抖了抖香囊，裡頭又掉出一張折疊的紙箋，上頭用娟秀的蠅頭小楷寫著兩句話。

——雙生有幸，見君不悔。

「雙生有幸，見君不悔。」寧殷在心裡又默念了一遍，而後低笑一聲，故作平靜道：「都道一生一世，靈犀卻為何寫『雙生』？」

虞靈犀扭過頭，甕聲甕氣道：「因為一輩子不夠你作妖的！」

香囊裡放紅豆是京中女子用作定情剖白的信物，寓意生生世世、相思不忘。她花了大半夜才做好這個東西，寧殷這瘋子竟是壓根沒領悟到，難怪一早就陰陽怪氣的。

明亮溫柔的少女，連獨自生悶氣的樣子都是賞心悅目的一幅畫。

寧殷盯著手裡的紙箋片刻，忽而低笑出聲，越笑越放肆，直至笑得雙肩顫動，連眼尾都笑得泛起了紅。

虞靈犀從未見寧殷這般恣意地笑過，不由皺眉看他。

寧殷扳過她的肩，虞靈犀想起自己還在生氣，便扭身掙開。

寧殷再碰，她又掙開，難得骨氣了一回。

於是寧殷將她整個人攬入懷中，而後收緊手臂，用下頷抵著她的髮頂，輕輕摩挲。

他一句話也沒說，他永遠不會說「對不起」。

這就是他道歉的方式。

「你完了。」虞靈犀悶在他懷裡，包容而又嬌氣，「我賴上你了，小瘋子。」

寧殷擁得更緊了些，像是要將她整個融入骨血，藏在心尖。

「好啊。」他笑得溫柔而又瘋狂，於她耳尖一咬，「陪瘋子下地獄吧。」

虞靈犀不想和寧殷下地獄。

人世間這麼多美好，風花雪月，山河萬里，她要和寧殷一同走過，將上輩子的缺憾活成圓滿。

可虞靈犀還是有那麼一丁點生氣，不僅因為那支射向兄長的箭，更是寧殷偏執亂想的性子，她並不打算將此事揭過。

「以後我會常給家人報平安，告訴他們我在此處挺好，直至四日後天下大亂。」她趁機提要求，告訴他：「若不放心，你可以拆看信件內容，但不許阻攔，知道不曾？」

寧殷面無表情，捏了捏她的腰肉。

「差不多得了。」他的聲音帶著鬆懈下來的慵懶，輕緩一笑，「平常人這般對本王說話，是會被拔舌頭的。」

虞靈犀哼了聲，在他懷裡轉過身，將散落滿榻的香料、紅豆和紙箋重新裝回香囊中，拉緊抽繩繫了一個優雅的結，重新掛回寧殷的腰帶上。

「這個我只送一次，你要收好。」

她穿得單薄，方才又出門吹了風，指尖凍得微微發紅。

寧殷沒有回答，只略微抬起手臂，低沉道：「到姘夫懷裡來。」

虞靈犀與他面對面，將下頜擱在他肩頭。

寧殷就勢將她攬入懷中，單手解開衣襟抓著她的手按在自己胸膛處，用自己身上最滾燙的心跳溫暖她的指尖。

冰冷的手掌猝然貼在心口的位置，涼意刺骨，定然不好受。

可寧殷卻反而將她的手掌貼得更緊些，低笑悶在胸腔中，震得虞靈犀的半邊臉頰發麻。

他慢慢撫著虞靈犀的頭髮，用身體將她禁錮，心口的溫度燙得她指尖微蜷。

大婚前日。

寧殷照舊早出晚歸，忙時整天整夜不見人影，閒時便喚她陪著烹茶靜思，像是忘了薛、虞兩家那樁天子親賜的婚事。

下屬進進出出稟告朝中事宜，從惠嬪突發暴斃，不到一歲的小皇子殿下過繼到皇后身上，一直談到御史臺的官員調動，事無鉅細，卻不曾有一件與取消婚事有關。

虞靈犀提筆潤墨，只能憤憤然寬慰自己：那便看誰先沉不住氣吧。

她修了家書一封，告知家人自己一切安好，婚事喜堂的布置需如常進行，以免被人抓住把柄云云。

寫好後吹乾墨，她便將家書折好交給門外的侍從，回屋躺在榻上，撒手不管了。

一盞茶後，這封家書便到了寧殷的手中。

他一手屈指抵著太陽穴，端詳著那頁薄薄的信紙，視線在那行「婚事喜堂布置，如常進行」上稍作停留。

幾名親信下屬正靜默一旁，等候命令。

自宮變以來，朝中職位空缺無數，不乏有戶部、兵部的肥差。而寧殷最先埋下棋子的，卻是御史臺的言官。

他所見並未眼前之利，控制了御史臺院，便能控制朝廷風向。

不知過了多久，靜王殿下將信箋慢條斯理折好，吩咐道：「讓御史臺的人準備奏摺。」

坤寧宮，崔暗躬身進殿。

見皇后正在榻上哄小皇子入睡，他便順手取走宮女手中的篦子，替皇后慢慢梳起頭髮。

繈褓中的嬰兒未及周歲，還不知道自己已經沒有親娘了，睡得香甜。

皇后不動聲色坐起身，略一抬指揮退宮婢。

崔暗便慢聲稟告道：「娘娘，新上任的柳御史兩刻鐘前著官袍離家，正準備入宮面聖。」

皇后看了外頭殘雪上投射的斜暉一眼，道：「這個時辰，他有何事要報？」

崔暗回答：「據說，他手裡有薛右相的一些不利證據，可要臣出手……」

「給薛家傳個信吧，你我便不必淌這趟渾水了。」皇后虛無的目光落在熟睡的嬰兒身上，問道：「原先東宮懷孕的那幾個侍妾，如何了？」

「皇上念及其身懷六甲，並未處死，而是幽禁在掖庭宮中，如今孕期已快足月。」崔暗頓了頓，方繼續道：「孩子生下來，世代為奴。」

「既如此，就不必生了。免得陛下某日想起，會覺得心堵。」皇后拍了拍小皇子的繈褓，古井無波道：「處理了吧。」

虞府西宅，下人正在掛紅綢喜字。

見到薛岑登門，虞煥臣有些意外。

無論是兩家如今貌合神離的關係，還是他目前尚且背負的「未婚夫」身分，都不該此時上門。

薛岑瘦了些許，但依舊儒雅清俊，開口只有一句：「阿臣，二妹妹還好麼？」

虞煥臣心裡一緊，險些以為薛岑已經知曉么妹留宿靜王府的消息。

但很快，他否認了這個想法。

薛岑的目光看起來乾淨溫和，似只是這麼久沒有虞靈犀的消息，忍不住為她擔心。

「歲歲很好。」於是虞煥臣回答。

薛岑略鬆一口氣，又道：「可否勞煩阿臣替我轉告二妹妹，能否與她小敘片刻？」

當然不能！

「此時見面，於禮不合。明日便是婚期……」說到這，虞煥臣微妙一頓。

他心裡無比清楚，明天恐怕沒有什麼婚期，只有翻天覆地的一場亂。

傻歲歲一條心繫在七皇子身上，歸是為了他，逃亦是為了他。

可薛岑什麼都不知道，他只是略一皺眉，便做出了讓步。

「是我唐突了。不過阿臣，望你這兩日守護好二妹妹，那日自靜王府邸歸來，我便心神不寧，總擔心她出意外。」他用笑了笑，溫聲道：「但願是我想多了，她在將軍府裡，能有什麼意外。」

「阿岑……」虞煥臣心情複雜。

他與薛岑十幾年的交情，從兒時「秀才遇上兵」的互看不順眼，到少年、成年後的無話不談，沒有人比他更清楚薛岑是怎樣的人。

他太乾淨了，活在三代人的庇護下，乾淨到有些犯傻的地步。這原是虞煥臣最欣賞的一點，這樣的人沒有心機，不會辜負妹妹。

可直到現在，薛岑還天真地認為能有兩全之法，誰都不會傷害。

虞煥臣理解薛岑的無辜，卻永遠不會原諒薛家人，這是他的底線。

「沒什麼。」見薛岑投來疑惑的目光，虞煥臣改口道：「歲歲很安全，放心吧。」

「阿臣。」

不知為何，薛岑忽然有一種衝動，幾乎脫口而出。

他咽了咽嗓子，許久問：「不管將來發生什麼事，我們還是好友嗎？」

虞煥臣思忖片刻，說：「當然。」

薛岑點頭，認真施以一禮，方轉身朝馬車走去。

馬車裡，薛岑閉目靠著車壁，握緊了手指。

剛才那一瞬，他很想坦白阿兄夥同崔暗參與了「災糧」一案，可想起祖父和父親，到嘴的話硬生生咽回腹中。

一瞬的茫然過後，便是更沉重的自責席捲而來，他為自己的卑劣而感到羞恥。

入夜，風夾雜著雪粒墜下，滿堂紅綢喜慶。

五更雞鳴，薛府上下就忙碌起來，無數侍婢隨從來來往往，瓜果飄香，操辦著京城中近年來最盛大的一場婚事。

薛岑一夜未眠，木架上齊整的大紅婚服在燭火中拉出淺金色的光澤，衣襟上的瑞鳥祥雲栩栩如生。

他沉浸在這場靡麗喜慶的夢境裡，短暫地卸下滿腹心事，認真沐浴更衣，按禮前往廳堂受祖父教誨。

路過書房，卻聽裡面傳來薛父壓低的呵斥聲。

「失敗了？」他問，聲音是從未有過的嚴厲。

「街上耳目眾多，我們的人沒有攔住。」低啞的聲音，明顯屬於阿兄。

薛岑情不自禁停了腳步。

書房中沉默許久，才傳來父親的聲音：「去查查，這背後到底是誰授意。」

「不必了。」祖父嘶啞蒼老的聲音響起，帶著少有的疲憊，「二郎既已成家，我這把老骨頭也該讓賢了，薛家的基業遲早要交到他們兩個年輕人手中。」

繼而門開，一身官袍的薛右相拄著拐杖，緩步邁出。

薛岑立刻退至一旁，恭敬道：「祖父要入宮？」

薛右相長舒一口濁氣，頷首道：「是。」

「今日孫兒大喜，是有何急事……」

「這些不用你管。」薛右相打斷他：「你唯一要做的事，便是順順利利地將虞二姑娘娶進門，莫要辜負皇上厚愛。」

薛岑目送祖父上車入宮，心中隱隱不安。

好在再過半日，他便能心愛之人拜堂成親了。

他不奢求得到二妹妹的愛，但如果唯有權勢才能護住心愛之人，他甘願學習為官之道，努力強大起來，一輩子敬她、護她。

這是他欠她的。

大婚當日。

卯時，朝會之前。

皇帝一夜頭疼，先是御史臺的人聯名彈劾薛府與廢太子私交過密，繼而又是虞大將軍入宮陳情，請求卸去軍職陪伴家人。

皇帝怎麼可能自斷臂膀，准許虞淵卸職歸田？

正頭疼著，便聞內侍通傳：「陛下，薛右相於殿外長跪求見。」

薛右相近古稀的高齡，又天寒地凍的，皇帝到底存了幾分體恤，喘咳幾聲，方倦怠道：「宣。」

薛右相膝蓋上跪濕了一塊，鬢髮上沾著冰雪的寒霜，一入殿，便顫巍巍拄著拐杖下跪。

他以額觸地，叩首道：「臣年邁昏聵，難以堪任高位，今主動告老還鄉，還望陛下恩准！」

此言一出，皇帝的心沉了半截。

這麼看來，薛家暗中結交廢太子之事十有八九是真的，那些沒來得及燒毀的書信也絕非作假。

薛右相這隻老狐狸是想棄車保卒，主動退位，以保全兩個孫子的仕途。

思及此，皇帝一聲長嘆。

他上位二十餘年，到頭來忠非忠，奸非奸。幾乎所有人都騙他，背離他……

難道，這就是老天對他的懲罰嗎？

輾轉一夜未眠的，還有虞靈犀。

天都大亮了，寧殷那邊還有沒有一點動靜，又是徹夜未歸。

今日可是她的婚期啊，她就要嫁給薛岑啦！

虞靈犀用力翻了個身。

雖說即便寧殷不出手，虞家也絕不會讓她盲目出嫁。

可是，寧殷是不同的呀。

辰時，正是梳妝打扮穿嫁衣的時候，寧殷總算姍姍來遲。

虞靈犀一聽到他歸府的動靜，便一骨碌爬起來，尋聲去了書房。

見到她入門，下屬都心照不宣地抱拳退下了。

寧殷披著大氅，臉上浸潤著徹夜不消的清寒，正將一份不知道是什麼的文書往火盆裡燒。

火光跳躍，他摩挲著手中一方成色熟悉的玉雕。

虞靈犀獨自站了會兒，忍不住坐在他對面，甕聲道：「今天是我婚期，可我的嫁衣被你割壞了。」

寧殷抬眸看她。

虞靈犀越想越委屈，蹙了蹙眉：「你得賠我！」

大婚在即，虞靈犀到底沉不住氣了。

也不知寧殷在盤算什麼。莫非，真做好了與她一同毀滅的準備？

畢竟對於小瘋子而言，「毀滅」應、算得上最美好的歸宿。

見虞靈犀難得著急一回，寧殷眼中漾開極淺的笑意，靠在椅中道：「現在賠嫁衣，怕是來不及了。」

原來你也知道來不及啦？

虞靈犀的本意也並非真的索取嫁衣，她就等著這句話呢！

她板著明麗嬌柔的臉道：「既然衣裳來不及了，那便請殿下像當年離開虞府一樣，允我從王府中帶走一樣東西作為陪嫁。」

聽到「陪嫁」二字，寧殷微微瞇起眼眸。

「我要帶走殿下的清白。」虞靈犀抿唇道。

寧殷摩挲玉雕的手一頓，意外道：「帶走什麼？」

「殿下的清白。」虞靈犀又無比認真且清晰地重複了一遍。

這回寧殷聽清楚了，眼眸微睜，第一次浮現明顯愕然的神情。

「生米煮成熟飯後，自然也就失去了奉旨成婚的資格。」虞靈犀衣單腰細地坐在對面，煞有介事道：「到時候事情敗露，我便說靜王殿下才是我的姘夫，我與殿下早已暗通曲款，大不了一起做對苦命鴛鴦。」

寧殷被她安排得一愣一愣的。

半晌，他短促而低沉地笑了起來，笑得大氅上的黑狐毛都在微微抖動。

他笑得眼尾都泛起了紅，屈指點了點自己的腿，以恣睢縱容的口吻道：「來拿。」

虞靈犀起身，毫不客氣地坐在他的腿上。

反正退無可退，既然賭心，不如賭得澈底些。

寧殷的雙腿結實修長，剛坐進懷裡時，尚能察覺冬日清晨的冷意。漸漸的，霜寒融化，唯有滾燙的體溫透過衣料傳來，順著血液暖遍全身。

虞靈犀咬了咬唇，解了寧殷的大氅繫帶，而後抬手鬆鬆環住他的脖子。

她柔順黑長的頭髮順著腰線散落，涼涼地搭在寧殷白皙勻稱的指節上。

寧殷好整以暇地看她，撚起指間的一縷頭髮，漫不經心地玩了起來，不輕不重的力道，弄得虞靈犀耳後髮根一陣酥麻。

她捧著寧殷的臉，看著他漆眸中倒映的小小的自己，忽而一笑，染了墨線般的眼睫撲簌，宛若鉤子撩人。

她先是輕輕吻了吻寧殷的鼻尖，再往下，蜻蜓點水般碰了碰他的喉結，偏生對他饑渴的唇瓣視而不見。

寧殷喉結動了動，悠閒玩著她頭髮的手慢了下來。

這招永遠有用。

虞靈犀的臉頰也隨著身下緊貼的熱度漸漸升溫，最終暈開朝霞般綺麗的緋紅，可她依舊笑著，帶著明顯的得意，故意將唇息撤離。

寧殷眸色一暗，傾身壓了過來。

上下顛倒，兩人頃刻間換了位置。

書房的大門尚且大開著，庭外殘雪枯枝，青簷黛瓦，隨時都可能會有侍從路過。虞靈犀卻無暇顧及，她滿眼都是寧殷逼近的俊顏，那雙深邃的眼睛幾乎能將她整個溺於其中。

廊下侍從的聲音響起的時候，虞靈犀嚇了一跳。

「殿下，虞大姑娘謁見，說應期前來接人。」

王府的侍從訓練有素，稟告時低頭躬身站得遠遠的，目不斜視，虞靈犀還是下意識埋進寧殷懷中。

寧殷笑了聲。

方才撩得大膽，這會兒倒知道要臉了。

虞靈犀被他笑得耳根紅，又懊惱，沒想到阿姐他們來得這麼快。

今日不管如何，她都要出面了結此事，這是一開始就在家書中商量好了的。

可是，這柴火才剛剛點著，還未來得及煮米呢。

虞靈犀撐著寧殷的胸膛，眨眨眼，喚道：「殿下。」

寧殷視若罔聞。

「下去。」

他摒退侍從，並不打算這麼停住，指節沿著她起伏輪廓下的繫帶一挑。

「不是要拿走本王的清白嗎？」他籠罩著虞靈犀，像是一隻盤踞在獵物身邊的野獸，指節往下，再一挑，「拿啊。」

這個一時半會可拿不走。

虞靈犀有經驗，太瞭解他了。

「都怪你，不早回來一個時辰。」她緋紅著臉頰道，一臉的不認帳，「馬上就要天下大亂了，我要先去準備。」

寧殷不語，側倚籠身，抬手輕撫著她。

他不想放人的時候，虞靈犀是逃不掉的。

可是阿姐臨時趕來，府中必定出了什麼變故，不能再拖下去了。

虞靈犀努力忽視那陣微涼的顫慄，視線往下，落在寧殷腰間與香囊並列懸掛的一塊龍紋玉佩上。

她伸手將玉佩摘了下來，握在掌心晃了晃：「這個，就當做殿下送我的信物。」

寧殷望著她手中的玉佩，似是想起什麼好玩的東西，眸色暗了暗。

「別著急。」寧殷抬手揮下隔簾，於影綽晃動的碎光中道：「既是妍夫的信物，當然要拿最好的。」

明明逆著光，他的眼眸卻分外明亮。

虞靈犀便知道，他又要耍瘋了。

她萌生了些許怯意，問道：「什……什麼？」

「但凡名家私藏的珍品，都會在上面蓋個私印，以示占有。」

寧殷俯身湊近，低沉帶笑的嗓音貼著耳畔響起，「我給靈犀蓋個章，可好？」

「蓋章？」

虞靈犀看到他掌心的玉雕。

方才虞靈犀滿腹心事，只覺他把玩的墨玉材質溫潤眼熟，卻並未仔細留意。

現在離得近了，才發現那玉雕通體玄黑，線條柔軟起伏，雕成一個春睡半臥的美人形態，橫陳於四方玉身之上。

美人的姿勢也有些眼熟，再定睛細緻一瞧，越發覺得美人的髮髻與眉眼纖毫畢現，十分眼熟，就像是、像是……

虞靈犀猛然想起秋日在罩房，寧殷說讓她「給玉雕做個參照」的事兒，不由臉頰一燥。

寧殷竟是去繁就簡，仿照她的容貌和身形雕刻了這尊墨玉。

「這玉是當初靈犀送我的，我想了許久，唯有靈犀的模樣才配得上這枚私印的雕花。」

寧殷冷白的手指順著墨玉美人的起伏輪廓輕碾，黑白交映，靡麗無雙。

他問：「喜歡嗎？」

這麼奇怪的私印，也就瘋子才喜歡！

虞靈犀腮上如胭脂暈染，憋了半晌，輕促道：「衣裳呢？」

寧殷垂眸，隨即「哦」了聲：「太麻煩，所以略去了。」

好一個冠冕堂皇的理由，虞靈犀無言反駁。

「這枚私印，蓋在何處好呢？」寧殷認真思索了這個問題一番，視線往下，隨即眼眸微亮，「有了。」

下一刻，虞靈犀察覺雙腿一涼，來不及反應，纖細的足踝便被大手攥住。

虞靈犀驚愕咬唇，蹬了蹬腿。

若換做前世，她斷然不敢再踹寧殷，但冰涼的觸感還是讓她下意識做出反應。

這還不如煮飯呢！

寧殷卻是輕而易舉地抓住她亂踢的腳踝，放下來，整理好裙裾。

他欺身側倚，點了點落章的地方道：「別蹭花了，回來後，本王會核查印痕是否完整。」

穿衣齊整邁出王府時，虞靈犀蓮步輕移，恨不得將一步分成三步走，怎麼走怎麼覺得不對勁。

耳尖發燙，到了門口才反應過來，寧殷方才說了「回來後」。

他篤定她會回來。

所以，他其實埋了什麼棋子，只是隱而不發麼？

正想著，府門外徘徊的虞辛夷眼睛一亮，大步走來道：「歲歲！」

「阿姐。」

「怎麼出來得這般慢？再沒動靜，我就要殺進去撈妳了。」虞辛夷拉住虞靈犀的手，快言道：「薛家那邊臨時將吉時提前，已經著手準備迎親之事了。」

虞靈犀被姐姐拉著上了馬車，最後回頭看了靜王府空蕩的大門一眼，方抬手貼著臉頰吁氣道：「為何突然提前？」

「不知。」虞辛夷抱臂道：「父親已經將紅珠移交大理寺卿，拿到供詞後便和大理寺卿一同面聖。只是始終沒找到薛家存有『百花殺』的證據，也不知能否趕在拜堂之前拿到結果。」

虞辛夷甚至做好了萬一計畫不順，自己則代替妹妹出嫁的打算。

無奈眾目睽睽，薛家又對她們姐妹倆瞭若指掌，她想要取代妹妹的身段容貌，幾乎是無稽之談。

「沒事的，阿姐。」虞靈犀溫聲道，握緊了手中的龍紋玉佩。

她相信家人，也相信寧殷。

王府西側的岫雲閣上，寧殷負手而立，目送虞府的馬車疾馳而去。

薛家的人很狡猾，王令青死前貢獻的那點捕風捉影的證據，根本不足以將老狐狸置之死地。

所以，寧殷換了計畫。

他交給柳御史的證據半真半假，再放出風聲，故意讓躲在暗處的人知道柳御史要入宮彈劾檢舉薛右相，激他們自亂陣腳。

果然這一詐，薛家人便坐不住了。

不過，這可遠遠不夠。

街道上空空如也，烏雲如墨，風中已帶了霜雪的凌寒。

寧殷望著沒有焦點的某處，低低哼了聲。

反正，等會兒得把人再搶回來。

這回，光明正大地「搶」。

將庸人的癡夢碾碎在最美好的時候，毀得澈底，那才叫痛快。

「將東西清點好。」寧殷眸中蘊著雲墨的暗色，轉身下了閣樓，「搶人去。」

午時，虞府閨房。

虞靈犀淡掃妝容，簡單綰起長髮，壓下沉重華美的鳳冠。因先前的嫁衣毀壞，她只披了件臨時趕工的嫣紅成衣。

落地銅鏡前，虞靈犀獨自端坐，而後一寸一寸捲起裙裾和裡袴，露出勻稱白皙的雙腿。

一層層捲到最上的最上，她看著銅鏡陰影中隱約可見的一枚紅色印花，不由視線一燙，忙不迭將嫣紅的裙擺放下來，拍了拍撫平遮住。

只願阿爹在宮中一切順利。

虞靈犀托腮嘆了聲，否則她真不知該以什麼樣的勇氣，帶著這枚印章「嫁」入薛家。

薛右相入宮還未歸來，薛父臨時將迎親的時辰提前。

未時三刻，薛家迎親的隊伍熱熱鬧鬧朝虞府而去。

按照京中舊俗，迎親時新郎本人並不親自前往，而是由儐相前去相迎。

喜綢滿堂，紅燭高照，庭外賓客往來如雲。

薛岑穿著嫣紅的喜服，端方如玉地坐在喜堂之中，等候花轎的到來。

他情不自禁地捏了捏拳，這一刻，大概是他一生中最接近圓滿的一刻。

不知期許了多久，外頭終於隱約聽到迎親隊伍歸來的歡慶聲。

薛岑倏地站起身，一時歡喜而又無措。